마흔에 관하여

마흔에 관하여

ⓒ정여울 2018

초판 1쇄 발행 2018년 11월 17일
초판 5쇄 발행 2023년 6월 27일

지은이 정여울
펴낸이 이상훈
문학팀 최해경 김다인 하상민
마케팅 김한성 조재성 박신영 김효진 김애린 오민정

펴낸곳 ㈜한겨레엔 www.hanibook.co.kr
등록 2006년 1월 4일 제313-2006-00003호
주소 서울시 마포구 창전로 70 (신수동) 화수목빌딩 5층
전화 02) 6383-1602~3 팩스 02) 6383-1610
대표메일 munhak@hanibook.co.kr

ISBN 979-11-6040-207-0 03810

마흔에 관하여

비로소 가능한 그 모든 시작들

정여울 산문

한겨레출판

마흔은 그런 것이 아니라고요
─내겐 너무도 찬란한 마흔을 위하여

어린 시절에는 서른이 되면 세상이 무너질 것만 같았고, 마흔
이 되면 인생에서 더 이상 새로움이란 없을 줄 알았다. 그러나 웬
걸, 서른의 삶은 하루하루가 박진감 넘쳤고, 마흔의 삶은 예상보
다 훨씬 아름답고 눈부셨다. 마흔 이후에야 알게 되었다. 나이 드
는 것은 공포의 대상이나 떨쳐버려야 할 원죄가 아니라는 것을.
삶을 소중히 가꾸는 사람에게, 나이 드는 일은 오히려 찬란한 축
복임을. 우리가 삶의 온갖 예측 불가능성을 받아들일 준비가 되
어 있다면, 삶은 불행을 던져줄 때조차도 엄청나게 값진 무언가
를 안겨준다. 마흔 이후의 삶은 결코 인생에 덧붙여진 '부록'이
아니다. 오히려 우리가 공들여온 모든 시간의 흔적이 응축되어

환하게 빛을 발하는 시기, 오직 '가능성'으로만 존재했던 모든 꿈들이 눈부시게 날갯짓을 시작하는 시기, 그런 시기다.

마흔 이후의 삶은 우리 삶의 어엿한 일부이자 가장 빛나는 시간이기도 하다. 20대처럼 뭐든지 서두르느라 허둥지둥 불안하지도 않고, 60대 이후처럼 몸이 생각만큼 따라주지 않아 마음만 앞서지도 않는다. 중년은 '육체의 젊음'과 '영혼의 지혜'를 동시에 간직할 수 있는 우리 인생의 마지막 시기인 것이다. 그런데 20대, 30대 젊은이들에게 '중년이란 무엇이라고 생각하냐'라고 물어봤더니 충격적인 대답이 돌아왔다. '중년' 또는 '마흔'이라고 하면 '폐경기'나 '노후 준비' 같은 우울한 단어가 먼저 생각난다는 것이다. 나는 웃으며 그들의 어깨를 토닥여주고 싶었다. 마흔은 그런 것이 아니라고. 마흔은 그렇게 무섭고 끔찍한 나이가 아니라고. 나는 마흔 이후의 내가 20대나 30대의 나 자신보다 훨씬 '괜찮다'고 생각한다고.

물론 체력과 활력은 20대나 30대를 따라갈 수 없다. 몸 여기저기서 크고 작은 고장의 징후가 보이기 시작한다. 하지만 마흔 이후, 일과 인간관계에서는 확실히 그동안 노력해왔던 증거가 속속 드러나기 시작했다. 젊은 시절의 노력이 이제야 빛을 보기 시작하기도 하고, '내가 진정으로 잘할 수 있는 일은 무엇인가'에 대한 뚜렷한 자기 인식이 생기기도 한다. 10대와 20대, 30대와 40

대를 비교해보면, 나는 지금이 가장 행복하다. 절대로 20대나 30대로 돌아가고 싶지 않다. 그때는 영혼의 허기가 너무 심각했기 때문이다. 항상 사랑에 굶주렸고, 타인의 관심에 일희일비했고, '나는 재능 있는 사람인가'에 대한 물음이 지나쳐 스스로를 학대했다. 돌이켜보니 젊음이란 본래 그런 것이다. 좀 더 자신감 있고 스스로를 사랑하는 성격으로 타고났다면 좋았겠지만, 나는 예민하고 내성적인 성격을 타고났기에 더더욱 있는 그대로의 나를 사랑할 수 없었다. 마흔은 내가 처음으로 있는 그대로의 나를 사랑하기 시작한 나이다. 30대까지만 해도 '나 자신을 있는 그대로 사랑해야 한다'는 강박만 있었지 진심으로 꾸밈없이 나를 보듬지 못했다. 마흔 이후 나는 내 '그림자'를 완전히 받아들이기 시작했다. 내게는 결코 벗어날 수 없는 콤플렉스와 트라우마가 있음을, 하지만 그 그림자조차 나의 어엿한 일부이며 내가 사랑하고 돌봐야 할 나 자신임을 알게 되었다. 그렇게 나의 마흔은 '내 그림자와의 행복한 동거'로 힘차게 시작되었다.

마흔은 멀리서 그저 아련히 반짝이기만 했던 삶의 숨은 가능성들이 이제야 그 빛을 발하는 시기다. 그저 '다음에 돈 생기면 해봐야지' '다음에 여유가 되면 해보리라'라고 생각했던 것들을 정말 시작할 수 있는 나이다. 더 늦으면 진정으로 내가 원하는 것을 시작할 수 없을지도 모른다는 절박함도 함께 느껴지는 나이다.

30대만 해도 '아직 시간이 많다'고 생각해 마흔 이후만큼의 절실함은 부족하다. 이제 스스로를 '젊다'고 생각하진 않지만, '젊음이 내게 가져다준 것들'을 조용히 곱씹으며 지나간 시간의 무늬를 헤아려보는 시기, 그런 아름다운 자기 발견의 시간이 바로 마흔이다. 어렸을 때는 타고난 재능이나 집안 배경 같은 것들이 중요한 역할을 하는 것처럼 보이지만, 중년 이후에는 정말 노력한 만큼의 결과가 투명하게 드러나기 마련이다.

내가 견디고, 다듬고, 보듬고, 마침내 완전히 껴안은 마흔이라는 시간이 아직 마흔이 되려면 한참 멀었다고 생각하는 젊은 독자들에게도, '마흔이면 한창때 아닌가' 하며 지나간 마흔을 애도하는 독자들에게도, 따스한 마음의 피난처가 되기를 바란다. 중년은 결코 '새로운 것을 시작하기에 너무 늦은 시간'이 아니다. 우리가 어떻게 살아갈 것인가를 비로소 나 혼자만의 힘으로 결정할 수 있는 시기, 지혜와 용기를 굳이 저 멀리 타인의 참고문헌에서 꺼내오지 않고 나 자신에게서 바로 참고할 수 있는 시기, 그리하여 내 안에 깃든 밝음과 향기만으로도 능히 내 세상을 지탱할 수 있는 뱃심이 두둑해지는 시기. 그것이 바로 찬란한 '마흔'이라는 시간이다.

마흔은 내게 '어떤 난관에도 불구하고 반드시 하고 싶은 일'과 '보상이 좋더라도 하지 않으면 더 좋은 일'을 구분할 지혜를 주었다. 마흔을 통과하며 나는 '지금 당장 내 감정을 분출하지 않고 사흘 뒤에 내 감정을 추스른 뒤 그 사람을 마주하는 차분함'을 배웠다. 그리고 하루하루가 아무리 평범해 보일지라도 이 시간은 때로는 1밀리미터씩, 때로는 한 뼘씩 나를 자라게 하는 기회임을 깨달았다. 더 젊어 보이기 위해 애쓰기보다는 제 나이의 무게에 걸맞은 지혜와 용기를 지니기 위해 애쓰는 나날들이 내게는 기적 같은 신비와 축복으로 다가오기 시작했다.

이 책을 쓰는 동안 수많은 사람들의 응원을 받았다. 마흔이라는 나이에 묻어 있는 무거운 짐을 덜어주어 고맙다는 말과, 40대뿐만이 아니라 20대인 자신이 읽어도 '나이 듦'의 아름다움을 이해할 수 있어 좋았다는 메시지가 특히 나에게 힘이 되었다. 오래오래 숨기고 싶었던 나의 상처들, 꼬깃꼬깃 접어서 마음속 깊은 비밀의 서랍에 넣어두었던 상처들을 이야기할수록, 독자들은 내게 한 걸음 더 성큼 다가와주었다. 책 속의 문장을 하나하나 완성할 때마다 그들과 함께 마흔이란 아름다운 오솔길을 산책하는 기분이었다. 책을 쓰는 내내 어떤 환한 기운이 나를 따스하게 비춰주었다. 하루 종일 여러 가지 업무와 인간관계에 치여 집에 돌아오면 그렇게 힘들다가도 나도 모르게 이렇게 중얼거리곤 했다. "《마흔에 관하여》 원고 써야 하는데." 이 책을 쓸 생각을 하면 이상하게도 내 지친 감성의 근육 어디선가 상쾌한 에너지가 샘솟았다. 마치 눈에 보이지 않는 천사의 따스한 손길이 내 지친 등짝을 가만가만 토닥여주는 느낌이었다. 어쩌면 그 누구도 아닌 내가 살아온 그 모든 과거의 힘이, 내가 지나쳐온 모든 시간이 나를 지켜주는 느낌이었을지도 모른다. 힘겨울 때마다 나를 지켜주었던, 그동안 포기하지 않고 견뎌왔던 시간의 향기가 나를 매번 다시 '글 쓰는 사람'으로 살아 있게 만들었다. 그런데 뭔가 풀리지 않는 수수께끼가 있었다. 과거의 내가 현재의 나를 지켜주는 것 외에 또 하나의 상서로운 힘이 있었던 것이다. 마치 열어둔지도 몰랐던 창문에서 끊임없이 따사로운 햇살이 방 안을 가득 채우는 느낌, 밤에도 사라지지 않는 그 신비로운 햇살이 글만 쓰느라 눈이 퀭해져버린 나를 변함없이 비춰주는 느낌이었다. 그 빛의 힘으로 이 책을 끝까지 써낼 수 있었다. 그 빛은 아마도 아주 머나먼 곳에서도 나를 변함없이 지켜보고 응원해주는 사람들, 그리고 아직은 태어나지도 않았거나 여전히 나를 모르지만 언젠가는 나의 멋진 친구가 될 미래의 독자들이 아닐까.

이런 즐거운 상상으로 '마감의 고통'을 견뎌내는 동안 실로 많은 일들이 나를 스쳐 갔다. 이 책이 나오기까지 내 영감의 마그마에 불을 지펴준 수많은 벗들, 특히 에지디오와 문혁, 영선, 희수, 혜진, J님, K님, 정민 씨, 선영 씨, 기일 씨, 오늘도 내 서글픈 그림자를 들쳐 업고 함께 낑낑거리며 걸어가는 승원, 그리고 너무 빨리 우리 곁을 떠난 그리운 벗 J에게 이 책을 바친다. 당신이 오랫동안 꿈꿔온 바로 그 일을 시작하는 것이 '너무 늦었다'고 생각한다면, 부디 다가오는 마흔이 당신의 숨은 가능성을 시험해볼 가장 찬란한 기회가 되어주기를. 나를 지켜준 그 '보이지 않는 희망의 햇살'이 여러분의 마흔에도, 그리고 앞으로 여러분에게 다가올 모든 시간에도 해맑은 빛을 비추어주기를.

2018년 가을의 끝자락,
뉴욕의 타임스스퀘어에서
완벽한 이방인이 된 이 느낌조차 아름다운 새벽에

정여울

목차

01

새로움의 시간

설레고 기특하며 눈부신 시간

"여울 씨, 시스젠더라는 말 알아요?"

얼마 전 문학상 심사로 한자리에서 만난 K 작가가 물었다. K 작가는 나보다 훨씬 위 세대인데 '그녀는 알고 나는 모르는 신조어'가 있다니, 질문을 듣는 순간 살짝 위축되고 말았다. 시대의 흐름을 따라가지 못하는 사람이 되긴 싫은데, 머릿속에선 어떤 벨도 울리지 않았다. 솔직하게 인정할 수밖에 없었다.

"선생님, 진짜 모르겠는데요."

그녀는 '딱 걸렸다'는 표정으로 환하게 웃으면서 '시스젠더(cisgender)'는 트랜스젠더의 반대말이라고 귀띔했다. 트랜스젠더는 몸과 마음의 성이 일치하지 않을 때를 가리키니, 몸도 마음도 여성이거나 몸도 마음도 남성인 보통 사람들은 다 시스젠더라는 것이다. 동성애자가 이성애자를 '헤테로섹슈얼'이라고 부르는 것처럼, 트랜스젠더도 자신들만 일방적으로 대상화당하지 않겠다는 의미에서 '정상인'으로 행세하는 사람들을 '시스젠더'라 부르는 것이다. 아, 신선한 충격. 이건 정말 멋진 신조어다. 스스로 정상이라고, 보편이라고 믿는 것에 대한 가슴 뛰는 반격 아닐까. 그러면서 동시에 이런 생각이 들었다. '난 정말 시대에 뒤떨어져 가는구나!' 요새 나는 신조어나 줄임말에 급속도로 취약해져버렸다. 예전에는 대화의 맥락 속에서 저절로 이해했는데, 이제는 너무 궁금해 시골 영감 처음 타는 기차놀이처럼 호기심 어린 얼굴로 물어본다. 얼마 전에는 '피브이(PV)'라는 단어의 뜻을 몰라 한참 헤맸다. 알고 보니, 페이지뷰(page view)의 줄임말, 조회 수의 다른 말이란다.

"미안한데, 그 단어 뜻이 뭐예요?"

내가 신조어나 줄임말의 뜻을 물어보면, 상대방은 약간 실망한 얼굴로, 그러나 친절과 애정을 듬뿍 담아 나에게는 너무도 낯선 그 단어를 설명해주곤 한다. 30대 초반의 아주 싱그럽고 통통 튀는 상상력을 가진 N 기자에게 며칠 전 새로 배운 단어는 '읽씹'이다. 문자를 읽고도 씹어버리고 답장을 하지 않는 행위를 지칭하여 '읽씹'이라 한다는데, 단어를 듣는 순간 가슴에 강렬한 통증이 전해졌다. 단어의 모양새는 다소 경박한데, 풍기는 뉘앙스는 너무도 처절하다. 어떤 신조어는 차라리 몰랐으면 하는 마음이 들 때가 있다. 듣는 순간 남의 일 같지 않고, 불현듯 생살을 도려낸 것처럼 가슴이 쓰라리니까.

얼마 전 나도 가슴 시린 '읽씹'을 당했다. 너무도 아까운 나이에 세상을 떠난 선배의 빈자리를 채우느라 힘겨운 시간을 보내고 있는 친구 M에게 문자메시지를 보냈다. 조만간 만나서 밥 한번 먹자고. 선배의 장례식 때 만난 친구의 뒷모습이 깜짝 놀랄 정도로 야위어서, 뒤돌아서는 내 발걸음이 무거웠다. 따뜻한 저녁이라도 사주고 싶은 마음에 여러 번 메시지를 보냈지만, 친구는 여전히 묵묵부답이다. 섭섭한 마음보다는 '세상엔 내 힘으로는 절대 위로할 수 없는 슬픔이 있다'는 뼈아픈 진실을 힘겹게 받아들이는 중이다. 내가 누군가를 걱정하고 안타까워하는 마음이 그에게는 부담이 될 수도 있다는 생각이 든다. 10년 전이었다면 엄청나게 섭섭하고, 어떻게든 그를 만나 위로하고 싶었을 것이다. 하지만 이제는 내가 결코 어루만질 수 없는 슬픔의 그림자가 있다는 것을 안다. 누군가를 하염없이 걱정하는 내 마음보다는, 이런 내 걱정에 반응조차 하기 힘든 상대방의 슬픔이 더 크다는 것을 안다.

이렇게 마음속으로 호된 마흔 신고식을 치르고 있는 요즘, 어떻게든 '점점 위축되는 마흔의 멘털'을 회복해야겠다는 일념으로 '중년의 창조성'에 대한 자료들을 열심히 모으기 시작했다. 중년이 단지 쇠락과 후퇴의 시기가 아니라 새로운 시작과 창조적 영감의 시기이기도 하다는 점을 알려주는 사람은 없을까.

나는 '중년'이라는 키워드로 책을 검색해보다가 이런 문장을 발견했다. "우리는 중년에야 비로소 신을 닮은 지혜와 이성과 기억력을 갖는다." 눈이 번쩍 뜨인다. 중년이 쇠락기가 아니라 오히려 인생의 전성기가 될 수 있다는 점을 뇌과학, 생물학, 심리학, 인류학의 힘을 빌려 설명한《중년의 발견》(데이비드 베인브리지, 청림출판, 2013)이란 책이었다. 어디서 많이 본 책이다 싶어 내 방 책꽂이를 살펴보니 이미 오래전에 사놓고 '아직 내가 중년은 아니잖아'라는 안일한 자기방어 때문에 밀쳐둔 책이었다. 다시 읽기 시작한《중년의 발견》은 기대 이상으로 흥미로웠다. '중년' 하면 '빈둥지증후군'이나 '폐경기' 같은 우울한 단어를 먼저 떠올리는 우리들에게 이 책은 '중년이란 오히려 나 자신을 새롭게 발견하는 진정한 전성기'라고 이야기하고 있었다. 빠르게 생각하고 민첩하게 행동하는 청년기와 달리, 중년은 '천천히, 다르게 생각'함으로써 보다 현명한 대답을 끌어낼 수 있는 시기이지 않을까.

❧

　얼마 전 술자리에서 일어난 일이다. '중년이 쇠락의 시기만이 아니라, 창조성과 유연성이 극대화되는 시기일 수도 있지 않느냐'라는 이야기를 하니, 주변 사람들 반응이 완전히 흑과 백으로 양분되었다. 객관적이고 현실적인 인식을 중시하는 친구들은 이렇게 말했다. "에이, 네가 속은 거야, 솔직히 중년이 뭐가 좋냐? 중년을 예찬하는 논리가 있다면, 그건 이제 중년에 접어든 사람들을 더욱 알뜰히 부려먹기 위한 술책일지도 몰라." 그들만큼 냉철하고 현실적이지 못한 나는 왠지 슬퍼졌다. 나는 이왕 맞아버린 중년, 기왕 먹어버린 마흔, 되도록 즐겁고 행복하게 맞이하고 싶다.

　심지어 "이제 갓 마흔을 넘겼으면서, 마흔에 관해 글을 쓴다는 것이 무섭지도 않냐"라며 만류하는 친구도 있었다. 물론 무섭다. 하지만 이 두려운 프로젝트에 도전해보고 싶었다. 먼 훗날 노년기에 접어들어 '이미 다 지나온 중년'에 대해서 사후적으로 평가하는 글이 아니라, 지금 중년의 문턱에 접어들면서 생생하게 느낀 싱그러운 감정과 에피소드를 '바로 나와 비슷한 고민을 하는 사람들'과 나누고 싶은 마음이 더 크다. 이미 아는 것을 정리하고 다듬는 글이 아니라, 매일매일 새로 깨우쳐가는 삶의 진실을 꾸밈없이 생중계하고 싶다. 오래전에 느꼈던 감정을 더듬더듬 찾아 재생하는 것이 아니라, 바로 오늘 느낀 것을 사람들에게 전달하고 싶다. 그래서 더욱 떨린다. 그래서 더욱 설렌다.

나는 중년을 인생 최고의 전성기로 잡고 자기 자신을 착취하는 모범생 마흔이 되기는 싫다. 가끔은 우울한 감정에 빠져 있고 싶기도 하고, 어울리지 않는 객기도 부려보고 싶고, 아무도 모르는 나만의 실패를 하염없이 곱씹어보고 싶기도 하다. 창조성이나 생산성을 위해 내 소중한 권리, 예컨대 '마음대로 망가질 권리'를 포기하긴 싫다. 다만 이제 중년에 가까이 다가왔다는 이유만으로, 무언가에 새롭게 도전하는 삶을 포기하고 싶지는 않은 것이다.

※

며칠 전에는 중년이 '인류의 역사에서 새롭게 발견된 동시에 지금도 발명되어가고 있는 시기'라는 나의 논지에 적극 찬성하는 분들과 이야기를 나누었다. 중년에 뭔가 새로운 것, 지금까지 한 번도 해본 적이 없는 것을 시작한 경험을 고백하는 분도 있었다. 마흔셋에 가죽공예를 시작했다는 S선배는 '어느 날 갑자기 바느질하는 남자'가 됨으로써 자신이 새로 태어나는 기분을 느꼈다고 이야기했다. 어릴 때는 방패연도 만들고 썰매도 만들어

보았지만, 나이가 들고 나서는 '손으로 무언가를 만든다는 것' 자체와 멀어졌는데, 이제 '내 손으로 무언가를, 그것도 세상에 하나뿐인 무언가를 한 땀 한 땀 만들어간다는 것'의 기쁨을 누려보니, 매너리즘에 빠진 삶을 되돌아볼 수 있는 여유가 생겼다고 한다. 주변 사람들에게 자신이 직접 만든 지갑이나 가방을 선물하기도 하면서 전에는 느껴보지 못했던 뿌듯함을 느끼기도 한다고. 이 이야기를 조용히 그러나 흥미롭게 듣던, 이제 50대 초반에 접어든 H 기자가 갑자기 큰 소리로 자신의 무릎을 탁 쳤다. 말 붙이기도 어렵고, 새치름한 인상을 풍기던 그분이 갑자기 얼굴이 환해지면서 이렇게 말했다. "그래, 가죽이야! 나도 가죽공예를 배워야겠어! 왠지 잘할 수 있을 것 같아!" 웃음보따리가 터졌다. 분위기 그윽하게, 살짝 우울한 침묵을 지키고 있던 그가 어린애처럼 환한 미소로 '나도 바느질하는 남자가 될 테야!'라는 굳은 결의를 보였기에.

알고 보니 H 기자는 51세에 첫딸을 맞이했다. 이제 갓 돌을 넘긴 딸을 바라보며 그는 얼마나 많은 상념에 잠길까. 그는 고백했다. 딸이 너무 예뻐서 오히려 무섭다고. 남들은 귀여운 딸 좀 자랑해보라고 부추겼지만, 단호하게 고개를 저었다. 그러면서 며칠 전에 택시를 탔던 에피소드를 꺼냈다. '동대문운동장'이라는 단어가 생각이 안 나서, 옛 이름인 '서울운동장'을 댔다고. 그랬더니 택시 기사가 이렇게 말했단다. "아유, 선생님. 요새 사람들은 '서울운동장' 모르는데. 서울운동장이라고 하시는 걸 보니, 이 제 인생 내려가는 일만 남았네요." H 기자는 그 말을 듣고 한동 안 우울했다고 한다. 나 정말 내려가는 일만 남은 걸까, 그런 생 각이 들지 않았겠는가. 직장에서는 후배들이 치고 올라오고, 집 에서는 어린 딸이 천진난만하게 방긋방긋 웃고, 마음에서는 '중 년의 위기'라는 단어가 강력한 힘을 발휘하기 시작하지 않았을 까. 그러다가 갑자기 '나도 가죽공예를 배워야겠다'고 마음을 먹 은 그의 표정에는 전에 없던 활기가 피어올랐다. 중년이란 이런 것이구나. '내려가야 한다'는 주변의 압박에 괴롭다가도, 뭔가를 충분히 다시 시작할 수 있는 시기. 어쩌면 예전보다도 훨씬 더 지 혜롭고 활기차게, 무언가를 다시 시작할 수 있는 시기가 바로 중 년이다.

※

그래, 중년은 노년의 앞 페이지에 살짝 끼워진 부록이 아니다. 어쩌면 가장 지혜롭게 삶을 바꿀 수 있는 시기가 바로 중년이다. 청년처럼 다급하지 않게, 노년처럼 마음과 몸의 거리가 너무 많 이 멀어지지 않게. 결코 내려가는 일만 남은 것이 아니다. 사회의 어엿한 구성원이 되기 위해 고군분투했던 젊은 시절과는 달리, 이제 어떤 조직에 속하기 위해서가 아니라, 진정한 나 자신이 되기 위해 새롭게 자신을 단련할 수 있는 첫 번째 기회가 열리는 시기다. 높은 봉우리를 향해 올라가기만 하는 시기가 아니라, 우리가 올라온 봉우리의 넓이와 깊이까지 헤아릴 수 있는 시기다. 마음속에서 분명히 들리는 소리를 '참, 나이 들어 주책이구나!'라는 식으로 타박하지 말고, 마음이 외치는 대로 따라가보자. 내 방의 공간 배치부터 필요나 습관 때문이 아닌 '내가 꿈꾸는 모양'대로 바꿔보고, 혼자만의 여행도 훌쩍 떠나보고, 무언가를 '내 손으로 만지고, 직접 느낄 수 있는 취미'도 가져보자. 나는 요새 붓글씨를 시작했다. 예전 같으면 눈길도 주지 않았을 취미인데, 붓으로 한 자 한 자 글을 쓰는 이 순간이 미치게 좋다. 뭔가를 눈에 띄게 잘하려는 게 아니라, 그냥 내 마음을 소소하게 다듬고, 내 마음에 차분히 귀 기울이는 시간이 좋아졌다. 멀리 떠나지 않아도, 내 방 안에서 잠시 다른 나로 태어날 수 있는 소소한 취미 생활을 시작하니, 마음의 세포들이 예전과는 다른 모습으로 깨어나는 느낌이다. 마흔의 문턱에서, 내 삶은 분명 바뀌고 있다. 예전에는 눈길도 주지 않던 그 무엇이 간절히 그립고, 때로는 미친 듯이 뭔가에 도전하고 싶어진다. 그런 내가 싫지 않다. 그런 마흔이 무척이나 설레고, 기특하며, 눈부시다.

날마다 배우며 동시에 가르치는 삶

누군가에게 무언가를 절실한 목마름으로 배울 때, 나는 살아 있음을 느낀다. 나는 '목마름'에는 선수다. '무덤덤함' '무심함' '무심코'라는 단어를 볼 때마다 날카로운 아픔을 느낀다. 나에게 는 무심함이나 냉담함이 아예 불가능하기 때문이다. 별것도 아 닌 것을 애타게 목말라하고, 절실함이라는 단어를 떠올릴 때면 아직도 가슴이 뛴다. 남들에게는 중요하지 않은 것이 나에게는 미친 듯이 중요한 것이 되고, 그 하나뿐인 소중함을 느끼는 시간 이 오직 나만 아는 비밀의 화원을 거니는 듯 은밀하고 눈부신 쾌 감으로 다가온다. 어쩌면 20대 시절보다 '절실함'이나 '간절함' 의 밀도는 더욱 깊어진 것 같다. 내게 남은 시간이 점점 줄어든다는 것을 피부로 느낄수록 무언가를 간절한 마음으로 배우는 일의 소중함을 절감한다. 마흔 능선을 넘으면서는 더더욱, 뭔가를 배운다는 것이 미치게 좋다.

낯선 것을 배울 때마다 우리의 감각은 완전히 새롭게 재배치된다. 나는 마흔을 앞두고 첼로를 배우기 시작하며 전에는 거의 쓰지 않았던 왼손을 예전보다 훨씬 더 많이 사용하게 되었고, 마흔이 넘어 그림을 배우면서는 이 세상 모든 존재들의 색채와 형태와 질감을 더욱 생생하게 느낄 수 있게 되었다. 첼로는 왼손으로 현의 떨림을 예민하게 느껴야만 비로소 친밀해질 수 있는 악기다. 첼로를 배우면서 나는 왼손으로 밥을 먹을 수 있게 되었고 서툴지만 글씨도 쓰게 되었다. 그림을 배우기 시작한 뒤로는 내 눈에 들어오는 모든 형태와 색채가 예전과는 다른 얼굴로 말을 걸어오기 시작한다. 얼마 전에는 제주도에서 황금빛과 오렌지빛이 7:3의 비율로 섞인 듯 오묘한 빛깔로 타오르는 저녁노을 아래 흔들리는 억새의 춤사위를 보았다. 나도 모르게 탄식을 금치 못했다. 저 아름다운 풍경을, 한 번뿐인 이 순간을 내 손으로 그릴 수 있다면 얼마나 좋을까. 이런 열망은 실용과는 전혀 거리가 멀기에 더욱 격렬한 순수성으로 내 심장을 두근거리게 만든다. 나는 첼로나 그림으로 돈을 벌려는 것이 아니라, 그것들을 배우고 익히는 과정 자체의 희로애락을 온전히 느껴보고 싶은 것이다. 오직 배움 그 자체의 감동을 온전히 누리는 기쁨을 나는 서서히 알아가기 시작했다.

❧

　누군가 나에게 마흔의 기쁨을 묻는다면 이렇게 대답하고 싶다. 마흔은 내 안의 숨은 잠재성을 발견하기 가장 좋은 나이라고. 너무 늦지도 빠르지도 않은, 그야말로 무언가를 새롭게 시작하기에 딱 좋은 나이라고. 잘하지 못해도 좋고, 재능이 부족해도 좋으니, 오랫동안 꿈꿔오던 그 무엇을 꼭 걸음마를 시작하는 아기의 심정으로 배워볼 만한 나이라고. 더 이상 이게 과연 내 적성에 맞을까, 내가 과연 이 일에 재능이 있을까 스스로에게 과도한 질문을 퍼부으며 괴로워하지 않아도 좋은 나이. 이 나이쯤 되면 독학도 두렵지 않고 선생님의 꾸중도 웃음으로 넘길 수 있는 여유가 생긴다. 이제 더 이상 선생님이라는 존재가 두렵지 않으므로 모르는 것이 있어도 예전처럼 눈치 볼 것 없이 꼬박꼬박, 담담하게 물어보게 된다.
　다가오는 마흔이 두려운 젊은이들에게 나는 말해주고 싶다. 마흔은 참으로 무언가를 새롭게 배우기 좋은 나이라고. 나는 첼로를 연주하며 내가 들어서 아는 음악과 내가 직접 연주할 수 있는 음악의 차이를 온몸으로 느낀다. 음표의 존재를, 쉼표와 페르마타(늘임표)의 존재를 하나하나 느끼며 음악이 분절하는 시간과 공간의 깊이를 헤아린다. 이것으로 아무것도 할 수 없어도 좋다. 이것으로 그 무엇도 바꿀 수 없다 해도 좋다. 하지만 내 마음이 바뀌고 있다. 음악의 흐름을 온몸으로 느끼는 순간, 나는 외로움도 권태도, 절망과 기대조차도 잊는다. 이런 순수한 기쁨을 예전에는 미처 느끼지 못했다. 살아남기 위해 분투하던 그 모든 시간 속에서 나는 '삶의 정수를 있는 그대로 빨아들이는 순정한 기쁨'을 누리지 못했던 것이다.

✒

배움의 깊이가 더해질수록, 무언가를 단지 읽어서 아는 것과 속속들이 이해하고 받아들여 깨닫는 것의 차이를 알게 된다. 간접경험과 직접경험의 차이는 예스와 노의 차이만큼이나 엄청나다. 직접 내 몸으로 경험해봐야만 알 수 있는 것들을 향한 배움의 열정은 우리의 권태로운 삶을 빠른 속도로 회복시킨다. 이선호크 감독의 다큐멘터리 〈피아니스트 세이모어의 뉴욕 소네트〉를 보면서 나는 배움의 기쁨으로 삶을 바꾸는 피아니스트 번스타인의 감동적인 가르침에 눈시울이 뜨거워졌다. 오랫동안 잊고 지내던 피아노를 향한 열정이 다시금 되살아나 심장이 따끔거렸다. 나는 어린 시절 내 삶의 소중한 일부였던 피아노를 내가 완전히 포기하지 않았다는 것을 그제야 깨달았다. 피아니스트가 되지 못했다고 피아노마저 포기한 것은 아님을, 너무 오래 잊고 있었다. 피아노 건반을 두드릴 때마다 내 영혼의 깊은 곳이 타는 듯한 목마름으로 가장 깊은 울림을 갈구한다는 것을, 나는 잊고 있었던 것이다. 아, 배울 것이 너무 많다. 지금도 너무 많은 것들을 마음속에 구겨 넣느라 배운 걸 복습할 시간도 없는데. 하지만 이런 고민은 행복한 축에 속한다.

무려 아흔이 가까운 나이에도 하루에 여덟 시간씩 피아노를 연습하고, 학생들을 가르치며, 아름다운 글까지 쓰는 번스타인의 인생을 엿보고 나니 이제부터 어떻게 살아야 할지 비로소 감이 잡히는 느낌이었다. 그는 가르치며 배우는 삶, 배우고 글 쓰는 삶을 실천하기 위해 솔로 피아니스트로서의 화려한 공연을 포기했다. 그는 더 높이 날아올라 최고의 피아니스트로 우뚝 설 수 있었지만, 그 빛나는 성공의 길 대신 조용하고 고독하나 아무것도 결핍되지 않은 삶을 추구했다. 그는 아주 작은 아파트에서 최소한의 가구만으로 살아가지만 누구보다도 풍요로운 감수성의 재벌처럼 보였다. 그래, 매일매일 배우고 매일매일 가르치고, 그리고 거기서 느낀 것들을 글쓰기로 표현하는 것. 이것만큼 행복하고 충만한 삶이 또 있을까. 나는 뭔가를 가르치는 것에는 자신이 없지만, 가르침의 행위 속에서 배우는 것에는 뜨거운 열정을 느낀다. 가르침 속에는 반드시 배움이 깃들어 있다. 수업을 준비하느라 미리 공부하면서 배우는 것도 있지만, 가르침의 과정 속에서 나도 모르게 체험하고 느끼는 것들은 무엇과도 바꿀 수 없는 기쁨이다.

얼마 전에는 글쓰기 수업을 진행하다가 규리라는 학생의 사랑스러운 문장을 만났다. "나는 사과나무에서 자라고 있는 귤 같다." 아무도 자신을 이해해주지 못하는 상황을 고통스러워하는 학생의 마음이 고스란히 전해졌다. 이 나무에서는 오직 사과만 열리도록 예정되어 있는데, 나만 돌연변이로 귤이 되어 태어난 것 같은 그 느낌을 나도 안다. 어딜 가도 이방인인 듯한 느낌, 어딜 가도 내 진정한 친구를 결코 찾을 수 없을 것 같은 뼈저린 외로움을 나는 안다. 나는 학생의 어깨를 다독이며 네 아픔을 이해한다고 말해주었다. 수업이 끝난 뒤 생각해보니 내가 진짜 하고 싶은 말은 이것이었다.

"네 아픔을 나도 안단다. 그런데 네가 느끼는 아픔은 다른 사과들 때문은 아니야. 사과들에게 귤을 이해해달라고 강요하면 안 돼. 나 혼자 귤이기 때문에 내가 혼자 남아 견뎌야 할 고통이 있거든. 그 아픔을 견뎌내야 해. 그들이 사과인 것이 죄가 아니듯, 내가 귤인 것도 죄가 아니야. 사과와 귤을 날카롭게 구분하고 차별하는 사람들이 나쁜 거지. 난 내가 사과가 아니라 귤로 태어난 것을 이제는 사랑할 수 있게 되었어. 이제 더 이상 사과처럼 보이기 위해 억지로 노력하지 않거든. 너도 네가 사과나무에서 돌연변이로 자라난 귤이란 사실을 언젠가는 사랑하게 될 거야."

॥

 영화 〈죽은 시인의 사회〉에는 내가 가장 좋아하면서도 볼 때마다 깊은 슬픔을 느끼는 장면이 있다. 연극에 뛰어난 재능을 지녔지만 아버지의 뜻에 따라 군사학교에 억지로 들어가야 하는 상황에 처한 주인공 닐(로버트 숀 레너드)이 일생일대의 결정을 내리기 전날 밤, 그러니까 셰익스피어의 희곡 《한여름 밤의 꿈》에서 주인공을 맡아 열연하기 전날 밤에 키팅 선생님(로빈 윌리엄스)의 방을 찾아가는 장면이다. 늘 교실 같은 '공적인 가르침의 공간'에서만 보던 키팅 선생님이 자신의 비좁은 개인 연구실에서 숲속의 현자 같은 고즈넉한 표정으로 앉아 있다. 늘 친구처럼 가깝게 느껴지던 키팅 선생님이 닐에게는 이날따라 이상하게도 너무 멀게 느껴졌던 것 같다. 이제 겨우 열여덟인 닐은 사력을 다해 선생님께 도움을 구하고 싶은 심정이었을 것이다. 하지만 닐은 그러지 못한다. 순수하지만 자존심이 강한 닐은 차마 아버지가 자신을 군사학교에 보내지 않도록 도와달라는 직접적인 부탁을 할 수 없었던 것일까. 나는 닐이 차라리 자존심을 접고 '선생님, 도와주세요'라고 말하기를 바랐다.

하지만 키팅 선생님은 '이제 네 힘으로 세상을 헤쳐나갈 때야'라고 말하는 듯한 눈빛이다. 그런 키팅 선생님의 모습이 어쩌나 야속하던지. 그때 닐이 '도와주세요'라고 말했다면, 키팅 선생님이 '그래, 아직은 너 혼자서 모든 것을 헤쳐나갈 수는 없단다'라고 말했다면, 그토록 아름답고 눈부신 청년 닐은 죽음을 택하지 않을 수도 있지 않았을까. 하지만 오랜 시간이 지나 다시 〈죽은 시인의 사회〉를 보고 내 생각이 틀렸다는 것을 아프게 깨달아야 했다. 어떤 스승이라도 마지막 한 걸음까지 함께 가줄 수는 없다. 지상 최고의 스승이라도, 제자가 홀로 건너가야 할 인생의 결정적인 한 걸음, 반드시 혼자서 겪어내야 할 인생의 전환점을 함께 건너가줄 수는 없다. 키팅 선생님은 스승으로서 최선의 것을 이미 다 주었고, 이제 닐은 자신의 발걸음 하나하나로 이 거친 세상을 홀로 헤쳐나가야만 했다.

※

그러나 닐은 알지 않았을까. '다른 누구도 아닌, 나 자신으로 살 수 있는 법'을 깨우쳐준 키팅 선생님이 얼마나 소중한 존재였는지를. 너무 짧은 생이었지만 연극배우로서 '내가 진정으로 원하는 삶'이 무엇인지를 깨달으며 마지막 에너지를 불태운 그 시간이 생애 최고의 시간이었음을.

하지만 키팅 선생님과는 달리 학생들에게 거리를 두지 못하는 나 같은 사람은 이런 상황에서 조금은 다르게 말할 것이다. 내가 만약 닐의 선생님이었다면, 지금이라도 그에게 다가가 어깨를 토닥이며 이렇게 말해주고 싶다. 삶은 한 번뿐이지만, 우리가 올바른 선택을 할 수 있는 기회는 매일매일 있다고. 삶이 한 번뿐이라고 해서 선택조차 한 번뿐이라고 생각하지 말았으면 좋겠다고. 오늘의 선택이 틀렸다면, 내일 용기를 내서 그 선택을 바꿀수 있는 힘 또한 너 자신에게 있다고. 나는 오늘도 이렇게 가르치며 배우고 배우면서 가르치는 삶, 낮에는 배우고 저녁에는 가르치며 밤에는 글을 쓰는 삶을 꿈꾸며 '아직 한참 모자란 나'를 예전보다 더 깊이, 더 따뜻하게 사랑하는 법을 배우고 있다.

누가 뭐래도, 매일 새로울 권리

느낄 수 있는 슬픔의 가짓수가 늘어난다. 웃을 수 있는 유머의 가짓수도 늘어난다. 익숙한 언어로는 좀처럼 표현할 수 없는 새로운 감정의 가짓수도 늘어난다. 나이가 들면 무뎌질 줄 알았는데, 오히려 세상은 더욱 날카롭고 뾰족한 자극으로 다가온다. 점점 더 무난해지기는커녕 자꾸만 예민해지는 내가 걱정스럽지만, 이제는 비로소 나의 못 말리는 까칠함을 받아들이기로 한다. "넌 왜 그렇게 예민하니? 울 일도 아닌 일에 눈물 흘리고, 웃을 일도 아닌 일에 깔깔 웃고." "그 영화를 또 봤어? 열 번은 더 봤다며. 지겹지 않아?" "대충 좀 살자. 모난 돌이 정 맞는 거야. 그렇게 까칠하게 굴다간 제명에 못 죽는다." 지인들은 무심코 던졌지만,

항상 깊은 상처로 남았던 말들이다. 나는 대체로 지나치게 예민하고, 평소엔 내성적인가 하면 발작적으로 외향적이기도 하고, 날씨나 기분에 따라 감정 곡선이 그야말로 천당과 지옥을 오간다. 평생 고치려고 노력했지만 그렇지 않은 척하는 어설픈 연기력만 늘었을 뿐, 본질적인 성정은 바뀌지 않았다. 마흔을 넘어서며 그래도 천만다행인 것은 나를 억지로 바꾸기보다는 있는 그대로 받아들이기 시작했다는 점이다.

*

'융통성'이라는 단어가 참 싫다. '좋은 게 좋은 거다'라는 문장은 더 싫다. '남들 하는 만큼은 하고 살자'는 문장은 더더욱 싫다. 차라리 '곧이곧대로' 자기 마음의 문양대로 거침없이 살아가는 사람들이 부럽다. 나는 아직 '융통성 있게' 요령을 부리며 살지도 못하고, '곧이곧대로' 제 길만 뚜벅뚜벅 가지도 못하는 어정쩡한 상태다. 예전엔 이런 내가 참 못마땅했지만, 이젠 그런 나를 보듬어주기 시작했다. 불편한 순간도 있지만, 나의 어쩔 수 없음을, 스스로의 바뀔 수 없음을 언젠가부터 완전히 받아들이기 시작했다. 내가 못 가진 것들만 목마른 눈빛으로 우러러 바라보던 한평생을 뉘우치며 '그럼에도 불구하고 내가 가진 것들'을 바라보기 시작했다. 이 또한 마흔 즈음의 미세한 변화다. 예민함과 까칠함 때문에 주변 사람들의 타박을 많이 받았지만, 바로 그런 성격 때문에 지칠 줄 모르고 글을 쓸 수 있었다는 것을 최근에 알았다.

누구나 쉽게 지나치는 사소한 장면들 앞에서 나는 혼자 울컥하기도 하고, 책 한 권을 읽어도 너무 많은 생각들이 떠올라 정해진 원고 분량보다 다섯 배는 긴 서평을 써놓고 줄이느라 끙끙거리기도 한다. 분명 열 번도 더 본 영화인데 볼 때마다 새로운 장면에서 눈물샘이 터져 혼자 아이처럼 훌쩍이기도 한다. 잠깐 사이에 까무룩 독서 삼매경에 빠지거나 아이디어를 메모하느라 내려야 할 지하철역을 자꾸 지나치기도 한다. 사회생활에 무난히 적응하기엔 참 어려운 성격이지만, 글을 쓸 때는 이 과도한 예민함이 무궁무진한 영감의 원천이 된다. 남들이 무심코 지나쳐버리는 장면에 찰거머리처럼 달라붙어 그 안에서 반드시 의미의 진주를 캐내는 이 창조적인 집착이야말로 나의 글쓰기 비결이다. 나는 집착한다. 고로 존재한다. 나는 예민하다. 고로 글을 쓰지 않을 수가 없다. 나는 주체할 수 없는 감성의 폭발로 매일 끙끙 앓는다. 그래서 비로소 나답게 살 수가 있다. 무뎌지거나 무난해지지 못하는 것은 질병이 아니라 나다움을 지키는 나름대로의 내면 건강법이 아닐까.

이제는 고독 안에서 슬픔이 아닌 안도감을 느낀다. 지하철이나 버스 안에서 글을 쓸 때조차도 완벽한 고독을 느낀다. 나는 글을 쓰는 순간만은 내 주변에 투명한 유리막이 둘러지는 듯한 달콤한 환상을 느낀다. 그럴 때 나는 그토록 걱정했던 내 스스로의 내향성을 즐긴다. 내 예민함과 춤까지 춘다. 그런데 주의가 필요하다. 이 예민함이 글쓰기와 만났을 때는 행복한 춤을 추지만, 아픈 기억이나 트라우마와 만났을 때는 끝 간 데 없는 나락으로 떨어질 수 있기 때문이다.

얼마 전에 한 잡지사로부터 '옛사랑'에 대한 글을 써달라는 청탁을 받고 나는 들고 있던 휴대폰을 땅에 떨어뜨릴 뻔했다. 오랫동안 아픈 기억과의 대면을 애써 피하고 있었는데, 드디어 올 게 왔다 싶었다. 나는 갑자기 말을 더듬으면서 머뭇거렸다. 그 주제라면 피하는 게 나을 수도 있겠다는 생각과 동시에 옛사랑의 추억 몇 줄도 못 적으면 과연 작가로서 자격이 있겠는가 하는 생각이 한꺼번에 밀려와 뒤통수를 내려치는 느낌이었다. '옛사랑'이라는 주제의 원고 청탁을 피하고 싶은 마음은 인간적인 나약함이었고, 피해서는 안 된다는 생각은 작가로서의 자존심이었다. 그런데 이것저것 재보며 천천히 결정하기도 전에 이미 마치 판도라의 상자가 열린 듯 기억의 실타래가 미친 듯이 풀려나오기 시작했다.

그 사람 때문에 상처받았던 기억, 복수하듯 내가 상처를 준 기억, 돌이킬 수 없이 서로의 마음에 치명상을 내고도 미안하다는 말 한마디 하지 않고 헤어졌던 모든 기억들이 쏜살같이 밀려들었다. 마지막으로 본 지가 10년이 넘었는데도. 오래전 완벽하게 봉인한 줄로만 알았던 그 아픔은 마침내 봉인이 풀리자 미친 듯한 속도로 쏟아져 나오기 시작했다. 절대 열려서는 안 될 슬픔의 수문이 열리고 말았다. 한 달 넘게 아픈 기억의 습격에 시달리며 슬픔의 파도가 어서 멎기만을 기다렸는데, 아직도 마음이 시름시름 앓는다. 이것 또한 마흔이 넘어 느끼는 새로운 종류의 아픔이다. 슬픔의 빗장이 야무지게 꽝 닫히지가 않는다. 과거를 바꿀 수도 없고, 현재 또한 바꿀 수 없지만, 내가 그 사람과 그 기억에 대해 아무것도 할 수 있는 게 없지만, 온몸이 결박당한 채로 그저 '아파할 수 있는 자유'밖에는 아무것도 남지 않은 느낌. 이 무력감과 싸워 이길 때 나는 한 인간으로서도, 작가로서도 다시 훌훌 털고 일어날 수 있겠지. 그 아픔의 심연 아래 깊이 생각의 닻을 드리우니, 그제야 숨통이 트였다. 그때서야 알 것 같았다. 마음속에 나도 모르는 새로운 아픔의 방이 존재하고 있었구나. 영원히 아물지 않는 슬픔의 방이 있다는 걸, 이제는 그만 인정해줘야겠구나.

숨 막히는 아픔이 온몸을 덮치더라도, 마음속에 새로운 방을 만들 수 있다는 것은 참 좋은 일이다. 새로운 가치나 감정에 새로운 방을 내줄 수 있다는 것, 그것이야말로 아직 우리 심장이 팔딱팔딱 뛰고 있다는 기쁜 증거니까. 평창올림픽 당시 여자 대표팀의 컬링 경기를 손에 땀을 쥐며 시청하면서 스스로 화들짝 놀랐다. 원고 마감이 코앞인데 텔레비전을 켜놓고 글을 쓰려니 한 줄도 제대로 써지지 않았지만, 그래도 그 미친 듯한 설렘이 반가웠다. 축구에도 야구에도 무관심한 내가 얼마 전까지만 해도 경기 규칙도 제대로 모르던 컬링에 왜 이토록 열광하는가. 누군가 알아주지 않아도, 누군가 든든하게 뒤를 받쳐주지 않아도, 오직 하나의 목표를 향해 꾸밈없이 해맑게 돌진하는 선수들의 아름다운 삶이 그저 경기를 바라보는 것만으로도 그대로 전해졌기 때문이었을 것이다. 우리 안의 죽어버린 젊음을 이끌어내는 것, 우리 안에 있는 새로운 것을 향한 갈망을 이끌어내는 것이야말로 세상을 바꾸는 사람들의 힘이라는 생각이 들었다. 내 마음속에 '컬링의 방'이 생겼다는 것만으로도 참 좋다. 컬링만 생각해도 기분이 좋고, 컬링 선수들의 어여쁜 이름들을 하나하나 떠올려보는 것만으로도 가슴이 쿵쾅거린다.

내 마음에는 무어라 이름 붙이기 힘든 감정의 방들이 수백 가지 존재하고 있다. 그때는 표현할 수 없었지만 지금은 말할 수 있는 것들의 방, 그때는 느끼지 못했지만 지금은 느낄 수 있는 것들의 방, 영원히 가질 수 없는 것들에 대한 애틋한 향수와 그리움을 모아놓은 방, 아직 담담해지지 않은 슬픔들이 통곡하는 방. 슬프긴 한데 울지 않을 수 있는 담담한 아픔의 방도 있다. 언젠가 친구와 함께 바닷가에서 아이들과 뛰노는 엄마들을 바라보며 이런 이야기를 한 적이 있다. "난 평생 저런 기쁨은 못 누리겠지? 햇살이 쏟아져 내리는 바닷가에서 아이들과 모래성을 만들면서 깔깔대는 기쁨. 햇살을 등지고 해변을 서성이며 시간이 가는지도 해가 지는지도 모르는 엄마의 기쁨."

친구에게 털어놓는데 이상하게도 예전처럼 가슴이 많이 아프지는 않았다. 이것은 나에게 새로운 종류의 슬픔인 것 같다. 완전히 없앨 수 없지만, 아직도 아프지만, 자발적으로 간직하기로 결심한 슬픔. 마음속에 '새로운 방'이 하나 더 생긴 것이다. 가질 수 없는 것에 관하여 회한도 쓰라림도 없이 담담히 말할 수 있을 때, 나는 기쁘게 마흔이라는 시간의 무게를 받아들이게 되었다.

❧

내 마음속에는 그렇게 수많은 방들이 아직도 매일매일 만들어지고 있다. 내가 새로운 이름을 만들어 그 감정들을 마침내 내 것으로 품어 안아줄 때까지. 규정할 수도 없고, 미리 제한할 수도 없는 수많은 감정과 취향의 방들이 아직 도배가 덜 끝난 상태로 우리 마음속에 남아 있다고 생각하니 더욱 설렌다. 몇 년 전 '톱으로 만든 음악'을 처음으로 들었을 때도 바로 그렇게 새로운 마음의 방이 만들어지는 순간의 희열을 느꼈다. 배우 브리트 말링이 각본과 주연을 함께 맡은 멋진 영화 〈어나더 어스〉에서 남자 주인공은 자신의 청소부이자 자신의 인생을 돌이킬 수 없이 망가뜨려버린 한 여인을 위해 '톱'이라는 무기로 천상의 음악을 연주한다. 보기만 해도 소름이 돋는 무시무시한 톱을 왼팔에 살포시 보듬어 안고 오른손에는 활을 든 채 그야말로 바이올린처럼, 해금처럼 정성스레 톱을 연주하는 한 인간의 모습은 처연하고도 눈부시게 아름답다. 그는 톱이라는 무기에서 무한한 음을 뽑아냈다. '톱'이라는 도구이자 무기를 '악기'로 만들어낸 혁명적인 장면이었다. 우리에게는 아직 '마음속에 새로운 방'을 만들 여력이 남아 있는가. 최근 1년 안에, 당신의 마음속에 불을 질러 새로운 마음의 방을 만들게 한 새로운 자극이 있었는가. 그것은 아직 당신이 나이 따위의 중력에 이끌리지 않는다는 것을 의미한다. 당신이 삶을 바꿀 수 있는 기회를 너무도 많이 갖고 있다는 것을 의미한다. 당신은 자유롭고, 활기차며 여전히 젊다. 당신에게는 아직 삶을 새로 시작할 무한한 기회가 있다. 당신에게 '마음속에 새로운 감정의 방'을 만들 수 있는 아주 작은 설렘의 불씨가 남아 있다면.

결코 행복을 피하지 마

"세상에, 이런 행복 알레르기 환자 같으니라고! 행복이 무슨 끔찍한 바이러스라도 되는 거예요? 이제 행복을 그냥 있는 그대로 받아들이면 안 되는 거예요?"

20년 넘도록 심각한 일중독 상태로 살아온 M 선배에게, 나는 안타까운 마음으로 물었다. 이제 제발 좀 그냥 행복해지면 안 되겠냐고. 이제 조금이라도 자신에게 너그러워지면 안 되겠냐고.

선배는 열아홉 살에 온 집안을 이끌어가야만 하는 가장이 되었다. 고3 때 아버지가 돌아가신 뒤 선배는 한 번도 '돈 버는 일'을 쉬어본 적이 없었다. 그러면서도 힘든 티나 고생한 티가 나지 않았다. 그는 독서광이었고, 클래식 음악 마니아였으며, 티셔츠에

청바지 하나만 걸쳐 입어도 맵시가 났다. 고생한 티가 전혀 나지 않는 해맑은 얼굴 탓에 나는 그를 '부르주아의 아들'로 착각하기도 했다.

40대 후반에 접어든 그는 미혼으로, 회사에서는 충분히 인정을 받았으며, 야간 대학원까지 다니며 학구열도 불태우고 있다. 늘 혼자 명절과 크리스마스를 맞아왔을 테고, 주말마다 혼자 끼니를 챙겨야 할 선배의 오랜 외로움이 안타까워, 나는 실로 오랜만에 소개팅 주선자가 되었다. 내 주변의 미혼 여성 중에서 불현듯 J가 떠올랐다. J는 정말 행복 바이러스를 몰고 다니는 사람 같았다. 발랄하면서도 지적이고, 사랑스러우면서도 듬직한 사람이었다. M과 J. 내가 정말 아끼고 좋아하는 두 사람이 지금까지 서로 전혀 모르고 살아가다가 어느 날 갑자기 운명적인 인연으로 맺어질 수도 있다고 생각하니, 두 사람이 함께 있는 모습이 상상돼 내 마음까지 설레기 시작했다.

소개팅의 뉘앙스가 살짝 스며들어 있지만 너무 심각하지는 않은, 자연스러운 만남이 되도록 하려고 나는 무던히 애를 썼다. 두 사람은 정말 잘 어울렸다. 적어도 내가 보기엔 그랬다. '이제 내가 슬쩍 빠져줘야 할까'라는 생각이 들 정도로 서로 흥미로운 대화와 호감 어린 눈빛을 주고받는 것 같았다. 우리 세 사람의 흥겨운 술자리가 끝나고, 나는 선배에게 물었다. 오랜만에 초롱초롱한 눈빛으로, 기대감에 가득 차서. "어땠어요?" 선배는 쓸쓸한 눈빛으로 말했다. "훌륭하지. 정말 좋은 분이야, 모든 면에서. 그런데 나이 차이가 너무 많이 나. 내 나이가 너무 많잖아." 맥이 탁 풀렸다. "그게 진짜 이유예요? J 씨는 나이 차이 같은 건 아무렇지도 않게 극복할 사람이에요. 나이에 대한 편견도 없고, 생각도 얼마나 깊은 사람인데요." 선배는 완강했다. "본인은 그럴 수 있어. 하지만 J 씨의 부모님이 계시잖아. 그분들은 내 나이가 얼마나 부담스러우시겠니. 그분들께 내가 너무 미안해지잖아."

이성적으로는 이해할 수 있었지만, 마음으로는 선뜻 받아들여지지가 않았다. 그렇게 모든 상황을 빠짐없이 고려하다 보면 과연 자신의 진짜 감정에 충실할 수 있을까. 그는 눈앞에 있는 행복의 가능성을 빤히 쳐다보면서도, 행복해질 기회를 놓쳐버리고 있는 것은 아닐까. 그는 '나중에, 형편이 되면' 행복을 누릴 수 있을 거라고 생각하다가, 바로 지금 여기서 행복해질 수 있는 기회를 이미 많이 놓쳐버린 것은 아닐까. 30대까지는 잘 안 보이던 그 사람의 '벽'이 보이는 것 같았다.

❧

그의 자존심은 너무 꼿꼿해서 감히 범접할 수가 없었다. 예컨대 얼마든지 내가 술을 살 수도 있는 상황에서도, 그는 '후배에겐 절대 얻어먹지 않겠다'는 해묵은 원칙을 앞세워 이미 지갑에서 카드를 꺼낸 나를 여러 번 주저앉히곤 했다. 나는 그런 선배의 지나친 꼿꼿함이 못내 가슴 아팠다. 열아홉 살 때부터 누구의 도움도 받지 않고 가족을 이끌어온 사람이니, 그가 견뎌온 외로움과 부담감의 무게를 감히 짐작조차 할 수가 없었다. 우리는 매우 친한 선후배 사이였지만, 그는 내가 아는 사람들 중에서 가장 다정하고 유쾌하며 총명한 사람이었지만, 그래도 우리 사이에는 벽이 있었다. 그의 자존심과 나의 두려움이라는 벽. 선배는 마음속에 있는 거의 모든 이야기를 다 들려주는 것 같았지만, 선배이자 연장자라는 벽, 누구에게나 도움이 되는 존재가 되어야 한다는 책임감, 자기 안의 가장 쓰라린 고독과 슬픔은 결코 들켜서는 안 된다는 강박으로부터 자유롭지 못했다. 그런데 이제 나 또한 같이 나이 들어가는 처지가 되어보니, 그 보이지 않는 벽을 살짝 건드려도 괜찮을 것 같은 느낌이 들었다. 이제 40대니까, 더 이상 한참 어린 후배로만 보이지는 않겠구나. 말로 하기는 조금 쑥스러운 내용이라 문자메시지로 내 마음을 적어 보냈다. "이제 행복해지기를 두려워하지 마요. 내가 지난 20여 년 동안 꾸준히 관찰해왔는데, 선배는 충분히 행복해질 자격이 있잖아요. 그것도 아주 차고 넘치도록. 그러니 이제 마음 놓고 미친 듯이 행복해져봐요. 이 행복 알레르기 환자 같으니라고!"

선배는 스마일 이모티콘을 담아 이렇게 답장을 보냈다. "그래, 고맙다! 난 원래 행복한 것들이 싫었어!^^ 이제 안 그러도록 노력해보마."

어쩌면 나와는 별다른 공통점이 없는 M 선배에게 그토록 친밀
감을 느꼈던 이유는 나 또한 그처럼 행복 알레르기 환자였기 때
문인 것 같다. 행복 알레르기는 마치 DNA의 유전 정보처럼 삭
제하거나 고칠 수 없는 무엇으로 보였다. 누구에게나 절대로 신
세 지고 싶지 않은 마음, 행복한 순간이 올 때마다 마치 남의 옷
을 하루만 빌려 입은 것처럼 불편하고 어색한 마음은 나 또한 마
찬가지였다. 하지만 신세 지기를 거부한다고 해서 신세를 전혀
지지 않고 살 수 있는 인생이 아니었다. 내 지나친 자존심 때문에
본의 아니게 타인에게 마음의 불편을 끼치며 또다시 신세를 졌
다. 삶이란 끊임없이 자신도 모르게 타인에게 신세를 지고, 나 또
한 나에게 기대는 사람을 기꺼이 얼싸안는, 영원히 신세를 입고
입히는 과정이다.

평생 찾아 헤맸지만 막상 맞닥뜨린 행복의 빛나는 가능성 앞에
서는 오히려 도망치고 싶은 마음. 눈앞의 행복을 있는 그대로 누
릴 줄 모르는 마음, 행복한 사람들을 보면 친밀감보다는 거리감
부터 느끼는 마음. 너무 익숙한 마음이라 전혀 이상하게 느껴지
지 않았는데, 언제부턴가 이런 마음을 그대로 지닌 채 하루하루

나이 들기가 무서워졌다. 행복이 무슨 바이러스도 아닌데, 왜 행복 앞에서는 낯선 괴물을 만난 듯 멈칫하게 되는지. 왜 행복한 사람들 앞에서는 낯선 외계인을 만난 듯 움찔하는지. 마흔의 문턱을 넘으려니, 그동안 스스로 채워온 그 끈질긴 마음의 족쇄를 그만 풀어주고 싶어졌다.

✻

나 자신에게 주문을 걸어본다. 이제는 행복의 기회가 외부에서 찾아오기를 기다리지 말고, 행복의 기회를 스스로 만들어보자고. 성취나 경쟁을 통한 짜릿한 승리감보다는 마음을 한껏 이완시켜서 얻는 소소한 기쁨이나 저강도의 쾌락이 나에게 맞는 행복 레시피라는 것도 알게 되었다. 얼마 전에는 나를 위한 깜짝 선물로 일주일간의 제주도 여행을 선택했다. 먼 나라로 떠나려면 아무래도 준비할 것이 많고 긴장도 되기 때문에 아무리 가고 또 가도 질리지 않는 내 마음의 보물섬, 제주도를 선택한 것이다. 그런데 그토록 멋진 제주도에서 아무리 일과 책임, 고민거리 등을 생각하지 않으려고 해도 도무지 잘 되지 않았다. 욜로(YOLO, You Only Live Once, 단 한 번뿐인 인생을 즐길 줄 아는 삶의 태도)와 휘게(hygge, 물질적인 쾌락보다는 마음의 안락함과 편안함을 추구하는 삶)는 아무나 누리는 게 아니구나, 뼈저리게 깨달았다. 스케줄을 비울 수는 있어도 마음을 비우는 것은 얼마나 어려운지. 내 인생을 바꿔야 한다는 생각과 새로운 아이디어를 쥐어짜내야 한다는 강박, 풀리지 않는 인간관계와 속수무책의 그리움 같은 것들 때문이었다. 그토록 아름다운 제주도에서 무려 일주일의 휴가를 보냈는데도 계속 극심한 불안과 일에 대한 강박에서 벗어나지 못했다. 아무에게도 결코 보내지 못할 글을 계속 썼다 지우고, 썼다 버리는 과정을 반복하면서 욜로와 휘게는커녕 행복의 'ㅎ'도 느끼지 못한 채 허망하게 돌아오고 말았다.

그러던 어느 날, 행복의 비결을 엉뚱한 곳에서 찾게 되었다. 늦은 밤 갑자기 시원한 아이스커피가 마시고 싶어 동네 편의점에 들렀다. 시원한 커피를 손에 쥐니 문득 산책을 하고 싶어졌다. 비온 뒤의 골목길을 천천히 걸어보는 것이 얼마 만인지. 비를 맞아 풀잎 냄새를 더욱 진하게 뿜어내는 나무들의 싱그러운 아우성이 들리는 듯했다. 빗방울을 가득 머금은 나뭇잎이 가로등의 LED 불빛을 한껏 머금고 영롱하게 반짝이고 있었다. 그저 나무인데, 그저 빗방울을 머금은 나뭇잎인데, 어쩌면 그렇게 아름다운지 이해가 되지 않았다. 단 한 번뿐인 아름다움이 그곳에 있었다. 이곳, 이 시간, 이 마음, 이 기분으로 봐야만 보이는 그런 유일한 아름다움이었다. 오늘 이 시간이 아니면 다시는 만나볼 수 없는 아름다움처럼 느껴졌다. 사진을 찍고 싶었지만 주머니를 뒤져보니 휴대폰이 없었다. 왜 하필 전화기가 없을 때 이렇게 아름다운 걸 발견할까. 하지만 전화기로는 이 마음까지 담을 수 없겠구나, 오늘은 그저 눈에만, 마음에만 이 풍경을 담뿍 넣어두자. 세상 바깥에서 그토록 찾아 헤매던 것을, 우리 집 바로 옆에서 발견하다니.

돌이켜보니 매 학기마다 '이번 학기는 유난히 힘들고 최악'이라는 생각을 해왔다. 지난 학기에도, 지지난 학기에도, 이번 학기는 유독 길고 긴 터널 같다고 생각했다. 문제는 그런 마음을 내가 진심으로 보듬어주지 않았다는 것이다. 오히려 질책하고 힐난하고 무시했다. 내 마음인데, 내 슬픔인데, 내가 짓밟은 것이다.

불행하다는 감정의 원인을 제공할 만한 자극도 도처에 널려 있지만, 행복하다는 감정의 원인을 제공할 만한 자극도 도처에 널려 있다. 문제는 행복할 준비가 되어 있지 않은 나 자신, 행복 앞에서 오히려 뒷걸음질 치는 우리 자신의 망설임이었다. 비에 젖은 나뭇잎들의 조용한 합창을 듣는 것만으로도 천상의 행복을 느낄 줄 아는 나 자신, 그것이야말로 내가 더 늦기 전에 반드시 붙들어야 할 '최고의 나'였다.

나는 세계를 통치하거나 분석하거나 사고파는 사람이 아니라, 있는 그대로의 세계에 찬탄을 보내며 그 꾸밈없는 세계 속에서 최선의 열매를 맺는 사람이 되고 싶다. 그것이 내가 깨달은 최고의 행복 레시피다. 행복은 외부의 조건이 아니라 내면의 선택이다. 행복은 어떤 일에 대한 필연적인 결과가 아니라 우리의 주체적인 결단에서 우러나온다. 당신이 행복하기를 선택하지 않는다면, 이 세상 그 무엇도 당신을 행복하게 만들어주지 못할 것이다. 행복이 당신에게로 성큼성큼 걸어가는 것이 아니다. 행복이란, 누구나 그 씨앗은 분명 지니고 있지만 올곧은 아름드리 한 그루로 키워내는 사람은 극히 드물고 희귀한, 그런 마음의 나무다. 씨앗은 동일하지만, 그 나무의 품새와 열매의 향기는 저마다 다른 그런 나무. 행복은 당신으로부터 비롯되는 것, 당신으로부터 매일매일 빚어지는 것, 당신이라는 단 하나의 뿌리로부터 자라나는 나무다.

02

나다울 시간

피스메이커를 졸업하며

충돌이 싫어 피하기만 했다. 갈등이 싫어 미루기만 했다. 모난 돌이 정 맞으니까. 둥글둥글해 보이는 것이 일단은 이로우니까. 그렇게 믿으며 40년을 버텼다. 그런데 어느 순간, '이게 아니다' 싶었다. 잘못 살아온 것 같았다. 아무리 둥글둥글한 척, 모나지 않은 척해봐야 내 까칠한 본성은 숨길 수가 없었다. 나의 어쩔 수 없는 뾰족함은 아무리 숨겨도 드러나게 되어 있었다. 나는 이중생활에 지쳤다. 생각은 이렇게 하면서 행동은 저렇게 하는 것, 속으로는 여성에 대한 모든 차별에 반대하면서 막상 나에게 그런 차별이 일어나면 정면 돌파를 피하곤 하는 것, 어떤 사람을 별로 좋아하지 않으면서 그 사람 앞에서는 온화한 표정으로 웃어주는

것 등. 마흔이 되자 남에게 어떻게 보일지 걱정하는 마음의 회로
가 비로소 무뎌지기 시작했다. '이제 그만하자, 소질도 없는 연기
자 놀이는!' 어느 순간 내 안에서 그런 목소리가 들려왔다. 그때
부터 조금씩 자유로워지기 시작했다. 마흔의 문턱을 넘으며, 나
는 나 자신에게 솔직해지는 법을 훈련하기 시작했다. 그렇게 하
지 않으면 미쳐버릴 것 같았기에.

　예전에는 듣기 싫은 말을 들으면 그 자리에서는 애써 참다가
다음부터는 그 사람을 아예 피해 다녔다. 예컨대 성차별적인 발
언을 아주 흥겨운 농담이나 되는 듯이 지껄이는 사람들에게 그
자리에서는 곧바로 대응하지 못하고 어떻게 하면 다시는 그 사람
을 안 볼 수 있을지 소극적인 탈출 궁리만 했다. 얼마나 어리석고
소심한가. 살다 보면 불편한 사람과도 계속 마주쳐야 할 일이 어
쩔 수 없이 생기는 것을. 나는 이제 이렇게 대놓고 말한다. "방금
그 말씀은 듣기가 좀 불편하네요." "제가 잘못 들은 건가요? 그
말씀은 이 자리에 어울리지 않는 것 같은데요." 상대방의 얼굴은
순간 일그러지고, 분위기는 일시에 찬물을 끼얹은 듯하다. 그래
도 괜찮다. '불편함'보다는 '옳지 않음'이 더 무서운 것이다. 그 정
도의 어색함은 견딜 수 있다. 나는 예전보다 훨씬 강해지고 대담
해졌기에. 나를 싫어해도 괜찮다. 진심으로, 개의치 않는다. 남들
이 나를 싫어하는 것보다 내가 원하는 삶을 얻지 못하는 것이 훨
씬 무서운 일임을 뼈저리게 실감하기 때문이다.

얼마 전에는 첫 만남부터 위기에 직면했다. 나와 오랜 인연을 맺고 있는 출판사의 L 편집장과 모 언론사의 K 기자가 함께 모인 자리였다. L 편집장은 여성이고, K 기자는 남성이었다. 두 사람은 서로 이미 친했고, 나는 그날 K 기자를 처음 만났다. 두 사람이 유쾌하게 대화를 주거니 받거니 했다. 그런데 갑자기 K 기자가 L 편집장을 '이 아줌마'라고 부르기 시작했다. '아줌마'라는 호칭이 서너 번이나 반복되니, 내 감정이 격해졌다. 나는 정색을 하고 말했다.

"이분은 제가 많이 아끼고 존경하는 분이에요. 아줌마라는 호칭은 듣기 불편하네요."

사실 좀 더 조리 있게 설명하고 싶었다. L 편집장님은 두 가지 측면에서 아줌마가 아니라고. 일단 그분은 결혼하지 않았다. 한 번도 결혼한 적이 없는 독신 여성이었다. 그런 분에게 '아줌마'라는 단어를 아무렇지도 않게 쓴다는 것은 심각한 결례가 아닌가. 두 번째 이유. 사실 이 세상 어떤 여성도 공적인 자리에서 '아줌마'라는 호칭으로 불려서는 안 되는 것이 아닌가. 이름에 '씨'를 붙여도 좋고, 직책을 붙여도 좋다. 그렇게 친하다면 '누님'까지는 어떻게든 이해할 수 있었다. 하지만 '아줌마'라니, 어쩌면 그렇게 무신경하고 무례한지. 게다가 여성 쪽에서는 아무리 친해도 깍

듯하게 '○○님'이라는 호칭을 고수하는데, 남성 쪽에서는 거침없이 '아줌마'라고 부르니 더욱 듣기가 불편했다.

K는 '흠칫' 놀라는 표정을 짓다가 '뭘 그리 사소한 걸 갖고 따지느냐'라는 식으로 이야기를 풀어나갔다. 나는 완전히 실망하고 말았다. 이건 결코 작은 문제가 아니다.

"편집장님은 기자님을 '아저씨'라고 부르지 않잖아요. 게다가 우리나라에서는 '아저씨'보다 '아줌마'가 훨씬 듣기 거북한 뉘앙스를 가지고 있거든요."

'아저씨'라는 호칭을 듣는 남자보다 '아줌마'라는 호칭을 듣는 여성이 훨씬 감정적으로 위축되지 않는가. 이 사회에서 '아저씨'와 '아줌마'의 무게는 결코 같지 않다. 그분은 나를 향해 '이 사람, 녹록지 않구만!' 하는 표정을 숨기지 못했고, 나는 속으로 희미한 해방감을 느끼기 시작했다. '저 사람은 나에 대한 첫인상이 좋지 않겠구나' 싶었지만 그래도 괜찮았다. 예전처럼 두렵거나 힘들지 않았다. 내 감정을 숨김없이 말했기에 속이 다 시원했다. 어느새 내 마음의 맷집이 강해져 있었던 것이다. 이제는 안다. 내 의견을 솔직히 말하며 불편함을 견디는 것이 내 감정을 숨기며 평화를 유지하는 것보다 훨씬 행복한 일이라는 것을. 마흔의 자유로움은 이렇게도 찾아왔다. 더 이상 남들에게 잘 보이기 위해서 나를 포장하는 일이 매력적으로 보이지 않게 된 것이다.

과거의 나는 '피스메이커(peacemaker)'가 되기를 원했다. 솔직한 싸움보다는 미봉책으로서의 평화를 선택했다. '싸움닭'으로 보이기 싫었기 때문이다. 의견이 다르다는 이유로 싸우게 되면 결국 서로에게 상처만 남게 될 것이라고 지레 겁을 먹었다. 하지만 남는 것은 평화가 아니라 오히려 더 깊고 쓰라린 내상(內傷)이었다. 나는 '센 언니'로 보이는 게 두려웠던 것이다. 저쪽에선 '웃자'고 떠드는데 이쪽에서는 '죽자'고 덤빈다는 비판을 받기 싫었던 것이다. 점점 사람들이 많이 모이는 술자리를 기피하게 된 것도, 사람이 많이 모이는 자리에서는 반드시 성차별적인 요소가 눈에 보이기 때문이었다. 하지만 이제는 안다. 내가 싸움을 피할수록, 나뿐만 아니라 다른 모든 여성들에게 '자유의 공간'이 줄어든다는 것을. 내가 싸워야 할 것은 남성들 자체가 아니라 남성들의 편견이라는 것을. 그러니 내게는 남성들과 변함없는 우정을 유지하면서도 그들의 편견과 싸울 수 있는 용기가 필요하다는 것을. 설령 우정이 박살 날지라도 그들의 마음속에 자리 잡은 뿌리 깊은 편견만은 아프게 건드려야 한다는 것을.

솔직한 감정 표현이 주는 해방감은 이루 말할 수 없이 달콤하다. 그래서 요즘은 아주 친한 사이에서뿐만 아니라 매우 공식적인 자리에서도, 예의 바른 완곡어법보다는 정직한 직설화법을 택하게 된다. 심지어 정치나 종교 같은, 말 자체를 꺼내지 않는 것이 상책인 주제들에 대해서도 솔직해져버렸다. 보수적인 색채가 강한 분들이 모여 있는 상황에서 나만 외톨이로 앉아 있어야 하는 순간조차, 나는 솔직해졌다. 한번은 공식적인 회의를 앞두고 50대 중반의 K 변호사가 이렇게 말했다. "내 주변에는 문재인 후보 찍겠다는 사람이 한 명도 없어요. 도대체 이 높은 지지율이 어디서 나오는지 모르겠다니까요." 나는 어딘가 거들먹거리는 그분의 태도에 심히 충격을 받았다. 너무 큰 충격을 받은 나머지, 겁도 없이 이렇게 말해버리고 말았다.

"제 주변 분들은 거의 다 문재인 후보를 찍겠다고 하시던데요. 아니면 심상정 후보 찍겠다는 분들도 꽤 많고요."

분위기는 술렁거렸다. 지금까지 한 번도 내가 그런 이야기를 꺼낸 적이 없어서였을 것이다. 나는 그 자리에서 막내였다. 가장 어린 내가, 그것도 나 혼자만의 의견을, 너무도 당돌하게 제시해버리고 말았던 것이다. 그날 회의가 끝난 자리에서, 나는 내 옆자리에 앉아 있는 분에게 이렇게 말하기까지 했다. "이번에는 예전과 다른 선택을 해보시면 어떨까요. 솔직히 진심으로 완전하게 지지하는 후보가 없으신 것 같아서요." 그분은 화들짝 놀라시며 이렇게 말했다. "그건 그런데, 그래도 그건……." 나는 싱긋 웃었다. "문 후보는 정말 잘 해낼 거예요. 눈 딱 감고 한번 믿어보세요."

어디서 그런 용기가 나왔을까. 나는 특정 정당에서 선거운동을 나온 것도 아니고, 평소에는 정치 이야기도 잘 하지 않지만, 그날은 이상하게 솔직해지고 싶었다. 평생 그 누구에게도 반대 의견을 직접 들어본 적이 없는 이들에게, 알려주고 싶었다. 이 세상에는 당신과 다르게 생각하는 사람들이 아주 많다는 것을. 당신 바로 곁에 당신과 전혀 다르게 생각하는 사람들이 분명 존재한다는 것을. 그저 지금까지 서로 진심 어린 대화를 나누지 않았기에 모르고 있었을 뿐이라는 것을.

*

마흔 즈음의 또 다른 용기는 후배들을 향해서도 거침없이 발휘된다. 이제 30대 중반에 접어든 J는 아주 총명하고 매력적인 친구다. 글을 잘 쓰고 싶은데 자신의 글은 좀처럼 바뀌지 않는다고 고민을 토로한다. 게다가 오랫동안 직장 선배에게 지속적인 괴롭힘을 당해왔기에 상당히 위축된 상태다. 겉으로 보기에는 완벽한 직장. 좋은 집안, 안정된 생활로 부족할 것 없어 보이지만 화려한 겉모습과 달리 매우 의기소침했다. 그 직장상사는 J의 옷 색깔까지 트집 잡으며 '검정색과 흰색 외에 다른 색깔 옷은 입지 말라'는 식의 인권유린까지 서슴지 않았다고 한다. 나는 J의 이야기를 한참 듣고 있다가, 그녀의 어깨를 두드리며 말했다.

"이제 기지개를 켤 때가 되었어요. 지금까지 한 번도 펼치지 못했던 날개를 펼쳐봐요."

J는 내 말에 반신반의하는 것 같았지만, 눈빛만은 초롱초롱하게 빛났다.

"J 씨 안에는 무시무시한 괴물이 살고 있어요. 얼마든지 다 해낼 수 있는데 나는 어차피 안 된다고 스스로를 닦달하느라 한 번도 자기 능력을 제대로 써본 적이 없는 가여운 괴물이에요. 사실 그 괴물은 엄청나게 멋진 친구이기도 해요. 지금 이 힘든 상황을 너끈히 혼자 깨부술 수 있는 대단한 녀석이 J 씨 안에서 이미 기지개를 켜고 있어요. 두려워하지 말고 그 녀석의 힘을 한번 믿어봐요. 뭐가 무서워서 입고 싶은 옷도 못 입어요? 왜 하고 싶은 말을 못 해요? 내가 진짜로 원하는 게 뭔지 이미 스스로 알고 있는데, 그걸 왜 피하기만 해요?"

나는 어느새 내 이야기에 스스로 빨려들고 있었다. 나는 J 씨에게 이야기하면서, 마음 깊은 곳에서는 10년 전의 나 자신에게 이야기하고 있었던 것이다. 그때의 나에게, 서른의 터널을 달리며 타인에게 거슬리지 않는 존재가 되기 위해 진짜로 되고 싶은 자신을 억누르는 J에게, 이야기해주고 싶었다. 당신은 충분히 준비되었다고. 이제 준비만 하지 말고 창공을 힘차게 날아오르라고. 당신은 먼 훗날 대단해질 미래의 모습이 아니라 지금 바로 당신 그대로의 모습으로 폭풍우에 맞설 수 있다고.

이러다가 나는 시간이 갈수록 더욱 '센 언니'가 될지도 모른다. 단지 강해지고 싶어서가 아니라, 사랑하는 것들을 지켜내기 위해서. 더 이상 보드랍고 온화한 척, 원만한 척 연기할 시간이 없다. 내가 사랑하는 그 모든 것들을 지키고 내가 옳다고 믿는 그 모든 것들을 지켜내기 위해서는. 사람들이 나를 싫어해도 괜찮다. 드센 언니, 기 센 여자로 보여도 괜찮다. 내 의견을 포기하면서까지 누군가의 호감을 얻고 싶지 않다. 내 생각을 숨겨가면서까지, 내가 아닌 다른 무엇이 되면서까지 환심을 사고 싶지는 않다. 나이 들수록 내가 점점 더 '진짜 나다운 나'로 바뀌어가는 것이 좋다. '나를 이렇게 봐주세요'라고 부탁하고 싶지 않아서 좋다. 아무런 꾸밈없이 그저 말갛게 '나'에 가까워지는 것이 참으로 좋다.

내 안에서 피어오르는 시간의 힘

"미안하다고 하지 말 걸 그랬다. 죄송하다고 하지 말 걸 그랬다. 나는 내가 피스메이커인 게 싫다."

얼마 전 일기장에 적은 말들이다. 내 안에서 갑자기 분출된 말들이라 당황스러웠다. 감정이 어지간히도 오랫동안 쌓여 있었던 것 같다. 그날, 나는 나 자신이 정말 싫은 순간을 경험했던 것이다. 제인 오스틴의 《오만과 편견》을 읽고 함께 이야기를 나누는 자리였는데, 60대 중반의 영문과 교수님과 젊은 영화 평론가 한 분이 함께했다. 토론은 매우 재미있었는데, 문제는 영문과 교수님이 작가의 생애를 설명하며 자꾸 제인 오스틴을 '노처녀'라고 비하하는 대목이었다. 한 번이면 실수려니 하고 참으려고 했는데, 네 번이나 반복되니 더 이상 참을 수가 없었다. 작가에게 왜 '노처녀'라는 딱지를 붙여야 하는 것인가. 아니, 세상 그 누구도 '노처녀'라는 단어로 규정당해서는 안 된다. 니체나 고흐나 쇼펜하우어나 베토벤이 '노총각'이라며 비하된 적이 있었던가. 게다가 제인 오스틴이 '경험'이 없어서 남녀 간의 성적 행위를 묘사하는 데 '부족함'이 있었다고 하니, 그 논리는 더더욱 이해할 수가 없었다. 제인 오스틴의 화두는 남녀 간의 성적 긴장감이 아니었다. 오히려 그런 구체적인 행위의 묘사 없이도 사랑의 미묘한 심리전을 생생하게 묘사해낸 것이 제인 오스틴의 장점이라고 생각해온 터라 나는 마침내 폭발하고 말았다.

"교수님, 제인 오스틴에게 '노처녀'라는 단어를 쓰는 것은 적합하지 않다고 생각하는데요. 아직도 '노처녀'라는 단어를 쓰셔서, 솔직히 놀랐습니다. 그런 성차별적인 단어는 이제 없어져야 한다고 생각합니다."

나는 '성차별적인 단어' 앞에 '구시대적이고'라는 말을 집어넣으려다가 참았다. 구시대의 유물이라고 해서 다 나쁜 것은 아니니까. 하지만 제인 오스틴이 단지 '결혼하지 않았다'는 이유로 그 이름 앞에 자꾸 '노처녀'라는 낙인을 찍어 그녀가 '작가로서는 훌륭했지만, 인간으로서는 불행했다'는 식의 고정관념을 심어주어서는 안 된다. 결혼하지 않았다고 해서 경험이 없다고 말하는 사고방식도 구태의연하고, 경험이 부족하면 묘사를 못한다고 생각하는 것 또한 고정관념이 아닌가. 위대한 작품들은 항상 작가 자신의 경험치를 뛰어넘었다. 경험한 것만 쓸 수 있고, 이미 알고 있는 것만 쓸 수 있다면, 예술의 다양성은 어마어마하게 축소되었을 것이다. 여하튼 문제는 '노처녀'라는 단어의 반복적인 사용, 그리고 '노처녀'라는 단어로 아무렇지도 않게 작가의 라이프 스토리를 규정하는 지나친 무심함이었다. 토론을 듣고 있던 청중들은 나의 돌발적인 주장에 웃음을 터뜨렸지만, 나는 심각했다. 나도 교수님과 나 사이에 놓인 20여 년의 나이 차가 부담스럽긴 했다. 하지만 교수님이 나의 의견을 진지하게 받아들이고 인정해준다면, 우리는 더 깊고 풍요로운 대화의 장으로 나아갈 수 있었을지도 모른다.

♫

그러나 사태는 그렇게 흘러가지 않았다. 교수님은 화들짝 놀라서 이렇게 말했다. "아, 내가 한 방 먹었네요." 나는 그런 반응을 원한 게 아니었다. 물론 내가 그 교수님이라고 해도 당황스럽긴 했을 것이다. 하지만 나보다 훨씬 어린 사람에게 당했다고 생각하는 교수님의 사고방식은 또 한 번의 좌절을 안겨주었다. 한 방 먹이려고 한 말이 아니었다. 그냥 쿨하게 인정하면 족했다. '노처녀'라는 단어를 무심하게 쓴 건 자신의 불찰이었다고. 어쩌면 그 교수님은 당신이 늘 옳고 늘 최고라고 추켜주는 분위기 속에서 살아왔는지도 모른다. 그래서인지 교수님은 당신이 틀릴 수도 있다고 말하는 젊은이의 도전을 받아들일 마음의 준비가 전혀 안 되어 있는 것 같았다. 나는 순간적으로 그 교수님이 상처받았다고 느꼈고, 습관적으로 죄책감을 느꼈다. 그래서 이렇게 말하고 말았다. "마음 상하게 하려 한 것은 아니었습니다. 죄송합니다." 교수님이 너무 '당했다'는 표정을 지어서 '노처녀'라는 말이 정말 없어졌으면 좋겠다는 말은 덧붙이지 못했다.

그럼에도 토론 내내 교수님의 불편한 심기가 느껴졌고 나 또한 좌불안석이었다. 그래서 작별 인사를 할 때 또 한 번 "죄송합니다"라고 말하고 말았다. 정말 연장자의 마음을 상하게 하려는 의도는 아니었으니까. 나는 그저 내가 정확한 의견을 전달하면 그것이 '젊은 여성 작가의 당돌한 도발'이 아니라 '누군가의 투명한 의견 그 자체'로 받아들여지기를 원한다. 교수님이 내 의견을 쿨하게 받아들이고 '이제 노처녀라는 단어도, 노총각이라는 단어도 쓰지 맙시다'라고 멋지게 받아쳐주었다면, 우리는 더 흥미로운 대화의 장으로 진입할 수 있었을 텐데. 나는 그야말로 그 노교수님에게 '찍히고' 말았다. 하지만 괜찮았다. 이제는 누구에게도 잘 보이고 싶지 않으니까. 누군가에게 잘 보이고 싶다는 마음과 기쁘게 이별하는 중이니까. 나는 내 진심을 바꾸거나 단장해서 남에게 잘 보이고 싶지 않다. 저 사람이 나를 싫어해도 좋으니 내 진심이 전달만 되었으면 좋겠다.

✿

　나는 집에 돌아오면서 계속 마음속으로 중얼거렸다. 미안하다
고 말하지 말걸. 죄송하다고 말하지 말걸. 나는 피스메이커가 아
니야. 다시는 그렇게 비굴하게 죄송하다고 하지 않을 거야. 노처
녀라는 말은 꼭 없어져야 해. 올드미스, 골드미스, 된장녀, 김치
녀, 이딴 성차별적인 단어들도 반드시 없어져야 해. 이렇게 혼자
중얼거리다 보니 어느 순간 웃음이 터져 나왔다. 그간 마흔을 불
혹(不惑)이라고 이야기했던 《논어》의 주장에 별로 공감을 하지
못했는데, 이제는 그 의미를 알 것 같았다. 예전 같았으면 내 생
각에 그런 확신을 갖지 못했을 것이다. 누군가의 마음을 다치게
하지 않기 위해, 기꺼이 피스메이커의 역할을 자임했을 것이다.
하지만 이제는 그렇게 살고 싶지 않다. 그렇게 하다가는 다음 세
대에도, 그다음 세대에도, '노처녀'라는 사악한 단어는 남아 있
을 테니까. 어쩌면 나에게 필요한 '불혹'이란, 이렇듯 굳이 더 권
위 있는 사람에게 물어보지 않고도 내 의견을 그저 나의 것이라
는 이유만으로 당당하게 그러쥘 수 있는 용기가 아닐까. 마흔을
넘어서며 내게 쏟아진 축복 중 하나는 바로 이것이었다. 내 생각
을 말하기 위해 그 어떤 권위의 힘도 빌리지 않기. 칭찬받지 않아

도 좋으니, 그냥 내 의견을 말할 수 있다는 것 자체로 만족하기. 더 멋지고 대단한 문장을 만들기 위해 타인의 말을 인용하지 않기. 그렇게 할 수 있는 용기를 준 것이 내 나이 마흔의 힘이었다. 그 용기가 아직 부족한 것이 많이 부끄럽긴 하지만, 이제부터 한 걸음 한 걸음 나아가려 한다.

ℒ

얼마 전 제주 4·3 평화공원에 갔을 때도 나는 그렇게 '내 안에서 피어오르는 마흔의 힘'을 느꼈다. 4·3 평화공원의 전시실에서 나는 '다크 투어리즘(dark tourism)'이라는 여행 패턴이 제주 여행의 또 다른 테마가 되고 있다는 분위기를 감지했다. 인류의 비극을 여행 상품으로 만드는 것은 어제오늘의 일이 아니지만, 그토록 참혹한, 여전히 완전히 이해받지 못한 4·3을 상품으로 만드는 것에는 동의할 수가 없었다. 물론 4·3 평화공원을 더 많은 사람들이 찾고 그로 인해 4·3에 대한 대중적인 인식이 확산되는 것은 너무나 반갑고 소중한 일이다. 하지만 다크 투어리즘이라는 트렌드에 4·3을 편승시키는 것은 동의할 수가 없었다. 다크 투어리즘이 따로 있다는 생각도 들지 않았다. 아름답고 화사하고 인증샷 찍고 싶은 분위기가 따로 있고, 심각하고 진지하며 우울하고 슬픈 역사적 현장이 따로 있는가. 우리가 아름답다고 생각했던 그 수많은 오름들, 우리가 아무런 생각 없이 천진난만하게 인증샷을 찍었던 그 모든 제주의 아름다운 풍경들 속에 학살의 현장이 숨어 있었다. 다크 투어리즘의 장소는 결코 전형적인 관광 명소들과 다른 곳이 아니며, '어두운 역사적 상처'는 두부 자르듯 '아름다운 자연환경'과 확연하게 분리되지 않는다.

그로부터 얼마 지나지 않아 나는 열성적으로 제주 4·3 평화공원을 다크 투어리즘 관광 상품으로 만드는 것에 반대하는 글을 썼다. 예전 같으면 생각을 정리하는 데도 오래 걸렸을 것이고, 온갖 자료와 문헌을 뒤졌을 것이고, 그러고도 확신이 생기지 않아 권위자의 자문을 구했을 것이다. 이제는 이게 과연 맞는 생각일까 고민하며 온갖 자문을 구하지 않는다. 이것이 공자가 말하는 불혹과 일맥상통한다면, 나는 이런 '미혹되지 않음'이 참으로 좋다. 이제는 내 의견을 만들기 위해 온갖 참고문헌을 끌어들이고 주변의 온갖 시선을 의식하는 피곤한 감정노동을 하지 않을 수 있다. 물론 예전보다 더 많이 책을 읽기는 하지만, 그 책들의 이야기 속에 '혹하기'보다는 '그들과 나의 다름'을 생각하게 되었다. 그 어떤 위대한 작가에게 일방적으로 설득당하기보다는, 그와 대등하게 대화하고 싶어졌다.

얼마 전 켄트 M. 키스의 시 〈역설적인 계명들〉을 읽다가 '그래도'라는 접속사가 얼마나 아름다운 울림을 자아내는지를 깨달았다. "사람은 종종 비논리적이고 비이성적이고 자기중심적이다. 그래도 그들을 용서하라. / 친절을 베풀면 사람들은 당신에게 뭔가 이기적인 의도가 있다고 비난할 것이다. 그래도 베풀라. / 성공하면, 가짜 친구 몇 명과 진짜 적 몇 명이 생길 것이다. 그래도 성공하라. / 오늘 하는 좋은 일이 내일이면 잊혀질 것이다. 그래도 좋은 일을 하라. / 정직하고 솔직하면 상처받기 쉽다. 그래도 정직하고 솔직하라. / (…) / 도움이 절실한 이들을 돕고 나서 오히려 공격당할 수도 있다. 그래도 도우라. / 세상에 당신이 가진 최고의 것을 내줘도 면박만 당할 것이다. 그래도 최고의 것을 내줘라." 이 시를 읽다 보니, 내 마음속에 휴화산처럼 숨어 있던 수많은 '그래도 진정으로 하고 싶은 것들'의 목록이 일제히 깨어나, 그동안 남의 눈치를 보고 타인의 시선을 신경 쓰느라 꼭꼭 숨겨오기만 했던 열정의 마그마를 폭발시키는 것만 같았다.

'그래도'라는 접속사가 지닌 치유의 힘은 얼마나 큰지. '그래도'라는 말이 마음속에서 저절로 튀어나오는 순간, 아무리 주변 사람들이 눈치를 줘도 '그래도 내가 진정으로 원하는 것들'의 목록이 흔들리지 않는 순간, 우리는 '불혹'이 되는 것이 아닐까. 세상이 당신의 의견을 비웃으며 '혹시 네 생각은 틀린 것이 아닐까'라고 의심하는 눈빛을 보내도, 그래도 거침없이 말하라. 당신이 떠올린 바로 그 첫 번째 생각을. 당신이 마음 깊숙한 곳에서 길어 올린 가장 당신다운 생각을. 온 세상이 당신의 꿈을 가로막아도, 그래도 앞으로 나아가라. 이제는 더 아름답고 더 대단한 것들에 혹하지 않을 수 있으니까. 이제는 흔들리지 않고, 그 누구의 도움도 필요 없이, 스스로 진정한 나 자신이 될 수 있으니까.

거절해야 나 자신이 된다

거절은 아프다. 거절당하는 것도, 거절하는 것도. 그런데 반드시 거절이 필요한 순간이 있다. 내 힘으로는 어찌할 수 없는 것, 내 가치관이 받아들일 수 없는 것, 내가 정해놓은 인생의 방향과 직접적으로 상관없는 것은 거절할수록 더욱 바람직하다. 거절 여부의 결정 과정 속에서 '내가 원하는 나 자신'이 되는 순간을 자주 경험하는 것, 그것이 내게는 마흔의 징표였다. 선택은 그에 따른 보상이 확실하지만, 거절은 당장에 얻는 것보다 잃는 것이 더 많아 보이기 때문에 그 파생적 결과를 예측하는 것이 결코 쉽지가 않다. 거절 안 하고 마음 편한 것보다는 거절하고 마음이 불편해지는 것이 더욱 나다워지는 길이라면, 그 길을 택한다. 선택에 대한 만족은 금세 결과로 나타나지만, 거절에 대한 만족감은 지극히 내면적이고 주관적이기 때문에 거절의 진정한 의미 또한 당사자인 나 자신만이 이해할 수 있는 경우가 많다. 그리하여 거절은 남이 보는 내 모습이 아닌 내가 보는 내 모습을 결정하는 중요한 마음의 거울이 되기도 한다.

∿

내가 처음으로 거절의 해방감을 느낀 것은 학회 발표 시간이었다. 매우 큰 규모의 학회였고, 나는 발표를 맡아 몇 달 동안 원고를 쓰느라 최선을 다했다. 그런데 발표 후 그 글에 대한 반대 의견이 더 많았다. 물론 열화와 같은 성원을 기대한 것은 아니었지만 반대 의견이 그리 많으리라는 것 또한 예상하지 못했다. 게다가 내가 속한 국문과가 아니라 전혀 다른 전공자들이 모여 있는 학회에 특별히 초대되어 간 것이어서 마음이 더 아팠다. 그런데 토론자의 이야기를 듣고 나니, '내가 토론자의 이야기를 그대로 반영하여 글을 고친다면, 과연 온전한 내 글이 될 수 있을까' 하는 생각이 고개를 들었다. 토론자의 의견이 나의 의견과 서로 어울리는 것이었다면, 반론이라도 내가 받아들일 수 있는 것이었다면 그렇게 했을 것이다. 그러나 그들 의견대로 글을 고치면, 그것은 내 글이 아니리란 생각이 들기 시작했다. 그동안 진심이 아니면서도 "네, 알겠습니다. 고치겠습니다"라고 대답하며 수많은 반론과 질책들을 그냥 받아들이기만 했던 나 자신의 과거가 거대한 부메랑이 되어 내 얼굴을 내려치는 것 같았다. 대학원에서 나는 먹이사슬의 맨 끝자락에 있었고, 먹이사슬의 중간 지점쯤에 올라간 뒤에도, "네, 알겠습니다"라고 말하는 데 익숙해져 있었다. '저는 그렇게 생각하지 않는데요, 저는 제가 하고 싶은 대로 하겠습니다'라고 말해본 적이 한 번도 없었다. 그제야 내 진짜 문제가 그날의 발표문이 아니라는 것을 느낄 수 있었다.

마치 눈도 마주치기 어려운 사장님에게 결재를 받으러 간 신입사원처럼, 나는 진심으로 동의하지 않으면서 그냥 겉으로만 알겠다고 대답하는 생활을 오랫동안 반복해온 것이다. 그 예스맨 생활에 지쳐버린 것일까, 나를 전혀 모르는 사람들 앞에 가니 갑자기 용기가 나온 것일까. 어디서 그런 객기가 나왔는지 알 수 없었다.

"여러분의 말씀을 들으니, 다들 좋은 말씀이라는 것은 알겠는데, 저는 여러분들의 의견을 들을수록 오히려 제가 처음에 생각했던 그 입장이 저의 진짜 의견이라는 생각이 들었습니다. 좋은 의견들 진심으로 감사드리지만, 저는 여기서 한 글자도 고치지 않겠습니다."

진심으로 최선을 다했고 지금의 상태에서는 이것보다 더 좋은 글을 쓸 수 없다는 말은 꾹 삼켰다. 좌중이 술렁였다. 나는 숨한 권위자들이 모인 그 자리에서 가장 어렸고, 발표자 중에 여성은 나 혼자였으며, 그 자리에서 가장 낯설고 이질적인 이방인이었다.

술렁임은 발표장에서 끝나지 않았다. 뒤풀이 자리에서도 '정말 한 문장도 고치지 않을 거냐'는 무언의 눈치를 주는 사람들이 많았다. 그래도 버텼다. 어디서 그런 용기가 나왔을까. 무의식의 어떤 '깡다구'가 나에게 '이제 제발 예스맨은 그만둬. 그렇게 사는 게 지겹지도 않니?'라고 속삭였던 것 같다. '너는 네가 진정으로 동의하지 않는 입장에 아니라고 대답할 권리가 있어. 이 중에서 이 주제에 대해 가장 열심히 공부하고 글을 쓴 사람은 바로 너야.' 내 안의 아마조네스는 그렇게 말하고 있었다. 한 글자도 고치지 않겠다는 나의 그 어처구니없는 발언에 대해 모두들 넌지시 그건 좀 아니지 않느냐는 의견을 암시적으로 혹은 노골적으로 표현했지만, 이상하게도 괜찮았다. 내가 나를 발견한 희열이 너무 커서 남들이 뭐라고 말하는 것에 상처받을 여유가 없었다. 물론 그 학회에서는 그 뒤로 나를 절대 부르지 않았다. 그래도 괜찮았다. 오히려 나는 '내가 생각하는 것이 옳다는 것을 말할 수 있는 용기'가 처음으로 내 안에서 샘솟아난 것을 다행으로 여긴다. '얼마든지 비판해라, 나는 내 길을 가겠다'는 생각이 들자 비로소 폭풍우 속에서도 홀로 여유로운 커다란 바위산처럼 늠름한 기분이 되었다. 영웅 심리가 아니다. 내가 나라는 것을 비로소 깨달은 것, 내가 나일 때만 비로소 행복할 수 있다는 것을 처음으로 깨달은 것이다.

✍

아주 오래전이지만, 정말 도저히 견딜 수 없어서 해야만 했던 거절. 그것은 한때 사랑했던 사람의 '다시 만나자'는 끈질긴 구애였다. 인간적인 연민과 사랑의 감정을 확실히 구분하지 못했던 그때의 나는 '저 사람이 저렇게 힘들어하는데, 그냥 다시 사귀는 것이 낫지 않을까'라는 생각에 잠깐 흔들리기도 했다. 그런데 그런 마음 약한 생각을 하자마자 마치 지하 감옥에 갇혀 영원히 빠져나갈 수 없을 것 같은, 말할 수 없이 두려운 감정이 밀려들었다. 행복했던 순간은 정말 손으로 꼽을 정도였고, 항상 갇혀 있는 느낌, 손발이 꽁꽁 묶인 채 어떤 자유도 없는 느낌, 사랑이 아닌 소유욕의 그물에 걸린 느낌이 곧바로 온몸을 공격해왔다. 정말 아니구나 싶었다. 인생에서 가장 힘든 거절이었지만, 무려 몇 년에 걸쳐 똑같이 '아니야, 아니야, 아니야'라고 거절해야만 하는 상황에 내몰렸지만, 나는 버텼다. '또 구속하고, 또 독점하고, 또 통제하려 할 텐데'라는 공포감과 싸우는 것이 힘들었다. 그는 자신이 동원할 수 있는 모든 인간관계와 인간적 연민에 기대어 다시 만나자고 줄기차게 요구해왔지만, 그의 좀 더 편안한 삶을 위해 내 삶을 포기할 수가 없었다.

참으로 이상한 것은 관계를 '끝내자'고 한 것은 내 쪽인데, 그 후로 오랫동안 더 깊은 상실감을 느낀 것 역시 내 쪽이었다는 것이다. 돌이켜보니 그것은 그 사람을 비롯한 다른 타인들, 그러니까 그와 함께할 수 있었기에 만날 수 있었던 다른 사람들과도 모질게 인연을 끊어야만 그의 거대한 존재의 그늘을 벗어날 수 있다는 강력한 예감 때문이었던 것 같다. 그는 자신이 만나던 모든 사람들을 그대로 만났지만, 나는 그와 함께했던 거의 모든 사람들과 멀어졌다. 그렇게 해야만 '그가 힘들어하고 있다, 그건 나 때문이다'라는 불합리하지만 선명한 죄책감에서 벗어날 수 있었다. 내가 온 힘을 다해 그로부터 벗어나려고 한다는 것을 알고 나서야 그는 후회하기 시작했다. 내가 그런 단호한 거절의 반응을 보인 것은 그때가 처음이었기에 그는 그전까지 '변화의 가능성이 있다'고 착각했던 것 같다. 그는 그제야 자신이 나를 감시하고 독점하고 통제하고 소유하려 했던 것을 미안해했다.

그러나 늦었다. 이미 나는 모든 감정을 정리한 뒤였다. 그런데 문득문득, '우리 두 사람'이 아니라 '여러 사람이 함께' 행복했던 그때 그 시절이 떠올랐다. 그것은 내 20대의 가장 중요한 시기였고, 그 시절은 다시 돌아오지 않는다는 것을 알기 때문에 더욱 쓰라린 상실감을 느꼈다. 그때 뼈저리게 절감했다. 오랜 인연을 잘라낸다는 것은 내 존재가 산산이 부서지는 아픔을 견디는 것이구

나. 그럼에도 불구하고 그 아픔을 견디고 '내가 온전한 나로서 살 수 있다'는 희망을 버리지 않았기에 깊은 상실감을 견딜 수 있었다. 거절은 한편으로는 나를 지키기 위한 적극적인 선택이기도 하지만 한편으로는 내가 그것으로 인해 누릴 수 있는 편안함과 익숙함을 버려야만 하는, 쓰라린 상실감과의 대면이기도 하다. 그 상실감을 이겨내고 나니 비로소 내가 그 뼈아픈 거절을 통해 얻은 '한 줌의 찬란한 자유'가 보이기 시작했다.

아니, 그건 단지 한 줌의 자유가 아니라 내 인생을 다시 시작할 수 있는 최고의 기회였다. 두 번째 인생이 시작된 느낌이었다. 연애나 인간관계를 통해서가 아니라 오직 '나의 삶, 그 자체'로 세상과 정면으로 마주할 수 있는 눈부신 출발점에 다시 서는 것이었다. 나는 그때 사랑했던 사람과 그 주변의 많은 선후배들을 잃었지만, 누군가의 친밀함과 다정한 보살핌 없이도 꿋꿋하게 살아남는 법을 배웠다. 혼자 있는 시간의 소소한 기쁨을 사랑하게 되었으며, 사랑이나 연애 같은 강렬한 단어가 아닌 우정이나 친절, 호의 같은 좀 더 담담한 단어의 소중함도 알게 되었다. 사랑이 없는 시간으로 돌아오자 비로소 말갛게 '나'라는 존재가 보이기 시작했다. 그가 없어도 좋은 나, 그가 없으면 오히려 더 나다워지는 나, 그가 없는 시간을 얼마든지 견딜 수 있는 내가 보이기 시작했다. 그것만으로도 나는 오랜 감금 생활로부터 해방되는 느낌이었다. 곧바로 또 다른 사랑이 시작되는 바람에 그 잠깐의 평화는 너무 빨리 깨어져버렸지만, 다시 그 시절로 돌아갈 수 있으면 좀 더 오래 '사랑이 없는 시간'을 버틸 수 있는 용기를 지닐 수 있기를 바란다.

≫

언제부턴가 내 삶에서 '거절의 마지노선'이 생기고 있음을 깨닫는다. 예전에는 주로 시간이 안 되거나 정말 내 능력으로는 할 수 없는 것만 간신히 거절할 수 있었지만, 지금은 내가 할 수 있더라도, 내가 진정한 나 자신의 삶을 살아가는 것과 멀어지는 선택이라면 그 길을 가지 않는 것이 더 낫다는 생각을 하게 된 것이다. 이 거절의 마지노선이 좀 더 일찍 내 마음속에 자리 잡았더라면, 그동안 그렇게 거절을 하지 못해 쩔쩔매던 순간들의 스트레스로부터 훨씬 일찍 해방되지 않았을까. 더욱 더 나다운 삶을 좀 더 일찍 시작하지 않았을까. 예전에는 거절의 기준점이 나의 바깥, 즉 타인의 인정이나 외부의 시선에 있었다면, 이제는 내 안에 있다. 내가 내 삶의 운전대를 잡고 있다는 사실을 잊어버리지 않으려 애쓴다. 두 눈을 똑바로 뜨고 하루에도 수백 번씩 일어나는 내 안의 선택들을 관찰한다. 모든 것에 '예스'라고 대답하며 삶의 가능성을 무한대로 늘리기보다는, 먼저 내가 꿈꾸는 내 삶의 큰 그림을 그리고 그 꿈의 지형도에 따라 내 삶을 한 걸음 한 걸음 바꿔가고 싶으니까. 때로는 내가 무엇을 선택하는가보다 내가 무엇을 거절하느냐에 따라 내 인생의 향방이 결정되니까.

'조직'을 버리고 '나'를 찾다

"너는 조직 생활 못 하겠다!" "너는 사회성이 부족하구나." "모나게 굴지 마, 정 맞는 건 너야."

이런 이야기를 평생토록 들어온 나는 조직 생활을 잘 해낼 수 있을 거라는 기대 자체를 접고 살아왔다. 작가라는 직업을 선택한 이유 중의 하나도 조직 생활을 버텨낼 수 없을 것이라는 자기 인식 때문이었다. 심지어 대학 생활이나 대학원 생활, 연구실 생활도 나에게는 너무 어려운 조직 생활이었다. 나는 사람들의 미묘한 표정 변화에 지나치게 민감하게 반응하고, 자꾸만 부정적인 과대망상에 빠져 '이 사람은 날 싫어하고 저 사람은 날 절대 이해해주지 않는다'며 골머리를 앓곤 했다. 하지만 조직 생활을 어려워한다고 해서 사람들을 싫어하는 것은 아니다. 반대로 나는 사람들과의 행복한 어울림을 너무도 절실하게 꿈꾼다. 사람을 지나치게 좋아하기 때문에 사람에게 상처받을 수밖에 없다. 사람들이 공과 사를 구분하기 위해, 사적인 감정에 거리를 두기 위해 차갑게 행동할 때마다 엄청난 상처를 받는다. 그의 좋은 의도를 알면서도, 그의 차가움에는 변함없이 상처를 입는다. 일 때문에 새로운 인연을 만날 때마다 내 마음속에 시끄러운 알람이 울려댄다. '정 너무 많이 주지 말자. 너무 많이 좋아하지도 말자. 그냥 일만 열심히 하자. 서로 너무 많은 것을 기대하지 말자.'

그러나 첫날부터 그 사람의 '좋은 점'을 발견하곤 이미 몽실몽실 피어오르는 정(情)을 주체할 수가 없다. 정을 의식적으로 준다기보다는 정이 마음속에서 분수처럼 제멋대로 뿜어 나와버린다. 이성과 논리로 무장한 내면의 시멘트로 아무리 분수를 틀어막아 보려고 해도, 이미 그 사람이 너무 애틋하고 걸핏하면 눈에 밟힌다. '절대 상처를 만들 만한 행동 자체를 하지 마라'는 알람이 매번 울려대면 뭘 하는가. 변함없이 정을 듬뿍 퍼주고, 어김없이 상처를 받는데. 하지만 마흔의 문턱을 넘어가며 분명 좋아진 점이 있다. 내면에 파인 상처를 스스로 꿰매는 속도도 빨라지고, 마음의 새살이 돋아나는 속도도 빨라지고 있다는 점이다. 나는 서른 이후 집중적으로 읽기 시작한 심리학 서적의 도움을 많이 받았다. 예컨대 '마음챙김(mindfulness)'의 반대편에는 '마음놓침'이 있다는 것, 그 마음놓침이라는 상태가 생각보다 자주 나타나는 현상이라는 것을 알게 되었다. 감정의 여파를 제대로 생각하지 않은 채 기분대로 행동하는 것, 저 사람이 어떻게 생각할지 배려하지 않고 내 감정에만 신경 쓰는 것, 모든 것을 남 탓으로 돌리며 '나는 잘하고 있는데 남들이 도와주지 않는다'고 생각하는 것도 마음놓침의 일종이라는 것을 깨닫게 되었다. 마음챙김은 내 마음속에서 일어나는 모든 감정의 변화를 판단하지 않고, 있는 그대로 '관찰'하고 '인식'하는 것이다. 나쁜 마음, 슬픈 마음, 움츠러드는 마음까지 용감하게 '대면'할 수 있는 것이 진정한 마음챙김이다. 그러니 이 마음챙김이라는 것이 얼마나 어려운 일인지. 하지만 효과는 엄청나다. 어렵고 힘든 만큼, 그 희열과 효험은 더욱 폭발적이다.

예컨대 '내가 왜 그 사람에게 실망했을까, 내가 왜 그의 사소한 몸짓과 말투에도 상처를 받는 걸까'를 돌아보는 마음챙김을 해보면, 그것은 그 사람에 대해 내가 '이미' 지니고 있는 감정 때문임을 알 수 있다. 나는 그 사람을 완전히 객관적으로 볼 수가 없고, 내 마음에 비친 그 사람의 모습만 볼 수 있다. '그래도 저 사람은 나를 이해해줄 거야'라는 기대감이 '아, 이럴 수가'라는 실망감을 만들어내고, '네가 나에게 어떻게 이럴 수가 있어'라는 분노는 '내가 너를 이만큼 좋아하니까, 너도 나를 이 정도는 좋아해줘야 해'라는 기대감에서 시작된다. 명백한 잘못이 저쪽에 있다

하더라도, 내 마음속에서 이렇게까지 화가 치밀어 오르는 것은 내 마음의 투사(投射) 작용 때문이다. 기대와 좌절의 메커니즘 속에서는 상처를 받는 주요 원인이 '기대' 자체일 때가 많다. 상대방에 대한 기대를 줄이고 관찰을 늘리자 마음의 평온이 찾아오기 시작했다. 이제 어떤 사람이 내게 실망감을 불러일으키면, 나는 나 자신에게 묻는다. 저 사람이 내 기대를 저버렸다고 해서, 그 사람을 싫어해야 할까? 그럼 이제는 예전보다 훨씬 차분해진 내 마음은 이렇게 대답한다. 한 번 더 기다려보자. 그 사람에게 한 번 더 기회를 주자.

⚘

얼마 전 '이곳이 내 마지막 조직 생활일지도 모른다'는 생각으로 1년간 취직한 적이 있다. 나로서는 마흔이 넘어 새로운 직장에서 모든 것을 다시 시작한다는 것이 쉽지 않은 결정이었다. 나는 작가이기도 하지만, 교사로서의 내 열망을 실현해보고 싶은 마음이 있었다. 책 읽기와 글쓰기에 관련된 수업을 전담하는 것이었기 때문에 나의 전공과도 가장 잘 맞는 일이었다. 파커 J. 파머의 《가르칠 수 있는 용기》(한문화, 2013)를 여러 번 읽으며 마음속으로 되뇌었다. 그래, 내게 더욱 필요한 것은 한 줌의 지식이 아니라 학생들 앞에서 떨지 않고, 배우려 하지 않는 아이들에게 주눅 들지 않고, 내가 평생 공부한 것을 거리낌 없이 전할 수 있는 용기야. 마흔의 문턱을 넘어가며 좋은 선생이 되어보고 싶은 마음이 꿈틀거리기 시작했다. 그래, 한 번만이라도 좋은 선생님이 되어보자. 나 자신에게 강한 자기암시를 반복했다.

수업 시간은 학생들과 그 어느 때보다도 깊이 소통할 수 있는 소중한 시간이었지만, 문제는 '수업 이외의 다른 업무'와 '조직 생활'이었다. 나는 수업에만 집중할 수 있는 환경을 원했지만, 학교는 나에게 학교 홍보에 적극적으로 참여해주기를 바랐고 수업 이외의 다양한 업무를 요구했다. 나는 학교를 '더 나은 교육의 장'으로 생각하고 싶었지만, 학교 측에서는 나를 '조직 생활에 적합하지 않은 사람'으로 보고 있는 것 같아서 마음이 아팠다. 아침잠을 포기하고 다니려니 늘 원고와 씨름하다 새벽 4시는 넘어야 잠이 드는 내 생활 습관이 완전히 깨어져버렸다. 하루 두세 시간씩 간신히 잠을 자고 새벽 5시에 일어나 학교 갈 준비를 하고 하루 종일 수업을 하는 강행군이 이어졌지만, 그 노력이 전혀 아깝지 않을 정도로 아이들의 눈빛이 어여뻤다. 하지만 그 모든 노력은 수포로 돌아갔다. 1년 후 재계약이 되지 않자 내 마음의 상처는 컸다. '나는 여전히 조직 생활에 걸맞지 않은 사람이구나' 하는 절망감, '아무리 노력해도 절대 바뀌지 않는 것이 있구나' 하는 생각 때문에 괴로웠다.

하지만 두 달 정도 끙끙 앓고 나자 거짓말처럼 괜찮아졌다. "교수님, 다음 학기에도 수업하실 거죠?" "다음 학기에도 다른 글쓰기 수업하시면 또 들어도 되죠?" 이렇게 물어보며 두 눈을 반짝거리던 아이들이 눈에 밟혔지만, 아이들이 정말로 글쓰기에 관심이 있다면 학교 밖에서 이루어지는 내 수업에 언젠가는 찾아오지 않을까 하는 생각도 들었다. '나는 그 어느 조직에도 제대로 속해본 적 없는 사람'이라는 절망감이 마음을 할퀴었지만, 두 달간 잔뜩 웅크리며 '도대체 나는 어떤 사람인가, 과연 조직 생활은 절대로 잘 해낼 수 없는 외톨이형 인간일까'라고 자문해보았지만, 마음 깊은 곳에서 예전과는 다른 대답이 들려오기 시작했다. '이 바보야, 너 정말 절망한 것 맞니? 넌 조직 생활에 실패한 것이 아니라 진정한 너 자신을 찾은 거야. 정말 아직도 너 자신을 모르겠니?' 예전과는 달리 엄청나게 박력 있고 확신에 찬 내면의 목소리가 내 안에서 들리기 시작했다.

나는 조직 생활에 실패한 것이 아니었다. 재계약이 되지 않았을 뿐이었다. 그곳에서 1년 동안 잠을 못 이루며 배운 모든 것들은 내가 지금까지 여러 학교를 전전하며 시간강사로 배운 것보다 훨씬 많은 것들이었다. 나는 처음으로 아이들에게 전념할 수 있었다. 학교에는 '말 안 듣는 교수'로 찍혔지만 아이들에게만은 좋은 선생님이 되기 위해 전력투구했다. 그곳에서 만난 다른 교수님들도 좋았다. 처음으로 '나는 왕따가 아니구나, 이분들은 나를 진심으로 아껴주는구나'라는 따스한 느낌, '조직의 누군가는 나를 지켜주기 위해 안간힘 쓰고 있구나'라는 고마움을 느꼈다. 우리는 다만 서로의 갈 길이 너무 달라 더 많은 일상을 함께할 수 없을 뿐이었다.

※

나는 조직 생활에 적응하지 못했지만, '함께 어울리는 삶'은 그 무엇보다도 사랑했다. 나는 교육에서 수업 자체보다 중요한 다른 무엇이 있다고 생각할 수 없었다. 홍보는 나의 재능도 열망도 아니었기에 도저히 해낼 수가 없었다. 1년 동안의 엄청난 질풍노도의 시기 끝에 나는 그곳에서 버틸 수는 없었지만, 직장보다 더 소중한 것을 얻었다. 바로 그 어느 곳에서도 가르칠 수 있는 용기, 그리고 어느 곳에서도 작가임을 포기하지 않을 수 있는 열정이었다. 나는 스쿨버스 안에서도 글을 썼고, 지하철 안에서 그날 할 수업을 마음으로 그려보며 수업 준비를 하는 것도 좋았다. 아이들의 글쓰기를 하나하나 훑어보며 일대일 멘토링을 하는 시간이 가장 좋았다. 나는 혼자 있는 것을 좋아했지만 함께 어울리는 것도 좋아하는 사람이라는 깨달음도 얻었다. 조직 생활을 '효율적으로' '눈치껏' 해내지 못한다는 사실 때문에 내가 사람을 좋아한다는 것, 함께 어우러져 조금씩 삶을 바꾸어가는 노력을 사랑한다는 사실이 바뀌지는 않았다. 나는 조직 생활과 공동체적 삶을 혼동하고 있었던 것이다. 나는 공동체적 삶을 소중히 여기지만 존재의 가치보다는 위계질서를 중시하는 조직 문화에 동의할 수 없었다. 공동체적 삶은 서로 다른 천차만별의 차이를 지닌 개인들이 조금씩 좌충우돌해가며, 때로는 얼굴을 붉혀가면서도 끝내 함께 어울러 살기 위해 노력하는 그 자체를 의미한다. 나는 조직 생활에 무력하지만 공동체적 삶에는 끊임없는 열정을 느낀다. 더 좋은 것은 '나 혼자 좋아하는 것'에 대한 두려움이 엷어졌다는 점이다. 나는 내 안에 내가 상상한 것보다 훨씬 크고 깊은 사랑이 불타오르고 있음을 깨닫는다. 이 사랑은 영원히 마르지 않는 오아시스처럼, 사막 같은 관계의 거칢과 팍팍함 속에서도 살아남는다. 나는 힘겨운 조직 생활을 통해 그보다 더 소중한 것을 얻었다. 어떤 감정 노동도 버텨내며 함께 어우러져가는 삶 자체를 사랑하는 나, 그 어떤 상황에서도 끝내 내가 사랑하는 삶의 가치를 가르칠 수 있는 용기를.

멀어져야 비로소 아름다운 것들

　내가 원치 않는 내 모습을, 마치 속마음을 비추는 거울을 본 것처럼 '타인'에게서 발견하고 화들짝 놀랄 때가 있다. 몇 년 전 어느 문학상 시상식의 신인 작가들이 모이는 자리였다. 어떤 젊은 신인 작가가 매우 어색한 표정으로 누구와도 제대로 어울리지 못한 채 그야말로 꿔다 놓은 보릿자루처럼 앉아 있었다. 처음 문인들의 술자리에 온 그 친구가 적응하기 힘들어하는 것 같아서 '괜찮냐, 나도 이런 자리가 어색하다, 너무 섞이려고 애쓰지 않아도 된다'고 말을 건네고 싶었다. 그런데 그 신인 작가가 거기 모인 수많은 다른 사람들을 경멸하는 듯한 시선으로 바라보는 것이 순간 느껴졌다. '이런 자리는 분위기가 항상 이런가요? 너무 시끄럽고 정신이 없어서 전 도저히 적응하지 못하겠네요.' 나는 그에게 다가가서 '마음 편하게 시간을 보내보라'고 말하려다가 오히려 마음이 불편해지고 말았다. 적응하지 못한 자신은 고귀하고, 다른 사람들은 속물이라는 듯한 느낌으로 '고결한 자기 자신'과 '나머지 사람들'을 구별하고 있는 시선을 나는 곧바로 감지했다. 그런 자리가 편안한 사람은 없다. 특히 작가들은 대부분 그런 자리를 불편해한다. 그런데 애써 그 자리의 어색함을 피하려고 이런 저런 사람 살아가는 이야기를 쥐어짜낸다. 서로에게 웃으며 농담을 거는 사람들이 많아지고, 점점 더 분위기가 고조되며 사람 많은 술자리 특유의 거나함과 와자지껄함이 보이기 시작하자, 그 친구는 더욱 불편한 기색이었다. 불편한 건 이해하지만. 그래도 힘들게 서로 섞이려고 노력하는 사람들을 미워할 필요는 없지 않은가.

그 순간 어떤 기시감이 몰려왔다. 어디선가 저런 모습을 본 적이 있다는 생각이 들었다. 세상에, 바로 10년 전쯤의 나였다. 처음 문인들의 술자리에 나갔을 때 실망하던 내 모습이 떠올랐다. '작가들은 그냥 글로만 볼걸, 술자리 같은 데선 만나지 말걸' 이런 생각에 빠져 대인기피증에 걸릴 지경이던 그 시절의 나. 그럼에도 불구하고 왠지 문인들과 한마디라도 이야기를 나누고 싶어, 그 사람에게 좋은 사람으로 기억되고 싶어 애쓰던 애처롭고 안쓰러운 내 모습이 거기 있었다. 그 친구는 나보다 한술 더 떠서 남들에게 좋은 모습으로 기억되고 싶은 의지조차 없는 것 같았다. 그냥 그 모든 '사회화된 존재들'이 싫은 것처럼 보였다. '10여 년 전 내 모습이 남들에게 저렇게 비춰졌겠구나!' 하는 통렬한 자각이 밀려왔다.

그때부터 '나로부터 유체이탈하여 나를 바라보는 눈'을 길러야겠다는 생각을 했다. 굳이 남에게 나를 비춰보지 않아도 스스로를 비출 수 있는 영혼의 거울을 항상 장착해야겠다고, 그리고 낯가림을 최대한 줄여야겠다고 결심했다. 낯가림 없는 사람이 어디 있겠는가. 나처럼 낯가림이 심한 사람은 '낯을 가리지 않는 척' 연기를 하기도 정말 힘들다. 그러나 최소한 '내가 낯을 가린다는 이유로 다른 사람들을 불편하게 하지 말자'는 결심을 하고 나니, 오히려 사람들에게 다가가는 일이 그렇게 힘들지만은 않았다. 낯가림을 탈피하는 최고의 방법은 내가 먼저 말을 거는 것이다. 어색하고 부끄럽지만, 그래도 그 사람의 디테일에 대한 작은 관심을 가져보는 것이다. "지금 쓰고 계시는 그 볼펜이 참 예뻐요." "오늘 날씨가 너무 좋아서 소풍이라도 가고 싶어요." "오늘 옷 색깔이 이 장소와 참 잘 어울려요." "이 책은 제 인생을 바꾼 책이에요." 상대방은 나의 이런 미숙한 말 걸기에 서린 안간힘을 알아봐주고, 나보다 더 자연스럽고 따뜻하게 대꾸를 해주곤 한다. 사람들에게 다가가기 위해 무슨 말이라도 지어내려는 내가 아직도 낯설고 부끄럽지만, 그래도 '낯가림을 탈피하기 위해 애를 쓰는 나 자신'이 '낯가림의 그물망에 갇혀 누구에게도 말을 걸지 않는 나'보다는 훨씬 낫다. 마흔이 넘어 새로운 조직 생활에 대한 미련은 접었지만, 사람을 만나야 할 땐 좀 더 둥글둥글하고 편안한 모습으로 다가가야겠다는 생각이 들었다.

마흔은 그렇다. 나 자신의 결핍이 제대로 보이기 시작한다. 그것조차 보이지 않는다면 그 사람은 정말로 자신을 돌아보는 일에 소홀한 사람이거나, 자신을 너무 훌륭한 사람으로 착각하는 사람일 것이다. 우리 모두에겐 저마다 태생적인 결핍과 고쳐지지 않는 단점과 절대로 채워지지 않는 콤플렉스가 있다. 그것을 완전히 겸허하게 받아들이는 용기만이 우리 자신을 진정으로 변화시킬 수 있다. 마흔은 그렇게 나 자신의 모든 그림자를 받아들이는 '완전한 수용(total acceptance)'의 전환점이 될 수 있다. 이 심리적 대전환의 기회를 놓치면 나쁜 성격과 습관은 더욱 화석처럼 굳어져버리고, 나이 들수록 더욱 옹졸하고 타인이 기피하는 인물이 될 수 있다. 40대가 되면 사람들은 자신의 일에서 어느 정도 자리를 잡아가고, '어떻게 살아야 할 것인가'에 대한 커다란 그림이 보이기 시작하고, 비로소 '그동안 잘못 살아온 시간들'의 그림자가 보이기 시작한다. 마흔 즈음은 저마다가 지닌 성격적인 결함을 있는 그대로 받아들이고 조금씩 나아지기 위해 노력하는 평생의 습관을 기를 수 있는 최고의 시간이다.

✿

 마흔의 문턱을 넘으며 '익숙한 나로부터 거리 두기'만큼 중요한 것이 '소중한 타인과의 거리 두기'임을 깨달아가고 있다. 나이 들수록 깨닫게 된다. 멀어져야 더욱 아름다운 것들이 있다는 것을. 모든 사랑하는 것들을 철저히 내 곁에 두고자 할 때는 몰랐다. 멀어진다고 덜 사랑하는 게 아니란 것을. 서로에게 강렬한 애착을 지닌 가족으로부터의 정서적 독립이 어려웠던 나는 가족과의 '물리적 거리'는 멀수록 좋다는 것을 마흔이 넘어서야 깨달았다. 마음의 거리는 가깝더라도 물리적 거리는 되도록 멀어야 가족을 '질척이지 않는 감정으로' 바라볼 수 있다. 나는 지금 부모님을 내 인생의 어느 때보다도 사랑하지만, 아직도 나를 향한 걱정과 집착이 지나친 부모님의 '감정의 습관'으로부터는 멀어지고 싶다. 엄마는 평생 '걱정의 덫'을 놓으시며 '꿈에 네가 나왔다'는 익숙한 레퍼토리로 나에 대한 애착을 과도하게 표현하시기 때문이다. 나는 정말 괜찮은데, 나는 정말 잘 지내고 있는데도, 엄마는 '우리 딸에게 무슨 일이 생기면 어쩌나' 노심초사한다. 지금도 '혼자 취재차 여행 왔다'는 사실을 숨긴 채 뉴욕에 체류하며 글을 쓰고 있다. 이 책이 나올 때쯤 "엄마, 나 사실 그때 혼자 뉴욕에 있었어"라고 말하겠지만, 지금은 '걱정도 팔자'인 우리 엄마의 거의 '최첨단 나노 입자'에 가까운 걱정의 그물망으로부터

놓여나고 싶다. 가족 간의 '물리적 거리'는 멀리하되 배려와 존중이라는 좀 더 성숙한 사랑의 거리는 가까워지면 좋겠다. 사랑하지만 더 멀리 있을 수 있는 용기, 사랑할수록 더 멀리 그를 바라보는 용기, 그것이 나이 들수록 더욱 절실해지는 가족과의 관계 유지법이다.

멀어지고 싶은데 좀처럼 멀어지기 어려운 관계 중의 하나가 직장 동료와의 관계나 공적인 관계다. 주말에도 상사나 동료로부터 날아오는 '카카오톡' 메시지에 골머리를 앓는 사람들이 많다. 극단적인 방법이지만 각종 메신저로부터 자신을 차단함으로써 스스로를 보호하는 것은 매우 현명한 방법이다. 은행에 취직하여 승승장구하던 내 친구 M은 아예 SNS 계정을 만들지 않았다. 카카오톡도 인스타그램도 하지 않으니 직장 동료들 모두가 아는 소식을 자기만 모를 때가 많지만, 개의치 않는다고 한다. 업무 외적인 것에서 자신을 보호해 정서적 에너지를 아끼는 대신, 중요한 회사 일에는 온 힘을 다해 집중한다는 것이다. 그 친구 역시 30대에는 남들처럼 일중독으로 살았다. 그렇지만 자신의 취미 활동은커녕 가족과 함께할 시간조차 희생하며 회사 생활을 했지만 남는 건 '나빠진 건강'과 '황폐한 인간관계'뿐이라는 것을 발견하고 이런 결단을 내렸을 것이다. 이런 행동에는 엄청난 용기가 필요하다는 것을 안다. 때에 따라서는, '왕따가 될 수도 있는 뚝심'이 필요하다는 것도 안다. 그러나 조직은 '남다른 행동을 하는 사람'을 무조건 경계하지만, '일 잘하는 사람'을 쉽게 내칠 수 없다. 일에는 자신을 온전히 던지되 우리의 일거수일투족을 감시하는 사회적 관계망의 그물로부터는 좀 더 자유로워져보자. 이것은 단지 습관을 바꾸는 문제가 아니라 나 자신과 벌이는 무시무시한 전쟁이다. 세상에서 가장 중요한 전쟁, 나를 지키기 위한 전쟁이다. 나답게 살아갈 용기를 실천할 수 있는 전사가 되기 위해서는 '남다르게 살아갈 배짱'이 필요하다. 몇 달은 힘들겠지만 시간이 지나고 나면 알게 될 것이다. 카카오톡을 하지 않아도 지구가 끝나지는 않는다는 것을, 사회적 관계망에서 벗어난다고 해도 '사회' 자체가 사라지지는 않는다는 것을. SNS에 쏟을 시간을 '사람의 온기를 느낄 수 있는 진짜 만남'에 쏟는다면, 우리의 인간관계는 오히려 예전보다 훨씬 더 좋아질 것이다.

♉

타인과의 거리 두기도 어렵지만, 나 자신과의 거리 두기는 더욱 어렵다. 하지만 우리는 반드시 '나 자신으로부터 유체이탈하여 나를 바라볼 수 있는 거리'를 확보해야 한다. 그렇지 않으면 자신의 모든 오류를 '내가 너무 힘들어서 그래, 내가 이렇게 해도 아무도 상처 입지 않을 거야'라는 식으로 변명하며 내 삶을 바꿀 수 있는 기회를 날려버리게 된다. '나 자신과의 거리'를 확보하기 위해서는 아무리 힘들어도, 아주 작은 일이라도 조금씩 '이전과 차원이 다른 일'에 도전해볼 수 있는 용기가 필요하다. 얼마 전에 '우주의 신비'라는 새로운 테마로 글을 쓴 적이 있었다. '과연 내가 그 글을 쓸 수 있을까' 고민하면서도 뭔가 꼭 도전해보고 싶은 주제이기에 무척 망설이다가 원고 청탁을 수락한 적이 있었다. 그런데 원고 마감이 다가올수록 초조해졌다. 역시 내게는 너무 버거운 주제였다. 아무리 온갖 우주 관련 책들을 뒤져도 영감이 떠오르지 않아 며칠간 끙끙 앓다가 칼 세이건과 앤 드루얀의 《혜성》(사이언스북스, 2016)이라는 책을 읽게 되었다. 아주 담담하게, 전혀 슬프지 않게 써내려간 글인데도 이상하게 눈시울이 뜨거워지기 시작했다. 그때 그 슬픔은 책이 주는 것이 아니라 내 안에서 우러나오는 것이었다. 글 한 편을 제대로 쓰지 못해 노심초사하고, 몸에 병이 날 정도로 스스로를 괴롭히는 내가 한심스러웠다. 내 안의 내가 외쳤다. "너는 왜 전처럼 치열하게 살지 않니?" 야단치는 것이 아니라 조용히 차분하게 담담하게 나에게 묻는 목소리이기 때문에 더욱 슬펐다. "너는 네 안의 무언가를 잃어버렸구나. 아무리 힘들어도 포기하지 않던 그 무엇이 있었는데. 네가 가진 그 '무언가'가 참 아름다웠는데. 넌 그걸 포기해버렸구나." 내 안의 또 다른 나는 나에게 그렇게 소리치고 있었다. 어려운 원고라는 '미션'을 통해 나는 내 안의 무시무시한 '그림자'와 만나고 있었던 것이다. 칼 세이건의 《혜성》을 읽으면서, 그전에는 전혀 알지 못했던 세계에 발을 디디며 나도 모르게 울고 있는 스스로를 발견했다. 나를 울게 한 문장은 바로 이것이었다.

> 30번째로 기록된 헬리 혜성의 출현은 우리로 하여금 우리 시대의 중대한 문제에 직면하게 한다. 그 귀환은 우리가 우주를 여행할 수 있게 되자마자, 그리고 우리 스스로를 파괴할 수 있는 수단들을 고안해내자마자 찾아왔다. 우리는 지구상에 혜성을 보고 경탄할 존재가 없었던 아득한 세월을 떠올려본다. 그리고 적어도 태양의 운명이 다할 때까지 그런 일이 다시는 일어나지 않기를 바란다. 아이들이 혜성을 더 잘 볼 수 있도록 어깨 위로 들어 올리는 순간, 우리는 지금까지 기록된 기억의 한계를 훨씬 뛰어넘는 세대의 고리에 합류하게 된다. 저 오래되고 가장 귀중한 연속성을 보호하는 것보다 더 중요한 목적은 없으리라.

칼 세이건은 자신이 사랑하는 혜성의 역사를 밝히기 위해 인생을 바쳤고, 그 책을 내는 유일한 목적이 '혜성들을 관찰하고, 혜성들을 바라볼 수 있는 세계'를 지키기 위해서였음을 고백하고 있는 것이었다. 나는 이만큼 내 주변의 세상, 내가 사랑한다고 믿었던 대상들을 강인하게 지켜낼 수 있을까. 과연 한 권의 책을 쓰기 위해 수백 명의 학자들과 교류를 하고 수천 권의 책을 읽을 정도로 노력할 수 있는 열정이 남아 있는가를 생각하자, 눈물이 흐르기 시작했다. 그래, 다시 한번, 내가 사랑하는 것을 지키기 위해 강인해져보자. 지금까지 한 번도 써본 적이 없었던, 쓸수 없을 거라 생각했던 글에 도전하기 시작하자, 오래전에 꺼져버린 줄 알았던 내 열정의 심장이 다시 뛰기 시작했다. 마흔, '익숙한 나 자신과의 과감한 거리 두기'를 포기하지 않아야만, 또 다른 나, 새로운 나, 어쩌면 내가 오래전에 잃어버렸기에 반드시 찾아야만 하는 진정한 나 자신과 만날 수 있다.

03

화해의 시간

미처 몰랐던 나 자신의 안부를 묻다

언제부턴가 상처가 낫는 속도가 급격히 느려져버렸다. 베이거나 멍든 상처가 좀처럼 빨리 아물지 않고 반드시 흉터를 남기곤 한다. 대신 마음만은 몸과 달리 예전보다 훨씬 회복력이 좋아졌다고 굳게 믿고 있었다. 강심장을 가지게 되었다기보다는 '이 나이에 이만한 일로 아파해선 안 된다'는 마음의 고삐가 훨씬 강해졌기 때문일 것이다. 자가 치유 방법을 끊임없이 궁리하다 보니, 상처를 스스로 기우고 꿰매는 데 익숙해져서이리라. 그런데 '이 나이쯤 되면 이 정도로 힘들어해서는 안 돼'라는 자기최면이 너무 강해 내가 힘든 것을 나도 잘 모른 채 지나치고서는 낭패를 볼 때가 있다. 마음의 내상이 나도 모르게 깊숙이 잠복해 있다가 어느 순간 갑자기 펑 터져버리는 것이다. 그제야 뒤늦은 충격에 허둥대며 깨닫는다. 내 힘으로 나를 위로할 수 없을 때가 있구나. 셀프 테라피만으로는 안 되는, 반드시 타인의 도움을 통해서만 받을 수 있는 위안이 있다는 것을. 지혜롭게 나이 든다는 것은 어쩌면 자존심을 다치지 않고도 타인의 도움을 구할 용기를 얻게 된다는 것인지도 모르겠다.

✳

이번 슬럼프의 시작은 치통이었다. 어금니에 통증이 심해져서 치과에 갔더니, 충치와 잇몸 염증이 심각해 신경치료를 해야 한다고 했다. 우여곡절 끝에 입안에 마취 주사를 네 군데나 놓는 동안 나는 겁에 질려버렸다. 20년 전 사랑니를 뽑던 순간의 극한 공포가 생각나 부들부들 떨었던 것이다. 이 나이에 이런 공포를 느끼는 것이 부끄럽지만, 치과 치료는 아무리 익숙해지려 해도 길들여지지 않는다. 너무 겁을 냈던지 자꾸 나도 모르게 입을 오므리자 의사 선생님은 말했다. "힘드신 거 알지만, 조금만 더 입을 크게 벌려주실 수 있을까요." 내가 매우 소심하게 아, 하고 입을 벌렸더니, 의사 선생님은 놀랍게도 이렇게 말했다. "정말 고맙습니다."

이런 식으로 한 시간가량 치과에 누워 있는 동안 나는 '고맙습니다'라는 말을 무려 열 번 가까이 들었다. '고맙다'는 말이 마치 천사의 위로처럼 따스하고 달콤하게 들렸다. 이게 과연 고마울 일인가. 뜻밖의 상황에서 '고맙다'는 말을 들었더니, 이런저런 이유로 힘들었던 마음, 무서운 마음, 고통스러운 마음까지 한꺼번에 풀렸다. 이렇게 따뜻한 감사의 인사는 아무리 많이 주고받아도 지겹지 않을 것 같다. 축복할수록 감사할수록 그 열린 마음의 틈새로 인생의 빛이 더 많이, 더 깊이 스며들 테니까. 말 한마디로 천 냥 빚을 갚듯, 어떤 감사의 인사는 천 길 낭떠러지의 공포를 이겨내게 한다.

⚹

그 후로 나는, 미처 몰랐던 나 자신의 안부를 묻게 되었다. 아주 잘 지내고 있다고 생각했는데 사실은 아니었다. 예전보다 훨씬 자주 아프고 더디 낫는다. 몸보다 마음이 더 문제다. 마음이라는 녀석의 연기력은 워낙 신출귀몰해서 내 마음의 연기력에 내가 속는다. '나는 괜찮다, 잘 지내고 있다'는 강박적인 자기최면 때문에 '괜찮지 않은 마음들'은 더 깊은 무의식의 숲으로 피난을 가버렸다.

얼마 전에는 엉뚱하게도 〈비긴 어게인〉이라는 예능 프로그램을 보다가 울컥해버렸다. 버스킹의 나라 아일랜드에서 펼쳐지는 가수들의 아름다운 도전이 남의 일 같지가 않았다. 저렇게 아무도 나를 몰라주는 곳에서 새롭게 시작해야만, 진짜 나의 '첫 마음'을 되돌아볼 수 있다는 생각이 들었다. 〈비긴 어게인〉에서는 관객들 누구도 이 가수들을 모른다. 무대는 언제 어디서 예측 불능의 변수가 튀어나올지 모르는 거리 한복판이다. 베테랑 가수 윤도현조차도 더블린의 비 내리는 공원에서는 자신의 히트곡을 끝까지 다 부르지 못할 정도였다.

하지만 〈비긴 어게인〉의 가수들은 오직 음악에 대한 열정 하나로 뭉쳐 환상적인 하모니를 만들어냈다. 눈을 꼭 감고 다른 그 무엇에도 주의를 빼앗기지 않으려 애쓰며 오직 음악의 바다로 자신의 온몸을 던지는 가수 이소라의 모습이 그 어느 때보다도 아름다웠다. 그녀의 노래를 들으니 가슴이 뭉클했다. 분명 내가 아는 오래된 노래인데 마치 완전히 새로운 노래처럼 싱그럽고 찬란했다. 지금까지와는 전혀 다른 장소, 지금까지와는 전혀 다른 절박함이 더해지자 익숙한 노래가 완전히 새로운 감동으로 다시 다가왔다. 바로 이거구나 싶었다. 내가 되찾고 싶었던 첫 마음. 내가 혹시 영원히 잃어버린 것은 아닌가 노심초사했던 그 마음이 바로 그것이었다. 나는 내 글을 통해 다시 태어나고 싶은데, 그것이 너무 어려워서 자꾸만 길을 잃고 있었던 것이다. 그리운 벗에게 전화라도 걸어 '나 이제 어디로 가야 하지?'라고 묻고 싶어지지만, 입이 떨어지지 않는다. 지긋지긋한 자존심 때문에 힘들어도 힘들다고 말하지 못한다.

　도대체 어디서부터 길을 잃었을까. 마음의 시계를 거꾸로 돌려보니 마음속에 어떤 뿌리 깊은 패배감이 가로놓여 있다. 실패한 것만, 힘들었던 것만 생각나는 요즘이었다. 최근에 생긴 마음의 상처는 노력해도 풀리지 않았던 강의 때문이었다. 나는 나에게 우호적인 청중 앞에서는 신명 나게 강의를 하지만, '아, 여긴 아니구나!' 싶을 때는 걷잡을 수 없이 추락해버린다. 근래에 한 고등학교에서 문학적 글쓰기에 대한 특강을 했는데, 두 시간 내내 마치 적진에 홀로 버려진 형편없는 부상병 같은 느낌이 들었다. 어떤 아이들은 스마트폰을 버젓이 내놓고 인터넷을 검색하며 강의를 듣는 둥 마는 둥 했고, 어떤 아이들은 꾸벅꾸벅 졸다가 마침내 엎드려 잤다. 아무리 목청껏 떠들어도 소용이 없었다. 물론 열심히 듣는 학생들도 있었지만, 이렇게 컨디션이 안 좋은 날에는 힘든 기억, 부정적인 인상만 머릿속에 강하게 남는다. 입시 공부만으로도 힘든 아이들이, 주말에 입시와 상관없는 문학 강의를 듣는 것이 달갑지 않으리라는 것을 머리로는 이해하면서도, 나도 모르게 깊은 상처를 받았나 보다. 그날 그 두 시간만큼은 이 세상에 나 혼자 있는 느낌이었다. 이번 학기엔 좋은 일도 많았는데, 유독 그 끔찍한 고립감이 나를 붙들었다. 그제야 내 머릿속으로 이런 문장이 지나갔다. 인생이란, 당신이 끔찍이도 중요하다고 믿는 것을 전혀 중요하다고 생각하지 않는 사람들 앞에 꺼내 보이며 쇼를 하는 것이다. 그것도 오만 가지 생쇼를. 나는 지금 그 쇼를 연출하는 데 실패한 것이다. 입장권을 한 장도 팔지 못한 연극, 그것도 아무에게도 기댈 곳이 없는 모노드라마의 주인공 같았다.

✿

강의를 하다 보면 가끔 반응이 안 좋을 수도 있는데, 그날은 왜 유독 마음에 심한 상처를 입었을까. 내가 너무 진지했기 때문이다. 나는 문학이 중요하다고 생각하지 않는 사람들 앞에서는 여전히 주눅 든다. 하지만 그 순간에 이상하게도 때아닌 오기가 튀어나와서, 문학이 얼마나 아름답고 찬란한 것인지 어떻게든 증명하고 싶어 한다. 촌스럽게 이러지 말자, 나 자신을 다그치면서도 자꾸만 과도하게 진지해져버린다. 문학이라 불리는 지상에서 가장 작은 나라의 단 한 명 남은 여행 가이드라도 된 것처럼 절박해져버린다. 고칠 수 없는 배냇병 같다. 내가 사랑하는 것 앞에서는 나도 모르게 팔이 안으로 굽는 것이다. 고등학생들의 문학에 대한 무관심 앞에서 처절하게 KO패를 당한 그날, 내가 왜 그토록 고통스러웠는지를 알게 되었다. 문학의 '문' 자만 들어도 눈이 초롱초롱해지며 졸음이 달아나던 나의 고교 시절과 달리, 그날 만난 고등학생들의 눈에서는 어떤 초롱초롱함도 느껴지지 않았다. 앞으로 더 심해지겠구나, 앞으로 이 땅에서 문학을 한다는 것은 더 힘들어지겠구나, 이런 생각을 하자 갑자기 다리에 힘이 풀려버렸던 것이다.

아이들은 그저 '수업'을 태만히 한 것인데, 나는 그 아이들이 '내 삶'을 부정하는 것 같은 필요 이상의 고통을 느꼈다. 글을 쓰는 나, 여전히 문학을 동경하는 나, 강의할 때 극도로 긴장하며 마음 졸이는 나, 이 모두가 버릴 수 없는 나 자신이었기 때문이다. 나는 그 두 시간 동안 어떤 잘못을 해서가 아니라 그저 '내가 나라는 이유로' 고통받는다는 생각이 들었다. 어떤 잘못을 해서가 아니라 나 자신이라는 이유로 고통받는다면, 그것은 얼마나 부당한 일인가. 당신이 그저 당신 자신이라는 이유로 고통받는다면 그건 얼마나 쓰라린 아픔이 될 것인가. 슬럼프의 치명적인 허점은 바로 그것이다. 상대방이 내 마음의 '이곳'을 찌른 것이 아닌데, 꼭 여기가 아프다. 여기는 나의 콤플렉스니까. 그리고 콤플렉스가 모여 있는 마음의 장소는 아이러니하게도 내 가장 소중한 보물이 모여 있는 장소이기도 하니까. 문학은 그 존재 자체가 내 트라우마이기도 하지만, 버릴 수 없는 내 영혼의 심장이기도 했던 것이다. 사람들이 나를 직접 찌른 것도 아닌데, 나는 이미 피를 흘리고 있었다. 내가 나를 아주 오래전부터 징벌하고 있었기 때문일 것이다. 내가 나라는 이유로, 내가 어떻게 해도 바꿀 수 없는 나 자신이라는 이유로, 나는 나를 고문하고 있었던 것이다.

이렇게 심각한 마음의 슬럼프를 겪고 있는데, 고등학교 때 단짝 혜진에게서 카톡 메시지가 왔다. 정말 느닷없는 안부였다. "여울아, 요새 네 책 읽고 있어. 어쩌다 보니 네 책을 다 구해서 읽고 있네. 너를 볼 수는 없지만, 네 글을 통해 위로받고 있단다. 우리 엄마도 어제 네 책을 빌려가셨어. 힘내렴, 친구." 좀 더 긴 편지였지만, 우리 둘만의 소담스런 이야기를 다 털어놓기는 차마 쑥스럽다. 아무튼 이것만은 고백할 수 있다. 친구의 따스한 안부 메시지가 마치 거대한 '반창고'가 되어 내 몸 전체를 감싸는 느낌이었다고. 나라는 형편없는 존재를 세상에서 가장 커다란 상처 치료용 밴드가 빈틈없이 감싸주는 느낌이었다. 그 순간 섬광처럼 서늘한 깨달음이 스쳐 갔다. 늘 타인에게 뭔가 힘이 되는 글을 써야 한다는 강박에 시달리는 나 또한 누군가의 위로가 필요했다는 것을. 겉으로 보기에 강하고 명랑해 보이는 사람에게도 어쩌면 더욱 따뜻한 위로의 말이 필요하다는 것을. 그리고 시간이 갈수록 자꾸만 진정한 친구가 없어진다는 생각 때문에 너무 외롭고 무서웠던 나 자신에게도 격려가 필요했다는 것을. 때로는 전혀 생각지도 못한 곳에 내 소중한 우정이, 말없이 피어난 들꽃처럼 가만히, 늘 그 자리에 서서 나를 기다리고 있었음을.

이제 강한 척, 괜찮은 척, 대수롭지 않은 척은 그만해야겠다. 나는 모든 것이 대수롭고, 모든 것이 안 괜찮으며, 단 한 번도 상처를 제대로 치유해본 적이 없다. 그게 나였다. 상처받았을 때는 묵사발이 되어버린 얼굴도 좀 보여주고, KO패를 당했을 때는 그래도 강한 척 어설픈 연기 따위는 그만두고 아파죽겠다고 투덜거려보고도 싶다. 무엇보다도, 타인의 도움이 필요할 땐 도와달라고 이야기하고 싶다. 마흔이 넘어서 참으로 좋은 건, 이렇게 솔직해져도 절대 '큰일'은 일어나지 않는다는 것을 온몸으로 알게 되었다는 점이다. 무엇이 두렵고 무서워서 그토록 내 마음을 숨겼을까, 내 젊은 날이 통째로 후회스러운 이 순간. 소중한 사람들에게 고백하고 싶다. 우리 더 많이, 더 자주 서로의 안부를 애틋하게 물어가며 살자고. 제발 쿨한 척 좀 그만하자고. 그리고 별로 친하지 않은 사람들에게도 고백하고 싶다. 당신에게 소중하지 않은 것이라도, 타인에게 소중한 것이 눈에 띈다면, 그가 왜 그걸 그토록 소중히 여기는지 한 번쯤은 눈여겨봐달라고. 인생이란 어쩌면 당신에게 전혀 중요하지 않은 것이 내게는 너무도 중요하다고, 끊임없이 설득하고 주장하고 고백하는 기나긴 여정인지도 모르니까.

내면의 아이에게 귀를 기울이다

　내가 가장 잘하는 건 '상처로부터의 줄행랑'이었다. 서른이 넘어서도 상처와 대면하는 법을 몰랐다. 무조건 도망치기만 하면 아픔이 마치 오래전 책갈피 속에 끼워두고 영영 펼쳐보지 않은 단풍잎처럼 그렇게 기억에서 사라질 줄 알았다. 하지만 상처는 밀림 속의 복병이었다. 이 앞에 무엇이 펼쳐져 있을지 알 수 없는 빽빽한 밀림 속에서, 트라우마는 마치 은밀한 복병처럼 아무 데서나 튀어나왔다. 내가 트라우마를 소유한 것이 아니라 트라우마가 나를 소유하고 있었다. 내가 콤플렉스를 숨기고 있는 것이 아니라 콤플렉스가 진정한 내 모습이 드러나지 못하도록 나 자신을 가로막고 있었다. 방법은 하나뿐이었다. 상처와 진검승부하는 것. 내 상처를 맨몸으로 대면하는 것.

알고 보니 '대면'이라는 단어 자체를 나는 두려워하고 있었다. 사람과의 대면도 두려운데 상처와의 대면이라니. 활 쏘는 법도 제대로 배우지 않은 채 전쟁터에 나서는 병사가 된 기분이었다. 하늘의 별만큼이나 많은 상처들 중에 내가 가장 받아들이기 어려운 것은 '내면아이'란 녀석이었다. 진짜 어른이 되고자 평생 애썼는데 '알고 보니 너는 아직 어린아이에 불과해'라는 내면의 소리를 들어야 하다니. '내면아이'라는 심리학 용어에 그토록 반항심이 들었던 이유는 그 단어가 지금껏 내가 어렵게 쌓아온 모든 것을 무너뜨리는 것만 같았기 때문이다. 툴툴거리지도 않고, 남 탓도 하지 않는 듬직한 어른이 되고자 그토록 애썼는데, 또다시 '어쩔 수 없는 내 안의 나약한 소녀'로 퇴행하는 느낌이었다. 이 단어를 알았을 때 온몸으로 저항했다. '그런 게 어디 있어, 난 철딱서니 없는 내면아이 따윈 안 키울 테야.' '내면아이와 이야기를 나누느니 차라리 내 귀여운 조카와 수다를 떨겠다!' '내면아이 따위에 신경 쓸 틈이 어디 있어, 성장하기도 바빠죽겠는데.' 이렇게 온몸으로 내면아이를 부정하고 있는데, 뜻밖에 내 안에서 처음 듣는 볼멘소리가 들려왔다. 아주 어리고 유치하지만, 어디로도 더 이상 숨길 수 없는 내면아이의 목소리가. '네가 나를 항상 무시하니까 그렇지. 날 무시할수록 넌 더 힘들어져. 네가 나를 아무리 무시해도 내가 완전히 사라지는 것은 아니야.'

당혹스러웠다. 이 아이가 그동안 어디 숨어 있다가 지금 튀어 나온 걸까. 오래전에 영원히 떠나보낸 줄로만 알았던 내 안의 철부지 소녀가 이제 어른이 된 내게 도움의 손길을 요청하고 있었다. 냉동 인간처럼 숨죽이고 있다가 '내면아이'라는 이름을 얻자마자 마치 오랜 마취에서 깨어난 듯 하품을 하며 기지개를 켰다. 오랜 겨울잠에서 깨어나자마자 그 아이는 다급한 얼굴로 나를 채근했다. 어서 자신을 달래달라고, 어서 자신을 일으켜달라고 보채기 시작했다. 어처구니없었지만 천만다행인 것은 이제 나에게 그 내면아이를 다독여줄 수 있는 힘이 생겼다는 점이었다.

❧

내가 저버린 나의 내면아이 중 제일 먼저 기억난 첫 번째 소녀는 초등학교 6학년 때의 나였다. 내가 한없이 부러워하면서도 내심 좋아했던 같은 반 친구가 알고 보니 나를 철저히 무시하고 외면하고 싶어 한다는 사실을 똑똑히 알게 된 어느 날. 나는 '영원히 좋은 친구를 가질 수 없겠구나' 하는 강력한 확신이 생겼다. 어디서부터 그런 처절한 절망이 그 어린아이의 마음속에서 번져 나왔는지는 알 수 없다. 그땐 그랬다. 영원히 좋은 친구를 사귈 수 없을 것 같았다. 몇 번의 실패가 있었고, 최선을 다해 친구에게 잘 보이려고 노력했지만, 이제 다시 일어설 수 없을 것 같았다. 빨간 책가방을 메고 터덜터덜 집으로 돌아오면서 내가 울고 있는지도 의식하지 못했다. 그땐 알지 못했다. '친구에게 잘 보이는 것'과 '친구를 사귀려는 진심 어린 노력'이 다르다는 것을. 나는 친구의 마음이 상하지 않게, 친구의 눈 밖에 나지 않게 애쓰느라, 친구와 진심으로 소통하는 길이 무엇인지 알지 못했다. 그 친구 앞에 서면 한없이 작아지고, 나의 못난 면만 커다랗게 도드라져 보였다. 그 아이가 그저 좋았기 때문에, '친구에게 잘 보이고 싶은 마음'까지도 우정이라 믿었다. 이미 평등하지 않은 관계, 이미 내가 접고 들어가는 관계라는 것을 이해하지 못했다. 나는 그 아이의 훌쩍 큰 키와 화려한 외모, '올 수'인 성적과 우아하고 세련된 부모님, 그 모든 것에 주눅 들어 있었다. 하지만 집이 워낙 가까워 거의 매일 그 아이와 함께 하굣길을 걸어야 했다. 어쩌면 그 아이와 나의 하굣길이 같지 않았더라면 영원히 친구가 될 수 없는 사이였을지도 몰랐다. 우리에게는 공통점이 없었다. 오랫동안 이야기를 나눌 가슴 떨리는 화제도 없었다. 그때는 그걸 인식하지 못했지만, 유치원 때부터 쭉 친구였으니까 그 아이를 잃어버려서는 안 된다는 우정의 관성 같은 것이 있었다. 내가 가질 수 없는 것에 대한 동경과 진심 어린 우정을 구분하지 못했던 그때는, 그 아이를 잃는 것이 온 세상의 우정을 잃어버리는 것 같았고, 앞으로 친구를 사귈 수 있는 가능성조차도 모조리 닫히는 기분이었던 것이다.

나는 아직 내가 그 시절의 상처를 완전히 극복하지 못했음을 알게 되었다. 내면아이는 제대로 된 보살핌을 받지 못해 아사 직전이었고, 그 후 좋은 친구들을 만난 뒤에도 그때 그 시절의 '짓밟힌 영혼'은 회복되지 못했다. 나는 이제 그 아이에게 조심스레 다가가 머리를 쓰다듬어주고 싶다. 살다 보면 '진정한 친구가 없다'는 생각이 들어 무척이나 외로워질 때가 많다고. 하지만 그건 내 외로움과 무력감 때문이지 친구의 탓은 아니라고. 친구에게 잘 보이려 하지 말고, 친구에게 그냥 네 솔직한 마음을 온전히 보여주라고. 그리고 무엇보다도, 좋은 친구가 기적처럼 너에게 다가오기를 바라지 말고, 네가 먼저 다가가 좋은 친구가 되라고. 때론 내가 맺고 있는 모든 관계가 철저히 일방적인 짝사랑처럼 느껴질 때가 있지만, 그럴 땐 '그 사람'을 보는 것이 아니라 '내 마음'을 봐야 한다고. 내가 사랑한다는 이유로 똑같이 사랑받기를 원하지 않아도 된다고.

"사랑할 수 있다는 사실만으로도 충분하다고 생각하는 법을 배워봐. 그리고 너는 틀림없이 좋은 친구를, 나보다 더 나를 아껴주고 애틋하게 여기는 친구를 만나게 될 거야. 그건 장담한다니까. 그러니 다른 사람을 좋아하고, 동경하고, 그리워하고, 사랑하는 그 모든 마음을 두려워하지 마. 그건 아주 자연스럽고, 똑같은 무게로 되돌려 받지 않아도 그 자체로 아름다운 감정이니까. 네 안에서 저절로 우러나오는 소중한 빛이니까. 그러니 내 안의 철부지 아이야, 이해받으려는 노력을 포기하지 말아줘. 네 마음을 보여줄 수 있는 진짜 친구를 만나려는 노력을 결코 포기하지 마."

이렇게 이야기했더니 그 단발머리 소녀는 절대로 흐느끼지 않고 조용히 눈물만 뚝뚝 흘리다 어느덧 빙그레 미소 짓기 시작했다. 정말 나한테도 좋은 친구가 반드시 생긴다 이거지? 그게 도대체 언제야? 그런데 거짓말은 아니지? 아이는 처음으로 아이답게, 그야말로 천진난만한 표정으로 까르르 웃더니 다시 빨간 책가방을 힘껏 고쳐 메고 씩씩하게 걷기 시작한다. 이제 혼자라도 괜찮다며. 똑같이 돌려받지 못해도 계속 사랑하겠다며. 사랑받지 못해도 계속 사랑하겠다며. 나의 내면아이와의 첫 번째 만남은 그렇게 시작되었다.

⨯

그 골치 아프면서도 짠하기 이를 데 없는 내면아이 중에는 꽤 커다란 녀석도 있다. 몸만 어른이지 속은 겁이 잔뜩 들어찬 스물아홉 살의 나도, 알고 보니 내면아이였다. 그때 아버지의 사업 실패로 우리 집은 빚더미에 앉았다. 아버지는 뇌경색으로 쓰러지고, 집안은 풍비박산 났다. 어디가 하늘인지 어디가 땅인지 구분할 수가 없었다. 나는 아버지의 빚을 물려받았고, 글을 쓰고 강의를 하며 근근이, 그야말로 애면글면 11년 동안 그 빚을 갚았다. 빚에서 해방되었을 땐 '진정한 자유의 나날'이 올 줄 알았는데, 그게 아니었다. 나에게 빚을 떠넘긴 아버지에 대한 원망, 나를 힘껏 도와주지 못한 가족에 대한 원망, '네가 그 빚을 다 떠안는 것 외에 우리 집은 다른 길이 없다'며 부담을 주었던 모든 사람들에 대한 증오가 얽히고설키어 내 마음은 만신창이가 되어 있었던 것이다. 나는 11년 동안 고슴도치처럼 살았다. 온몸에 가시가 돋아나 아무도 내 상처 안으로 비집고 들어올 수가 없었다. 누가 나를 껴안아도 내 마음에 돋아난 날카로운 가시만을 느꼈을 것이다. 마흔이 다 되어서야 그 빚에서 벗어났지만, 기쁜 마음보다는 '내 청춘을 다 바쳐 아버지의 빚을 갚았구나'라는 절망감이 고개를 들어 더욱 뼈아픈 상실감이 파도처럼 밀려왔다. 빚을 갚을 때마다 오히려 내 영혼의 일부가 조금씩 파열되는 느낌이었다. 돈을 벌수록 행복한 것이 아니라 오히려 내 꿈에서 멀어지는 느낌. 빚만 갚으면 다 끝날 줄 알았는데, '일'이 끝나고 나자 '진짜 감정'이 몰려왔다. 무의식에 오랫동안 쌓아두기만 했던 온갖 원망과 증오가 폭발했다. 나는 사회적으로는 어른이었지만 심리적으로는 어른도 아이도 아닌 괴물 같은 상태였던 것이다. 그제야 아프게 깨달았다. 이제 현재의 내가 과거의 나를 안아줄 시간임을. 가족을 지켜야 한다는 생각으로 돈을 벌고 또 벌어야 했던, 그래서 가끔은 내 능력을 벗어나는 일도 기꺼이 떠맡았던 지난날의 나를 온몸으로 안아주어야 한다는 것을.

내면아이와의 만남에서 주도적으로 말을 걸어야 하는 쪽은 성인이 된 나 자신이다. 내면아이는 뜻하지 않는 순간 오래된 트라우마의 형태로 자신의 감정을 표현할 뿐, 자신이 나서서 직접 행동할 수가 없다. 성인 자아가 먼저 말을 걸어주고, 그때는 몰랐지만 지금은 깨닫게 된 것들을 이야기해주면, 내면아이는 비로소 귀 기울이기 시작한다. 그리고 오래오래 숨겨두기만 했던 자신의 상처를 꺼내 보여주며 흐느끼기 시작한다. 나는 내면아이에게 이렇게 말을 건다. '오늘 하루도 힘들었지? 그동안 바쁘다는 핑계로 네 이야기를 들어주지 못해 미안해.' 이제 예전보다 꽤 자란 것 같은 내 안의 단발머리 소녀는 손사래를 친다. '괜찮아. 이젠 네 도움 없이도 잘 지낼 수 있어. 다른 아이한테 가봐.' 그러면 나는 일곱 살의 나에게, 열세 살의 나에게 여기저기 노크를 하며 '너는 어떻게 지내니?'라고 안부 인사를 한다. 아직 온전히 위로받지 못한 수많은 내면아이들은 저마다의 외로운 감방에 틀어박혀 SOS 신호를 보내기도 하고, 이제는 상처가 말끔히 나은 얼굴로 해맑게 공기놀이나 고무줄놀이를 하며 즐거워하기도 한다. 상처가 고개를 드는 순간, 내면아이가 제발 나를 도와달라고 절규하는 순간은 분명 위기이지만 '내 안의 진짜 내 모습'과 만날 수 있는 소중한 기회이기도 하다. 이제 상처의 처절한 양면성을 조금 알 것 같다. 상처를 꺼내보며 대면하는 순간은 미칠 듯이 고통스럽지만, 상처를 꺼내보는 순간 내 안에서 '그 상처를 이겨낼 수 있는 커다란 힘'도 함께 나온다는 것을.

콤플렉스에 건넨 악수

마흔은 내게 내 안의 콤플렉스와 화해할 기회를 주었다. 내가 스스로 결점이라고 생각했던 것들이 뜻밖에도 나를 지켜주는 힘이 될 때가 있음을 느끼기 시작했기 때문이다. 콤플렉스가 가진 뜻밖의 매력을 발견한 것이다. 콤플렉스를 제거 대상으로만 여기던 시절에는 결코 보이지 않던 것들이다. 예컨대 나는 지나치게 예민한 성격이 사회생활에 큰 어려움을 초래하는 경험을 여러 번 했기 때문에 평생 내 예민함을 감추느라 급급했다. 아무리 강한 척, 아무렇지도 않은 척을 하려 해도 타고난 예민함은 가려지지 않아서, 점점 사람 만나는 횟수를 줄여보기도 했다. 외부 일정이 없을 때는 되도록 집에만 틀어박혀 있을 때가 많았는데, 그것은 사람들과 부딪히는 횟수를 줄이기 위한 몸부림이었다. 예민한 사람을 곧 까다로운 사람 취급하는 사회 분위기 때문에 '우리 예민한 사람들'은 자신의 성격을 곧 '단점'과 금방 연결시켜버린다. 예민함을 감추고, 짓누르고, 어설픈 미소로 상처 입은 마음을 가리려 할 때마다, 내 안의 무언가가 죽어가는 느낌을 받는다. '넌 성격이 너무 예민해'라고 비판받을 때마다 내 안에서 죽어가던 것은 바로 내가 온전히 나로서 사랑받을 수 있다는 믿음, 내가 내 마음의 생김새대로 살아갈 수 있는 자유였다.

하지만 어느 순간 내 예민함이 나로 하여금 더 많은 것들을, 더 깊고 섬세하게 바라보도록 한다는 사실을 알게 되었다. 마흔의 문턱을 넘으며 나는 내 예민함을 '삶을 더 깊이 있게 바라볼 수 있도록 하는 힘'과 연관시킬 수 있게 되었다. 내가 그토록 예민하지 않았더라면 나는 과연 이런 글을 쓰고 있을까. 이런 삶을 살 수 있었을까. 예민함은 나의 콤플렉스였지만, 또 한편으로는 내가 지금까지 맹렬하게 글을 쓰는 삶을 유지할 수 있게끔 하는 원동력이 되어주었던 것이다. 예민한 사람들은 비슷비슷해 보이는 것들 속에서도 '차이'를 발견해낸다. 그 차이를 발견하는 것이 삶을 권태로부터 지켜준다. '매일 글 쓰고, 매일 책 읽는 게 너는 지루하고 힘들지도 않냐'는 질문을 자주 받는데, 제대로 예민한 사람들은 지루함을 느낄 틈이 없다. 모든 책이, 모든 글이, 모든 순간이, 미치도록 다르게 느껴지기 때문이다. 예컨대 나는《데미안》을 열세 번이나 읽었는데, 한 번도 같은 작품으로 느껴지지 않았다. 읽을 때마다 전혀 다른 감동으로, 그때마다 전혀 다른 대목들이 싱그러운 목소리로 새로운 말을 걸어주었던 것이다. 나의 예민함은 사물과 인생과 텍스트를 다르게 바라보도록 하는 힘이 되어주었다. 예민한 사람에게 사소한 차이는 없다. 그 수많은 작은 차이들이 우리들에겐 삶을 쥐락펴락하는 거대한 전환점이 될 수도 있다. 그렇게 혐오했던 내 예민함이 나 스스로를 권태와 매너리즘에 빠지지 않을 수 있도록 구해주는 내면의 오아시스였던 것이다.

❧

콤플렉스는 팜 파탈처럼 변화무쌍한 매력을 지녔다. 콤플렉스를 좀 알겠다 싶어 붙잡으려 하면 어느덧 제 모습을 감춰버리고, 외면하려 하면 여봐란듯이 다시 모습을 드러낸다. 그러나 제거하려 애쓰지 않고 있는 그대로 끌어안으면 콤플렉스는 그저 해결해야 할 문젯거리가 아니라 또 다른 삶을 체험하게 해주는 기회가 된다.

내성적이고 소심한 성격이 콤플렉스였던 나는 '말하기' 대신 '글쓰기'로 내 감정을 표현하는 습관을 들였다. 남들에게 사소해 보이는 것이 나에게는 아주 중요한 문제로 느껴지고, 남들에게는 무난하게 견딜 수 있는 자극이 내게는 견디기 힘든 고통으로 다가올 때마다, 나는 그 문제에 대해 골똘히 생각하고 그것을 내밀한 글로 정리해두곤 했다. 타인에게 이야기할 수 없는 아픔이나 걱정 같은 감정들이 '글'의 형태가 될 때는 좀 더 차분하고 정돈된 '사유'로 바뀌어가는 희열을 체험했다.

예민한 사람들은 아주 사소한 말 때문에 상처받는 일이 많기 때문에 '말로 표현할 수 없는 것들'을 글로 표현하면 뜻밖의 카타르시스를 느낄 수가 있다. 그런 습관은 내가 꼭 작가가 되지 않더라도 도움이 되었을 것이다. 내겐 누군가의 단점보다는 장점이 더 많이 보이고, 그 사람의 아픔이 더 자세히 들여다보이고, 그가 능수능란하게 매우 괜찮은 척하고 있을 때조차도 쓰라린 속울음이 들린다. 콤플렉스에는 빛과 그림자가 있다. 콤플렉스의 그림자는 그것 때문에 결국 나를 싫어하게 될 위험이 있다는 것, 콤플렉스가 나의 전체가 아니라 일부임에도 불구하고 그것을 '전체의 문제'로 확장해버릴 위험이 있다는 것이다. 하지만 콤플렉스의 빛을 받아들이면 그림자조차 훌륭한 내면의 자산이 될 수 있다.

※

이런 극도의 예민함을 '나의 진정한 일부'로 받아들일 수 있게 되자, 이제는 내 예민함이 좋아지기 시작했다. 이러한 자기 변신의 과정은 어렵고 힘들고 아플 수밖에 없다. 하지만 변신의 문턱을 마침내 넘으면, 눈부신 자유가 보이기 시작한다. 예컨대 글을 쓸 때 '주관적'이고 '감정적'이며 '객관성'과 '논리성'이 부족하다는 평가를 받는 것도 나의 오랜 콤플렉스 중 하나였다. 그런데 보는 사람의 눈에 따라 내 글은 전혀 다르게 해석이 되었다. 어떤 독자는 학교에서 선배들에게 실컷 비판받은 내 글이 감성이 풍부하고 자기주장이 뚜렷하며 논리적이면서도 감성적인 울림을 주는 능력이 있다고 칭찬해주었다. 나는 어리둥절했다. 분명 몇 시간 전까지만 해도 '이렇게 쓰면 절대 안 되겠다'고 골머리를 앓게 한 그 글이, 다른 사람에게는 이토록 따스한 울림으로 다가갈 수 있다니. 콤플렉스란 바로 이런 거구나 싶었다.

똑같은 글을 봐도 어떤 사람들은 그것을 부정적인 쪽으로만 해석해서 그 사람의 가능성을 꺾어놓으려고 하고, 어떤 사람들은 최대한 긍정적인 쪽으로 바라보며 그 사람의 아직 덜 무르익은 잠재력까지도 현실의 빛 속으로 끌어낸다. 나는 후자가 되고 싶었다. 다른 사람의 콤플렉스를 비판하거나 비난하고 싶지 않았다. 심지어 악성 댓글까지 달아가면서 그 사람이 '할 수 있는 일'조차 하지 못하게 의지를 꺾어버리는 사람이 되고 싶지 않았다. 나는 누군가의 아주 작은 장점조차도 커다란 가능성으로 확장시킬 수 있는 사람, 비평을 할 때조차도 비판보다는 칭찬을 하는 데 더 많은 에너지를 쏟는 사람이 되고 싶었다. 내게는 이미 나쁜 것을 '이러저러해서 너무도 나쁘다'고 비난할 시간이 없다. 나쁜 것을 나쁘다고 비난하기보다는, 좋은 것을 더 좋게, 아름다운 것을 더 아름답게 만드는 것이 내 삶의 에너지가 되기를 바랐다. 설령 나쁜 환경 속에 있는 미약한 좋은 씨앗이라 할지라도, 그 열악한 환경 속에서도 자신의 장점을 깨닫는 사람들의 삶 속에서 나 또한 나 자신을 더 나은 존재로 만들 수 있다는 희망을 키워내고 싶었다.

※

　나의 또 다른 콤플렉스는 매사에 '요약'을 못한다는 것이다. '요약'이라는 것이 참 어렵고 때로는 불가능하게 느껴진다. '그래서 지금까지 한 말을 요약해보세요'라고 요구하는 분들을 마주하면 맥이 탁 풀려버린다. 군이 내 모든 말이나 글을 요약해야 한다면 왜 두 시간 동안 목에 피가 맺히도록 강의를 했겠는가. 왜 이렇게 글을 길게 쓰냐는 비판을 자주 들었는데, 그때마다 나는 요약하는 재능이 없다는 생각이 들었다. 하지만 다시 생각해보면, 글을 늘여 쓰는 것은 '창조'지만 짧게 줄이는 것은 '편집'이다. 편집 능력도 중요하지만 창조할 수 있는 힘이 나에게는 더 중요했던 것이다. 내가 요약을 잘하지 못했던 것은 정말 짧게 줄이는 요령을 몰라서가 아니라 그렇게 줄이는 게 소중한 문장들 하나하나의 세밀한 뉘앙스를 죽이는 것이라는 생각이 들었기 때문이다. 문장뿐 아니라 감정을 증폭시키는 데도 나는 엄청난 재능(?)을 발휘할 때가 있다. 감정이 발단-전개-위기-절정-결말로 서서히 펼쳐지는 것이 아니라, 발단에서 바로 절정으로 치달아버린다. 이런 성격 때문에 '변덕스럽다' '감정이 너무 불안정하다'는 평판을 듣지만, 그래도 이런 성격이 지닌 '뜻밖의 좋은 점'을 이야기해주는 친구가 있었다.

"네 안에는 만능증폭기가 달려 있는 것 같아. 아주 조그만 감정만을 전달해줬는데, 너는 1초 안에 그것을 '울 수밖에 없는 사건'으로 만들어버려. 그것도 참 어처구니없는 재능이다, 그치?"

그게 설마 재능일 수 있는가. 하지만 친구의 말을 듣고 보니, 어쩌면 그것이 내가 타인에게 공감을 잘하는 이유가 될 수 있겠구나 싶었다. 타인의 온갖 감정에 걸핏하면 공감을 잘하기 때문에 이렇게 오랫동안 지치지 않고 글을 읽고 글을 쓸 수 있는 거구나. 공감을 너무 잘하면 남의 말에 잘 속아 넘어갈 수도 있고, '사기당하기 딱 좋은 캐릭터'라 '글로벌 호구'가 될 수 있다는 치명적인 단점도 있다. 그래도 누군가가 나에게 논리적으로 사고하는 능력과 타인에게 공감하는 능력 중에서 굳이 하나를 선택하라고 한다면 나는 타인에게 공감하는 능력, 내 안의 작은 감정의 씨앗을 거대한 애드벌룬처럼 부풀어 올리는 감정의 만능증폭기를 선택하고 싶다. 그게 멋지기 때문이 아니다. 내가 과학자라면 논리적으로 사고하는 능력을 택할지도 모른다. 내가 뛰어난 이성보다는 풍부한 감성을 택하는 이유는 그게 나이기 때문에, 그게 나답다는 것을 이제는 부정할 수 없기 때문이다. 그로 인해 감정적이다, 너무 잘 운다, 늘 상처받을 준비가 되어 있다는 비난을 받을지라도, 나는 어떤 상황에서도 깊은 감정을 느낄 수 있는 내 심장을 포기하지 않을 것이다. 아주 작은 자극으로도 금방 눈물을 흘릴 수 있는 내면의 눈물샘을, 턱없이 예민할 수 있는 권리를, 언제든 슬퍼하고 아파하고 흐느낄 수 있는 권리를 포기하지 않을 것이다. 콤플렉스는 우리를 분명 아프게 한다. 하지만 그 콤플렉스마저도 삶을 더 아름답게 승화시키는 에너지로 쓸 수 있는 사람에게, 콤플렉스는 때로 구원의 오아시스가 되어준다.

콤플렉스가 '빛'이 되다

　　그녀의 가장 아픈 결핍은 아이를 낳지 못하는 것이었다. 영화 〈줄리 앤드 줄리아〉에서 전설의 요리사 줄리아 차일드(메릴 스트 리프)는 사랑하는 여동생이 아기를 가졌다는 소식을 편지로 전하 자, 울다가 웃다가 어쩔 줄 몰라 하더니 결국 눈물샘을 터뜨리고 만다. 여동생의 임신 소식에 감격한 나머지 "난 정말 기쁜걸요!" 라고 말하면서도 눈에서는 굵은 눈물이 펑펑 흘러내린다. 시종 일관 유쾌한 영화라 연신 키득거리다가, 미처 마음의 준비가 되 지 않은 상태에서 별안간 슬픈 장면이 덮쳐와 콧날이 시큰해졌 다. 지금 동생이 느끼는 최고의 행복을 자신은 영원히 느낄 수 없 다는 생각에 줄리아는 절망했을 것이다. 나 또한 그런 슬픔을 느껴본 적 있다. 동생 고은이가 첫아기 현서를 가졌을 때. 나는 눈물을 흘리며 기뻐하면서도, 가눌 수 없는 슬픔을 느꼈다. 내 아기를 품에 안고 기뻐하는 일, 그런 일이 나에게는 영원히 일어나지 않을 것임을 직감했기에.

　아기와 날마다 함께 자고 일어나고, 그 아이와 아침저녁으로 산책하고, 여름에는 해변에서 물놀이를 하고, 학부모가 되고, 아이가 무럭무럭 커갈 때마다 기쁘게 늙어가는 행복을 나는 영원히 느끼지 못할 것임을 본능적으로 느낄 수 있었다. 영화 속 줄리아 차일드처럼 건강에 문제가 있는 것은 아니지만, 나는 오랫동안 일중독 상태였고 무언가를 반드시 해내야 한다는 강박관념에 사로잡혀 차일피일 '엄마 되는 일'을 자발적으로 미루다 어느덧 너무 늦은 나이가 되어버렸다. 동생 고은이가 둘째아이 윤성이를 낳고, 뒤이어 막냇동생 상은이가 준우를 낳았을 때, 뛸 듯이 기쁘면서도 '나에게는 그런 일이 일어나지 않을 것'이라는 서글픈 예감으로 마음이 아팠다. 이런 슬픔은 진심 어린 기쁨과 연결돼 있기에 더욱 쓰라린 상실감으로 인간의 내면을 날카롭게 할퀸다. 기쁨 속에 상실감이 서려 있고 슬픔 속에 죄책감이 어려 있어 마음은 더욱 복잡하게 비틀거린다. 언니나 동생의 가장 큰 기쁨이 다른 형제자매에게는 가장 큰 슬픔이 되기도 하는 것이다. 피를 나누고 서로를 속속들이 잘 알고 있으며 이 세상 어떤 친구보다 더 친밀한 형제자매 간에도 그런 일이 일어난다. 너는 있지만 나에게는 없는 그 무엇을 향해 슬퍼하고, 질투하고, 아파하는 그런 일이. 콤플렉스는 가장 가까운 사람들 사이에서 가장 깊은 슬픔으로 나타난다.

❧

콤플렉스가 지닌 유일한 좋은 점은 콤플렉스를 이겨내는 과정에서 자기 안의 진짜 얼굴을 만나게 된다는 것이다. 예컨대 나는 '함께하기' '협동' '공동체'라는 단어에 평생 콤플렉스를 느껴왔다. 협동, 협업, 조직, 공동체 같은 말을 들을 때마다 거의 반사적으로 고통을 느낀다. 이제 다 아물었다 싶은 순간에도 또다시 내면의 상처가 욱신거리는 소리가 들린다.

'협동'이라는 단어에 대한 콤플렉스의 기원은 초등학교 시절로 거슬러 올라간다. 학년이 바뀔 때마다 엄청나게 들쑥날쑥한 롤러코스터형 성적표를 자랑하던 나는, 최고로 성적이 좋을 때조차 생활기록부의 '협동심' 관련 부분에서는 낮은 점수를 받았다. 그게 나였다. 선생님은 내가 어떻게 바뀌어야 하는지 이야기해주지 않고, 그저 아무 말 없이 침묵의 회초리로 야단치고 꾸짖듯 최하 점수를 주었다. 나는 체육 점수가 항상 낮은 것에는 상처를 덜 받았지만, '협동심' 점수가 낮은 것에는 치명적인 상처를 입었다.

그래서 나는 어린 시절부터 나를 징벌하기 시작했다. 넌 함께 하는 데는 재능이 없어. 사람들과 잘 지내지 못하잖아. 그러니까 너무 사람들에게 잘 보이려 하지 마. 어차피 잘 안 될걸. 이런 생각들로 자신을 학대하며 외로움과 친구가 되었다. 때로 정말 좋은 친구들이 있었지만, 그들과 함께할 때도 '언젠가는 이 아이도 나와 멀어지겠지' 하는 두려움을 느꼈다. 나는 평생 고독하기로 결심한 사람처럼 어린 시절부터 마음속에 단단한 장벽을 만들었다.

❦

친구네 집에 가서도 친구랑 놀기보다는 친구네 집에 있는 동화책 수십 권을 다 읽고 오는 것이 더 좋았던 아이, 친구보다는 책이 더 편안했던 지극히 내성적인 아이, 친구에게 '같이 하자'는 말을 하기 어려워, 여러 명이 해야 할 몫의 일을 밤을 새워서라도 혼자 다 해내던 아이. 그게 나였다. '함께' '협업' 같은 단어에 묻은 떠들썩함과 요란함보다는 '고립' '홀로'라는 단어에 묻은 쓸쓸함과 고요함이 좋았던 아이. 난 그런 아이였다. 연애할 때도 연인과 늘 함께 있기보다는 어떻게든 혼자 있는 시간을 확보하고 사수하기 위해 '오늘은 몸이 안 좋다'고 핑계를 대며 혼자 영화를 보고, 혼자 음악을 듣고, 혼자 책 읽는 시간을 포기할 수 없었던 사람. 그게 나였다.

　그랬던 내가 지금 주변 사람들에게 가장 자주 쓰는 문장은 '같이 가자!' '같이 하면 되지, 뭐' '나도, 나도! 나도 끼워줘!' 이런 것들이다. 협동, 함께, 같이, 이런 말들은 나와 어울리지 않는 것인 줄 알았는데 어느덧 나도 모르게 '같이 하지 않으면 의미 없는 것들'의 목록을 하나하나 쌓아 올리고 있다. 혼자 열심히 노력하여 해내는 것은 이제 충분히 질리도록 해보았으니까. 지독히도 외로워서 누군가와 함께하고 싶은 것이 아니라, '혼자가 아니라 함께하는 일의 즐거움'을 이제야 알기 시작했기에 '이제는, 결국 함께하기'의 길을 가고 싶은 것이다.

　나를 소모하는 협동이 아니라 나를 극복하는 협동이라면, 무엇이든 뛰어들 수 있는 배짱도 생겼다. 책은 '혼자 쓰는 것'이 아니라 '함께 만드는 것'이라는 것을 배우고 난 뒤였다. 강의는 혼자 떠드는 것이 아니라 함께 어떤 새로운 시공간을 창조하는 것임을 알게 된 뒤였다. 여행은 혼자 할 때조차 어떤 장소와 아직 만나지 못한 미지의 친구와 그리고 언젠가는 반드시 함께하고 싶은 누군가와 함께하는 것임을 알게 된 뒤였다. 아직도 가슴 한구석에는 누군가와 무언가를 함께하는 일에 대한 깊은 두려움이 남아 있지만, 그 두려움조차 나의 소중한 일부임을 안다. 이제는 알 것 같다. 두려움을 버리고 가는 게 아니라 두려움을 안고 가는 것이 삶임을.

며칠 전 한 출판사 편집 디자이너가 '신인 작가와 함께 일하는 것의 어려움'을 토로했다. 신인 작가들은 자기가 뭘 원하는지도 정확히 모르면서 이것저것 요구하는 게 너무 많다고. 신인 작가들은 책 디자인과 편집을 상의할 때 너무 예민하고 까다롭고 욕심도 많다고. 그 순간 갑자기 너털웃음이 나왔다. 예전의 나를 보는 것 같아서였다. 나는 그 디자이너에게 이렇게 말해주고 싶었다. "아직 함께하기의 소중함을 몰라서 그러는 거니까, 많이 이해해주고 같이 끌어주세요. 조금만 기다려주세요. 언젠가는 함께 일하는 사람의 답답한 마음을 알아줄 거예요."

⚘

신인 시절의 나는 모든 자극에 예민하게 깨어 있었던 나머지, 아무것도 아닌 일에 걸핏하면 상처를 받고, 책 편집이나 디자인에 대해서도 시시콜콜 이렇게 해달라 저렇게 해달라 하며 귀찮게 부탁을 했다. 지금은 한두 가지 커다란 편집 방향만 이야기하고, 편집자와 디자이너에게 전적으로 일을 맡긴다. "그냥 알아서 해주세요." "완전히 믿고 맡길게요." 가끔 나도 고집을 부릴 때가 있지만, 결국 모두가 합의하는 방향으로 '함께' 가게 될 것임을 알고 있다.

저자와 편집자가 모여 함께 회의하는 과정도 가끔 있지만, 진짜 협업은 '회의'로 실현되지 않는다. 회의로 진정한 협업의 기쁨을 느끼기보다는 굳이 회의를 거치지 않고도 말없이 서로의 마음속에 있는 책의 이미지가 무언의 교감으로 천천히 실현되는 과정을 바라보며 생생한 기쁨을 느낀다. 이것은 서로를 향한 조건 없는 믿음이 있을 때 가능한 협업의 기쁨이다.

그토록 '협동'에 콤플렉스를 느끼던 내가, 이제는 인생의 가장 큰 희열을 '함께 있음'이라고 느끼게 되었다. 인생의 기쁨을 두 단어로 줄인다면 '끝없는 네트워킹'이 아닐까. 무언가와 끊임없이 연결된다는 느낌이야말로 삶의 기쁨이 지닌 공통의 본질이었다. '이런 기쁨은 다시 느낄 수 없겠지?'라고 안타까워하는 순간 이후에도, 또다시 그보다 더 큰 기쁨이 기다릴 때가 있다. 우리가 아픔을 견디고 기다림에 절망하지만 않는다면, 그토록 행복한 순간은 반드시 다시 찾아온다. 그보다 더 행복한 순간도 새롭게 찾아온다. 맛있는 음식을 먹으면 이 세상과 내가 조금 더 따뜻한 방식으로 연결되는 것 같고, 좋은 사람을 만나면 '인연'이야말로 살아 있는 생명체에게 주어진 최고의 축복처럼 느껴진다. 오래전에 이미 끝나버렸다고 지레 포기했던 꿈도 언젠가는 나도 모르는 사이에 새로운 모습으로, 또 다른 기회나 행운으로 탈바꿈한 채 다시 찾아오기도 한다.

'대중 앞에서 말을 잘 못한다'는 심각한 콤플렉스에 시달리던 나는 어떻게 하면 강의는 적게 하고 글은 많이 쓸 수 있을까 고민했다. 그렇게 혼자 틀어박혀 글만 쓰고 살 궁리를 하던 내가, 이제는 강의야말로 내 콤플렉스와 직면하고 내면을 성장시킬 수 있는 소중한 기회라고 생각하게 됐다. 글쓰기는 어디까지나 고독한 내면의 전투이지만, 강의는 학생과 나, 청중과 나, 독자와 나 사이에서 끊임없이 교감하고 협업하는 과정임을 깨달았기 때문이다.

최고의 콤플렉스였던 '함께' 혹은 '협동'이 이제는 내 삶의 가장 절실한 존재 이유가 됐다. 글쓰기조차 궁극적으로는 누군가와 함께 길을 걸어가기 위한 간절한 몸부림임을 알게 되었으니. 이제는 내 삶이 되어버린 글쓰기 또한 닿을 수 없는 당신을 향한 간절한 연결의 몸짓이니까.

내가 가장 좋아하는 세 단어, 사랑, 혁명, 우정도 결국 이 세상 모든 장애물이 우리 앞을 가로막아도 끝내 누군가와, 무언가와, 그리고 지금 이 순간 '살아 있다는 사실' 자체와 연결되려는 몸짓이다. 나는 당신과 연결되기를 포기하지 않을 것이다. 살아 있는 모든 것과 기어이 연결되기를 포기하지 않을 것이다. 죽어서도 계속되는 그 무엇들, 희망, 꿈, 사랑, 우정, 예술, 혁명의 빛을 포기하지 않을 것이다. 마침내 내 콤플렉스가 꽃이 되고 별이 되고 빛이 되는 그날까지. 오늘 패배할지라도, 언젠가는 영원할 승리의 그날까지.

잘 가라, 슬픈 유전자

"그거 알아? 언니 성격이 지금은 완전 '용' 된 거야. 옛날엔 좀 재수가 없었어. 맨날 우리한테 조용히 해달라 그러고. 혼자 공부만 하고, 우리랑 놀아주지도 않고. 완전 짜증나는 언니였어. 온몸이 가시로 덮여 있는 사람 같았다니까. 맨날 날카롭고 예민해 가지고."

나보고 나이 들더니 성격 많이 좋아졌다고 칭찬하던 막냇동생 상은이가 '참고로, 토를 달듯' 던진 진심이었다. 동생의 칭찬(언니 성격 많이 좋아졌어)은 기억이 잘 안 나고, '내가 예전에 그렇게 재수 없는 언니였구나' 하는 아픈 깨달음이 더 오래 기억에 남았다. 동생의 본래 의도는 그게 아니었을 텐데, 사람의 기억력이란 참 자기중심적이다.

나도 나름대로 너희들 때문에 외로웠다는 항변을 하고 싶어져서, 때아닌 응석을 부려보았다.

"그래서 너희 둘만 친했구나. 언닌 맨날 왕따 같았어. 게다가 너희가 언니 말을 어디 들어주기나 했냐. 나처럼 아무 힘 없는 큰언니 있으면 나와보라 그래."

나의 응석을 받아주지 않는 동생은 싱긋 코웃음을 치며 이런 말도 했다.

"그러게 왜 괜히 언니 혼자 공부를 잘하고 그랬어?"

동생은 농담을 던진 뒤 키득키득 웃긴 했지만, 공부 잘하는 언니 때문에 늘 스트레스를 받았던 상처가 묻어 있는 뼈아픈 말이었다. 여동생 둘은 함께 방을 쓰고, 나는 혼자 방을 썼다. 그래서인지 둘만 친하고 나만 외톨이 같은 기분이 들었지만, 아마 동생들은 혼자 방을 차지한 내가 부러웠을지도 모르겠다.

✗

나는 나대로 외로웠다. 우리 집에 나와 비슷한 사람은 전혀 없는 것 같았다. 우리 집에는 친가와 외가를 통틀어 문학을 전공하는 사람이 전혀 없었고, 글쓰기를 평생의 업으로 삼은 사람도 없었으며, 인문계 대학원에 진학한 사람도 없었다. 나는 내 고민을 이야기할 곳이 없었다. 꼬마 때부터 외로움을 문신처럼 달고 다녔다. 그런데 이제 우리가 저마다 가정을 이루어 독립한 지금에야, 우리는 모두 각자의 외로움을 영원히 벗어던질 수 없는 배낭처럼 짊어지고 다녔음을 알게 되었다.

둘째 고은이는 첫 아이를 낳았을 때의 느낌을 나에게 고백하며 처음으로 자신이 얼마나 외로운 심정이었는지를 고백했다.

"언니, 현서가 태어났을 때 내가 어떤 기분이었는지 알아? 처음으로 내가 이 세상에 진짜 필요한 사람이 된 것 같았어. 내가 이 아이의 엄마구나, 적어도 이 아이에게는 내가 꼭 필요하겠구나."

나는 너무 당황하고 가슴이 아파서 할 말을 찾지 못했다. 고은이는 어린 시절부터 '둘째의 서러움'을 속속들이 느껴본 아이였다. 첫째는 맏이라서 주목 받고, 셋째는 막내라서 귀여움을 받지만, 둘째는 아무래도 양쪽에서 치일 수밖에 없다. 게다가 나와 고은이는 연년생이라 더욱 심하게 비교당했고, 고은이에겐 '모범생 여울이 동생'으로 살아가는 일이 결코 녹록지 않았다. 막내는 지독히 감성적이고 몸서리치게 예민한 두 언니의 힘겨운 인생을 관찰하면서, 다행히도 우리보다는 낙천적이고 현실적이며 이성적인 사람으로 성장해갔다. 하지만 우리 셋 중에서 가장 섬세하고 내성적인 고은이는, 어른이 되고 나서도 한참 동안 방황했다. 아무리 그래도, 고은이가 그 정도까지 자신의 삶을 어둡게 바라보고 있었는지는 알지 못했다. 마흔이 넘도록, 나는 내 동생의 소외감과 외로움을 그리도 몰라주었던 것이다.

고은아, 네가 얼마나 소중하고 빛나는 아이인데, 네가 나에게 어떤 동생인데, 어떻게 그런 생각을 할 수가 있니. 동생에게 이렇게 말해주고 싶었다. 하지만 가슴이 먹먹하고 목이 메어 아무 말도 나오지 않았다. 고은아, 넌 항상 이 세상에서 꼭 필요한 사람이었어. 넌 이 세상에서 나를 가장 많이 닮은 분신이야. 나의 가장 슬프고 아픈 손가락. 세상에서 나와 가장 닮은 유전자를 지녔지만 이상하게도 우리는 참 다른 삶의 길을 걸어왔던, 한 살 차이 나는 쌍둥이 같은 그런 존재야. 언젠가 영하 10도 가까이 되는 지독히도 추운 날씨에, 네가 내 책을 서점에서 직접 사려고 나온 적이 있었지. 그때 얼마나 고마웠는지, 내가 말해준 적 있었나. 내가 책을 선물해주려고 하는데도, 너는 한사코 네가 직접 내가 쓴 책을 사야 한다면서 그 추운 날 갓난아기 현서를 데리고 나를 만나러 광화문 교보문고까지 나와주었지. 어쩌면 나를 작가로 만든 건 내 글을 나 자신보다 더 아껴주는, 너처럼 아름다운 독자가 있어서인지도 몰라.

✿

'세 자매'가 옹기종기 모여 사는 우리집은 하루도 조용할 날이 없었지만, 떠들썩하고 다정다감한 분위기였음에도 불구하고 우리 셋은 곧잘 외로움을 느꼈다. 늘 서로가 곁에 있었기에 절대로 외로울 수 없는 환경에서 컸던 우리는 뜻밖에도 말 못 할 외로움과 소외감을 서로에게 말하지 못한 채 자라난 것이다. 각자의 외로움을 패잔병처럼 등에 짊어진 채. 각자의 슬픔을 복화술처럼 늘 명랑한 화법 속에 숨겨둔 채. 고은이와 나는 벌써 마흔이 넘었고, 귀염둥이 막내 상은이도 벌써 30대 중반이지만, 아직도 우리 각자가 견뎌야 했던 외로움이 사무칠 때가 있다. 우리는 각자 저마다의 위치에서 살아남기 위해 분투했다. 때로는 무언가가 되기 위해, 때로는 무언가가 되지 않기 위해.

다행히도 우리의 '다음 세대'는 우리보다 덜 외로운 환경에서, 우리보다 덜 아파하며 자라고 있는 것 같아 가슴을 쓸어내리곤 한다. 나의 조카 현서, 윤성, 준우는 한 동네에서 함께 살면서, 외롭지 않게, 서로를 비교하지 않는 낙천적인 부모들 곁에서 행복하게 자라나고 있다. 언젠가 막내 상은이가 고은이의 큰아들 현서를 꼭 안고 이렇게 말하는 것을 엿들었다.

"현서야, 나중에 힘들고 어려운 일 있으면 이모한테 언제든 전화해. 엄마한테 말하기 쑥스러울 땐, 이모한테 연락해도 돼. 이모가 꼭 현서 편이 되어줄게."

현서는 어리둥절해서 "왜요?" 하고 묻는다. 나중에 힘들고 어려운 일이 어떻게 생긴다는 건지, 그때 왜 이모에게 전화를 해야 하는 건지, 모두 알 수 없다는 표정으로.

"이모는 현서 친구가 되고 싶으니까. 친구는 어려울 때 서로 돕고 이해해주는 거니까."

저럴 때보면 내 동생이 과연 '우리 막내' 맞나 싶을 정도로 어른스럽고 아름답다. 이모라서, 가족이라서가 아니라, 현서의 '친구'가 되고 싶어서라니. 가족 안에서도 가족의 울타리를 넘어 사랑할 줄 아는 내 동생의 지혜로움이 부럽다. 나는, 우리는 분명 저런 사랑을 경험한 적이 없는데, 저런 깊고도 눈부신 사랑은 도대체 어디서 나온 것일까. 게다가 내 동생은 부모님이 한참 IMF의 여파로 고생하던 때 학창 시절을 보내서 학원도 돈을 아낀다며 스스로 안 간다고 할 정도로 늘 어른스럽게 웃자란, 너무 일찍 철들어버린 아이였다. 한 번도 아르바이트를 쉰 적이 없고, 늘 고생하면서 자란 아이라 안쓰러웠는데, 상은이는 내가 지금까지 알아온 그 어떤 사람들보다 더 따뜻하고 사랑이 넘치는 어른이 되었다.

𝓍

요새 두 아이의 엄마 고은이는 카리스마가 넘친다. 아마도 고은이 또한 마흔 즈음에 뭔가 큰 깨달음을 얻은 듯하다. 더 이상 자신이 진짜로 원하는 것을 미뤄서는 안 된다는 것을, 어리디여린 내 동생 고은이 또한 깨달았다. 그녀는 미술치료사 자격증도 따고, 역사 관련 모임도 열심히 다니더니, 장학금을 받으며 방송통신대학에 다니는 것도 모자라 최근에는 친한 엄마들과 함께 '책 읽는 엄마들의 이야기'를 담은 팟캐스트를 진행하며 바쁜 시간을 보내고 있다. 아내의 갑작스러운 변화에 놀란 제부가 나에게 이렇게 귀띔을 해주었다.

"요새 우리 고은이가 변했어요. 하고 싶은 말 다 하고, 요구하는 것도 많고. 아, 제가 요새 힘들다니까요."

제부는 귀엽게 엄살을 피우지만, 나는 그 또한 이렇게 당차고 카리스마 넘치고, 하고 싶은 말은 다 하는 아내를 보며 더욱 행복해한다는 것을 느낄 수 있었다.

얼마 전에 우리 세 자매는 이런 대화를 나누었다. "엄마가 해준 음식이 엄마 집에서는 맛있는데 이상하게 우리 집에 가져오면 맛이 없어져." 엄마의 잔소리와 엄마의 눈빛, 우리의 추억이 남아 있는 집 안 구석구석의 분위기와 살림살이들까지, 그 모든 것들이 만들어낸 아우라가 함께 있어야만 엄마 집의 엄마 밥맛이 나는가 보다. 우리는 단지 '가족'이어서가 아니라, '서로를 가장 잘 알고 있는 타인들'이기 때문에, 한때 함께였지만 이제는 서로를 가장 많이 걱정해주는 머나먼 타인들이기 때문에, 따로 또 같이 행복할 수 있는 존재임을 이제야 알 것 같다.

얼마 전 한국보육진흥원에 심리학 강연을 하러 갔다가, 뜻밖에 너무도 반가운 사람을 만났다.

"정여울 작가님, 혹시 준우 이모님 아니세요?"

이곳에서 내가 '준우 이모님'인 걸 아는 사람이 도대체 누굴까 싶어 깜짝 놀라 쳐다보니, 막내 상은이의 아들 준우의 어린이집 원장님이었다. 내가 준우를 데리러 어린이집에 간 적이 있었는데, 그때 내 얼굴을 기억해두었나 보다.

"원장님, 준우가 원장님을 너무 보고 싶어 해서 유치원 적응이 힘들대요."

"저도 요새 준우가 너무 보고 싶어요."

"어린이집만 하시지 말고 유치원도 같이 하시면 안 될까요. 제 동생 상은이가 그 어린이집처럼 사랑이 넘치는 유치원은 다시 찾을 수가 없다고 속상해해요."

"아이쿠, 지금도 버거운걸요. 그런데 준우 이모님, 정말 반가워요. 오늘 강의 잘 들었어요."

그날은 '작가'라서가 아니라 '준우 이모님'이라서 참 행복했다. 그날만은 정여울 작가가 아니라 준우 이모로 완전히 살아낸 기분이었다. 지금의 상태에 만족할 줄 모르는 마음의 유전자, 행복을 행복 그 자체로 느끼지 못하는 마음의 유전자를 타고난 우리는 처음으로 아이들을 통해 '그냥 이 순간이 있는 그대로 최고의 순간'임을 온몸으로 느끼는 법을 배우고 있다.

҂

삶이 어떤 대단한 선물을 주기 때문이 아니라, 지금 내게 던져진 이 삶, 아니 내가 투쟁하여 이루어낸 이 삶이 그 자체로 아름답다는 것을, 마흔 즈음에 나는 비로소 받아들이게 되었다. 가장 비극적인 마음의 유전자, 행복을 있는 그대로 받아들이지 못하는 의심의 유전자를 부모님으로부터 물려받은 우리는, 이 슬픈 유전자를 우리의 아이들에게만은 물려주지 않기로 결심했다. 조카 현서는 나에게 묻는다.

"이모, 음악이 끝나면 음악은 어디로 가는 거야?"

그 음악이 정말 좋았니? 그렇다면 그 음악은 영원히 사라지지 않고 여기 네 가슴속에 살아남는 거야. 이모가 늙고 병들어 이 세상을 떠날지라도 네 마음속에 이모가 영원히 살아 있는 것처럼. 내게 무슨 일이 닥쳐온다 해도, 지금의 이 삶이 내게 선물하는 축복의 과즙을 단 한 방울도 놓치지 않고 다 마셔버려야겠다.

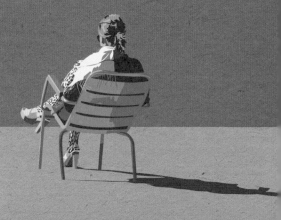

04

깊이에 눈뜨는 시간

예술이 내 어깨를 토닥일 때

나의 눈물보다 타인의 눈물이 더 마음 아프게 다가올 때가 있
다. 그것도 생전 처음 보는 이가 흘린, 사연조차 알 수 없는 눈물
이. 몇 년 전, 파리의 루브르 박물관에서 처음 본 할머니였다. 어
느 나라 사람인지는 알 수 없었지만, 금발이 새하얀 은발로 변해
가고 있는 모습이 무척 처연하면서도 곱게 느껴졌다. 그런데 갑
자기 할머니의 돋보기안경 너머로 말간 유리구슬 같은 눈물이 후
드득, 떨어졌다. 나는 깜짝 놀라 누가 이 어여쁜 할머니를 울렸나
두 눈을 크게 뜨고 주변을 살펴봤지만, 일행으로 짐작되는 사람
들도 없고 가까이에 별로 사람이 없었다. 혼자인 것이 분명했다.
혹시 루브르의 그림에 감명을 받아 우는 걸까. 난데없는 호기심

과 걱정이 한꺼번에 차올라 그 낯선 할머니를 가만히, 눈에 띄지 않게 바라보았다. 그림 하나 앞에서 오래 서 있다가 눈물 한 번 닦던 할머니는 이내 흐르는 눈물을 닦지도 않고 그저 내버려두었다. 다음 그림 앞에서도, 그다음 그림 앞에서도, 할머니는 소리 내어 흐느끼지 않고 묵묵히 눈물만 흘렸다. 어차피 다음 작품을 보면 또 눈물이 쏟아질 것이 뻔하므로 굳이 눈물을 닦지 않는 것처럼 보였다. 그날 나에게는, 루브르의 어느 위대한 작품들보다도 낯선 할머니의 그 애틋한 눈물이 더욱 아름답게 느껴졌다.

✼

예술을 향하여 이토록 해맑은 감동을 표현할 수 있는 사람들이 있기에, 예술가들은 더욱 힘을 내어 자기 안의 그 무엇을 끊임없이 태우고 또 태울 수 있는 것이 아닐까. 계속 눈물을 흘리는 할머니에게 다가가 함부로 위로할 수 없었던 까닭은, 그녀와 작품 사이를 이 세상 아무것도 방해해서는 안 될 것 같았기 때문이다. 예술의 아름다움과 접신하는 순간 터져 나오는 눈물은 억울함이나 분노의 눈물이 아니라 기쁨과 환희의 눈물임을 짐작하고 있었기 때문이다. 다만 그 눈물에 아릿한 슬픔이 깃들어 있는 것은, '왜 이 눈부신 아름다움을 이제야 만난 것일까' 하는 안타까움이 스며 있기 때문일 것이다. 무엇이 바빠서, 무엇이 그토록 힘들어서, 우리는 항상 우리에게 끊임없이 말을 걸고 있는 예술의 아름다움을 등한시하는 걸까. 나는 지금도 뭔가 마음의 응어리가 풀리지 않아 가슴이 답답할 때는, 그날 그 할머니의 눈물을 떠올린다. 어쩌면 루브르 박물관에 직접 와보는 것이 평생의 소원이었을지도 모를 그 할머니의 눈물을 떠올리면, 온갖 걱정거리로 수런거리던 마음이 차분하게 가라앉는다. 우리 삶에서 '무엇이 중요한지'를 저절로 알게 해준 눈물, 복잡한 상황과 얼기설기 뒤엉킨 감정이 마음을 할퀼 때 '인생에서 우선순위로 둘 것'은 무엇인지를 명쾌하게 알려주는 그런 눈물이었기 때문이다. 할머니의 눈물을 통해 나는 배웠다. 내 뜨거운 눈물이 따라 흐르는 곳, 내 복잡한 머리가 아닌 내 천진한 마음이 따라가는 곳. 그런 곳에 담담히 머물면 된다. 나를 가슴 깊이 울리는 존재만이 내가 오래오래 마음을 두고 열정을 쏟을 수 있는 대상이다. 나를 감동시키는 존재만이 내 인생에 끼어들 권리가 있다.

✿

그로부터 몇 년 뒤 나는 예술이 우리에게 주는 환희와 슬픔이 묘하게 어우러진 눈물을 뉴욕의 현대미술관에서 경험했다. 그때는 내 인생에서 뭔가를 포기해야 할 때였다. 그런데 좀처럼 포기할 수가 없었다. 아무리 끊어내려고 해도 무언가를 향한 감정의 끈이 도저히 놓아지지 않았다. 어떤 대상을 향한 강렬한 애착을 끊는 것은 나 자신의 일부를 떼어내는 것과 같은 참혹한 고통이라는 것을 그때 알았다. 그 순간 고흐의 사이프러스 그림이 눈에 들어왔다. 온몸을 활활 불태울 듯한 태양 아래 그 따가운 햇살의 고통을 다만 아무런 대가 없이 묵묵히 견디고 있는 삼나무의 꼿꼿함이, 범접할 수 없는 고귀함으로 다가왔다. 나는 왜 저 푸르른 삼나무처럼 꼿꼿하게 견딜 수가 없는 걸까. 스스로가 못 견디게 원망스러웠다. 고흐가 내 곁에 있는 것도 아닌데, 고흐가 견뎠을 그날의 그 따가운 햇살이 내 머리 위에 곧바로 내리쬐는 것 같았다. 그것은 단지 뜨거운 여름날의 햇살이 아니라, 자신을 결코 이해해주지 않는 세상 전체였을지도 모른다. 화집에서 보았던 그림보다 백만 배쯤 선명하고 당혹스러운 그 삼나무의 울퉁불퉁한 이미지가 내 앞에 어른거리니, 오래오래 꾹 눌러 참았던 그 무엇이 한꺼번에 터져 나오는 것 같았다. 고흐의 그 수많은 작품들 중에 하필이면 그토록 평범한 삼나무 그림을 보고 울게 될 줄은, 꿈에도 몰랐다.

&

고흐가 그린 한없이 꼿꼿한 삼나무 덕분에 이미 눈물 그렁그렁해진 내 눈에 마침내 진짜 밤하늘보다 오히려 더 검푸르고 가슴

먹먹한, 〈별이 빛나는 밤에〉가 들어왔다. 요즘 세상의 알록달록한 빛 공해 속에서는 도저히 경험할 수 없는 야생의 별빛, 고흐가 살았던 시절의 희미한 가스등 아래서나 비로소 더 빛을 발할 것만 같은, 그런 밤하늘의 별빛이었다. 별빛들이 무리지어 한바탕 수백, 수천 겹의 강강술래를 벌이는 것만 같았다. 그저 조용히 빛나는 것만으로도 불꽃놀이보다 더 찬란한 그 별빛의 춤사위를 보자마자 그야말로 비 오듯 눈물이 쏟아졌다. 양손으로 얼굴을 가리고 있었는데도, 옆 사람이 나를 쳐다보는 것이 느껴질 정도로 눈물을 주체할 수가 없었다. 혹시 흐느낌이 새어 나갈까 입술을 깨물었지만, 쏟아지는 눈물은 가려지지가 않았다.

　그날 이후, 나를 옥죄고 있던 그 오랜 집착의 사슬을 끊었다. 고흐가 날더러 이제 그만 애착을 끊어버리라고 다그치지는 않았지만. 예술의 투명한 창문을 통해 내가 지닌 감정의 극한을 엿보고 나니 그 감정의 지긋지긋한 끝자락이 어렴풋이 보였다. 내가 끝까지 갈 수 있는 길이 아니었다. 감당할 수 있는 길도 아니었다. 나는 영원히 닿을 수 없는 대상을 향해 끈질기게 집착하고 있었고, 그 감당할 수 없는 애착을 끊어낼 때만 비로소 나 자신으로 돌아올 수 있었다. 뛰어난 예술작품은 우리로 하여금 삶과 나 자신을 바라보는 '미적 거리'를 가지게 한다. 예술은 그렇게 영원히 끊어낼 수 없을 것만 같던 나 자신의 집착을, 마치 외계인이 지구를 바라보는 듯한 머나먼 시선으로 낯설게 바라볼 수 있도록 도와준다. 예술은 그렇게 '끝이 없을 줄로만 알았던 그 무엇'의 끝을 보여준다.

❧

이제 마흔의 문턱을 넘으며 나는 예술의 아름다움이 이전보다 더 깊이, 더 향기로운 손길로 내 어깨를 두드리는 것을 느낀다. 이제는 굳이 머나먼 외국의 미술관으로 찾아가지 않아도, 집에 있는 그림책의 한 페이지만 펼쳐도 그 감동을 생생히 느낄 수 있는 마음의 촉수가 생겼다. 예술을 향한 욕망은 사치스러운 것이라는 어린 시절의 편견도 버렸다. 이제 예술을 위한 것이라면, 때로는 작은 사치도 부릴 필요가 있다고 느낀다. 스물일곱 살 때 나는 고흐의 화집을 처음으로 사면서 책 속에 이런 메모를 끄적여 놓았다. "내 생애 최초의 화려한 사치. 이토록 값비싼 고흐의 화집을 나에게 선물하다." 그 메모를 볼 때마다 슬며시 미소가 번진다.

책 살 돈이 모자라 쩔쩔매던 그 시절의 나, 사고 싶은 책은 많고 주머니는 얇디얇던 그 시절. 그럼에도 불구하고 돈만 생기면 다른 건 덮어놓고 걸신들린 사람처럼 책부터 사들였던 그 시절의 내 모습이 조금은 짠하면서도 기특하다. 지금은 내 감각의 촉수를 깨우는 공연과 전시를 예전보다 더욱 적극적으로 찾아보고,

틈날 때마다 열심히 공연장과 미술관을 찾는다. 때로는 입장권이 예상을 훌쩍 뛰어넘게 비싸거나 도저히 스케줄을 맞출 수 없어 포기할 때도 있지만. 가끔이나마 전시를 보고 공연을 관람할 때면 어떤 독서나 강의로도 대체할 수 없는 커다란 깨달음을 얻곤 한다. 그것은 예술을 창조하는 사람들과 좀 더 가까이서 머리와 머리를, 마음과 마음을 맞대고 만나는 체험이다. 예술이 일상과 동떨어져 평범한 사람들과 유리된 채 만들어지는 '그들만의 리그'가 아니라, 누구나 마음만 먹으면, 조금만 가까이 다가가면 얼마든지 참여할 수 있고 공감할 수 있는 실체라는 것을 느낄 때마다 가슴이 뭉클하다. 상품을 소비하는 것은 당연히 여기면서 예술을 감상하는 데는 시간도 감정도 비용도 아낀다면, 우리 삶은 나날이 더 삭막해지고 황폐해지지 않을까.

∿

어떤 예술가는 지칠 때마다 내 등짝을 어루만지는 수호천사처럼 느껴진다. 첼리스트 야노시 슈타르케르와 재클린 뒤프레, 조각가 헨리 무어나 화가 프리다 칼로 등은 내 단골 수호천사들이다. 걷잡을 수 없이 화가 치밀어 오를 때 그 순간의 화를 참고 재빨리 은신처를 찾아 이어폰을 꽂고 음악을 들으면, '아, 아까 그 순간 곧바로 화내지 않아서 정말 다행이구나' 하는 생각이 든다.

어떤 분노도 아름다운 음악이나 그림 앞에서는 오뉴월에 눈 녹듯 사라져버린다. 예술은 고독을 그 자체로 즐길 수 있는 최고의 친구이기도 하다. 특히 그림을 감상할 때나 음악을 감상할 때는 혼자인 것이 낫다. 예술의 감동이 함께 놀기의 즐거움 속으로 희석될 위험이 있으므로. 옆 사람의 반응을 신경 쓰다가는 정작 '내가 무엇을 느끼는지'에 집중할 수 없다. 예술과 함께할 수 있다면 외로움은 고통이 아니라 최적의 감상 조건이 된다.

가슴이 답답할 때, 재클린 뒤프레가 연주한 〈콜 니드라이(Kol Nidrei)〉를 듣고 있으면 가슴속에서 거대한 폭포가 쏟아져 내리는 것 같은 기분에 사로잡힌다. 다 괜찮아진다. 다 이해할 수 있을 것만 같다. 쌓이고 쌓인 모든 감정이 음악의 폭풍우에 휩쓸려 어디론가 떠내려가버린다. 열다섯 살에 혜성처럼 데뷔하여 전 세계를 놀라게 한 천재 아티스트. 젊은 나이에 다발성경화증으로 외롭게 죽어간 그녀를 생각하면, 예술의 불꽃으로 자신을 온전히 태워버린 그녀의 삶을 생각하면, 가슴이 쓰라리면서도 그녀가 남긴 음악이 더욱 소중하게 느껴진다.

때로는 프리다 칼로의 그림에 빠져 허우적댔다. 그녀에게 그림을 향한 뜨거운 갈망은 생명 그 자체를 향한 갈망과 동의어였다. 그렇게 나는 나도 모르게 내 과열된 뇌를 식혀줄 무언가가 필요할 때마다, 끊을 수 없는 또 다른 집착을 발견할 때마다, 예술의 언저리를 배고픈 아이처럼 기웃거렸다. 예술의 한가운데서 살아갈 수는 없지만, 항상 예술의 언저리에는 머물고 싶다. 예술작품은 우리가 나이 들어갈수록 더 환한 미소로, 외로운 당신의 어깨를 토닥토닥 두드려줄 것이다. 예술을 통해서라면 우리는 반드시 만날 수 있다. 예술을 통해서라면 우리는 반드시 서로를 이해할 수 있다. 그것이 진짜 예술이라면, 결코 당신을 배제하지 않을 것이다. 그것이 진짜 예술이라면, 결코 당신을 혼자 내버려두지 않을 것이다. 예술은 다가갈 수 없는 대상을 향한, 그치지 않는 다가감이므로.

이제는 조금 느리게 걸어도 괜찮아

올 여름방학 때 노르웨이, 핀란드, 스웨덴 등을 번갯불에 콩 볶듯 후다닥 둘러보고 난 뒤, 나는 심각한 '북유럽앓이'를 하고 있다. 북유럽 관련 서적이 나오면 냉큼 사서 한달음에 읽고, 북유럽 라이프에 관련된 사소한 뉴스라도 나오면 마치 내 고향에 무슨 큰일이라도 난 듯 눈이 휘둥그레져서 넋을 잃곤 한다. 이런 나 자신이 싫어질 정도로, 북유럽 라이프에 대한 동경과 부러움이 가슴 깊숙한 곳에 자리를 잡아버렸다. 물론 나는 한국에서 계속 살 것이고, 이민을 떠날 의지도 없으며, 지금 내가 꾸리고 있는 삶을 있는 그대로 사랑한다. 그런데도 자꾸만 북유럽 라이프에 대한 관심과 질투를 끊을 수 없는 이유는 그들로부터 무언가를 간절히 배우고 싶어서이다. 무엇보다도 배우고 싶은 것은 삶의 구석구석에 깊숙이 뿌리박혀 있는 절제의 기술이다. 그들은 행복해지기 위해 무언가를 사서 소유하기보다는 행복을 느낄 수 있는 삶의 사소한 계기들을 찾아 천천히 즐길 줄 안다. 행복해지기 위해 남을 짓밟지 않는 사람들, 행복을 전시하는 타인의 이미지를 보고 '나도 저렇게 살아야지'라고 모방하는 것이 아니라 이미 가지고 있는 것들 속에서 행복의 디테일을 찾아내는 그들의 차분한 여유를 배우고 싶어졌다.

　나는 북유럽 여행을 하면서 내가 살아온 한국 사회가 '탁월함'에 중독된 사회임을 아프게 깨달았다. 어렸을 때부터 우리는 어떻게든 특별해지기 위하여 기를 쓰며 살아오지 않았던가. 사람들은 겉으로는 평범한 것이 행복한 것이라고 말하면서도 마음속으로는 나는 왜 특별하지 못한 것일까, 나는 왜 뛰어난 재능을 타고나지 못했을까 스스로에게 질문하며 멀쩡한 자신의 삶을 평가절하한다. 나 또한 꼭 '무언가 중요한 존재가 되어야 한다'라는 강박관념을 심어주는 한국 교육이 싫었지만, 그 집단 최면에서 완전히 자유롭지 못했다.

✿

　아누 파르타넨의 《우리는 미래에 조금 먼저 도착했습니다》(원더박스, 2017)라는 책을 읽다가 나는 북유럽적인 라이프스타일을 포착하는 흥미로운 십계명을 발견했다. 이른바 '얀테의 법칙'이라는 것인데, 1933년에 출간된 악셀 산데모세의 소설《도망자, 자신의 자취를 가로지르다》에 등장하는 십계명이다. 얀테라는 가상의 마을에서 사람들이 지켜야 할 마음가짐에 대한 것인데, 북유럽 사람들의 집단적인 심성을 잘 나타내는 것이라고 한다.

1. 당신이 특별하다고 생각하지 마라.
2. 당신이 다른 사람들처럼 선하다고 생각하지 마라.
3. 당신이 다른 사람들보다 똑똑하다고 생각하지 마라.
4. 당신이 다른 사람들보다 더 낫다고 확신하지 마라.
5. 당신이 다른 사람들보다 더 많이 안다고 생각하지 마라.
6. 당신이 다른 사람들보다 더 중요하다고 생각하지 마라.
7. 당신이 뭔가를 잘한다고 생각하지 마라.
8. 다른 사람들을 비웃지 마라.
9. 누구든 당신한테 관심을 갖는다고 생각하지 마라.
10. 다른 사람들을 가르칠 수 있다고 생각하지 마라.

언뜻 보면 매우 비관주의적인 삶의 태도 같지만, 바로 이런 절제와 냉철함의 태도가 북유럽 라이프의 전반을 가로지르는 마음챙김의 방식으로 보였다. 그들은 타인의 성취에 비추어 자신의 삶을 판단하는 것을 좋아하지 않는다. '나는 특별한 사람이다'라는 최면에 도취된 경쟁 사회에서는 도무지 이해할 수 없는 가치관일 것이다. 하지만 나는 저 십계명이 진심으로 마음에 들었다. 저런 삶을 실천할 수만 있다면, 우리가 느끼는 집단적 우울감과 필요 이상의 열등감을 치유할 수 있지 않을까.

> 나는 경쟁, 서둘러 일하기, 빡빡한 일정, 과한 운동을 싫어한다. 미국에서 매일 엄청나게 많은 일들을 해치우는 무진장 바쁘고 빠르고 정열적이고 자신만만하고 뛰어난 사람들 이야기만 들어도 때론 힘이 빠진다. 그런 사람이 존재한다는 사실과 더불어 그들이 받는 칭송이 내 존재 전부를 나무라는 듯하다. 미국에서 평균적이라는 것은 썩 좋지는 않다는 뜻이다. 부모들은 자녀들에게 '너희는 특별하다'라고 늘 말하는데, 자녀를 사랑하고 자녀가 정말 특별하다고 진실로 믿기 때문이다. 하지만 아이들로서는 그런 부모의 기대가 스트레스와 압박감의 원천일 수 있다.
>
> 《우리는 미래에 조금 먼저 도착했습니다》중에서

나는 이 대목을 읽으며 깊은 슬픔에 빠졌다. 이 작가가 '탁월함'을 향한 미국 문화의 강박관념을 향해 느낀 슬픔보다 천배 정도 짙은 농도의 슬픔과 패배감을, 우리는 매일매일 느끼며 살아가고 있기 때문이다. 남보다 뛰어나야 한다는 강박을 어린 시절부터 꾸준히 학습해온 우리는 항상 우리 자신을 '뭔가 모자란 존재, 아직 멀고 먼 존재, 제대로 살려면 인생을 통째로 리셋해야 하는 존재'로 생각하게 되어버렸다. 아누 파르타넨의 책을 읽다가 나는 문득 고등학교 시절의 어느 끔찍한 장면이 떠올랐다. 한 학년 전교생이 300명밖에 되지 않는 작은 학교였지만, 입시 경쟁은 무척이나 치열했던 학교였다. 선생님들은 어느 날 갑자기 전교 1등부터 30등까지의 명단을 차례대로 교내에 공개한다고 선언했다. 열일곱 살 소녀들이 받아들이기에는 너무 충격적인 결정이었다.

나는 그 '상위 30인 리스트'를 보지 않기 위해 한사코 리스트가 붙은 곳에서 멀찍이 떨어져 다녔지만, 그곳을 지나칠 때마다 우르르 모여 있던 아이들의 탄식과 중얼거림을 모른 척할 수가 없었다. '누구는 몇 등이래, 누구는 명단에 들 줄 알았는데 못 들었네, 누구는 의외로 성적이 좋네' 같은 떠들썩한 수다 속에서 과연 '살아남는 자'는 누구란 말인가. 나는 내가 선생님이 된다면 절대로 저런 결정을 내리지 않을 거라고 생각하며, 두 눈을 질끈 감곤 했다. 그것은 내 옆의 친구들을 '적'이자 '경쟁자'로 만드는 적대감의 리스트였으며, '탁월하지 않으면 나는 가치가 없다'는 식의 냉혹한 세계관을 주입시키는 반교육적 행위였다. 나는 그 리스트 앞을 지나갈 때마다 쇠꼬챙이 같은 것이 심장을 날쌔게 찌르는 것 같은 아픔을 느끼곤 했다. 나는 학창 시절의 소중한 추억을 되새기다가도 가끔씩 그 '최고의 30인 리스트'를 떠올리면 여전히 등골이 서늘해지곤 한다. 마흔이 지나도, 어린 시절의 상처는 더 또렷한 얼굴을 하고 '아직 극복되지 않은 트라우마'로 남아, 아직 다 흘리지 못한 슬픔의 선혈을 뚝뚝 흘리곤 한다.

✺

마음을 사로잡는 한 가지 주제에 깊숙이 들어가다 보면, 그 주제에 대해서도 공부하게 되지만 무엇보다도 자기 자신에 대해 더 깊이 알게 된다. 북유럽 라이프로부터 무언가를 배울 것인가를 고민하던 요즘, 나는 내가 왜 프로이트, 아들러, 융 중에서 융을 가장 좋아하는지를 깨달았다. 심리학 분야의 3대 거장 중에서 내가 유독 융에 이끌린 이유는 그가 남들에게 보여줄 수 있는 외부 세계보다는 누구에게도 쉽게 펼쳐 보일 수 없는 내면세계에 침잠했기 때문이다. 칼 구스타프 융의 자서전 《카를 융, 기억 꿈 사상》(김영사, 2007)을 읽었을 때의 충격을 잊을 수가 없다. 어떻게 외부의 사건을 거의 묘사하지 않고, 오직 내면 묘사만으로 이토록 재미있는 자서전을 쓸 수 있을까 하는 생각이 들었다. 자신의 영웅적인 면모를 드러내는 글쓰기가 아니라 얼마나 많은 고통과 번민이 자신의 삶을 할퀴고 지나갔는지, 그리고 그 마음의 그림자에 맞서 자신이 어떻게 투쟁해왔는지를 그린 자서전이었다.

어쩌면 우리의 내면에도 이토록 많은 이야기가 담겨 있는데, 내면을 돌보지 못한 우리 현대인의 삶은 '외적으로 특별해 보이기' '남들보다 뛰어나 보이기'에 골몰하느라 세상 무엇보다 소중한 자기 자신의 마음을 쓰다듬는 일에 손을 놓아버린 것은 아닐까. 융의 자서전을 읽었던 10여 년 전의 어느 날부터, 내 인생은 바뀌기 시작했다. 더 뛰어나고 싶고, 더 대단해지고 싶은 '사회화의 열망'을 절제하고, 더욱 내면으로, 더 깊은 나 자신의 무의식 속으로 침잠하는 삶에 열정을 느끼게 된 것이다. 우리 사회는 남들처럼 살아야한다는 '사회화'의 열망을 가르치느라 나의 내면을 돌보고 가꾸는 삶, 즉 '개성화'의 중요성을 가르치지 않는다. 나는 이제 그만 사회화되고 싶다. 이제 남은 시간을 온전히 나 자신이 되는 일, 즉 개성화에 쏟아도 시간이 절대적으로 부족하기 때문이다. 융 심리학을 공부한 뒤, 예전에는 그토록 힘들기만 했던 글쓰기가 '나의 내면으로 떠나는 여행'이 되어 즐겁고 아름다워졌고, 사람을 대할 때도 그의 외적인 페르소나보다는 내면의 그림자를 관찰하는 마음으로 바라보니 한 사람 한 사람에게 더욱 깊은 관심과 애정이 샘솟게 되었다.

나는 어떤 행정 서류든 빨리빨리 처리하지 못하고, 신호등의 '몇 초 남았습니다' 하는 안내가 늘 모자라다고 느끼고, 지하철에서 책을 읽다가 자꾸만 내릴 역을 놓치는 사람이다. 애니메이션 〈주토피아〉에 나오는 갑갑하고 느려 터진 나무늘보의 미소가 가끔씩 그리워진다. 그 작품 속의 나무늘보는 너무도 강력한 '신 스틸러'라서 오랜 시간이 지나자 그토록 깜찍했던 토끼 주인공 주디보다도 오히려 더 깊이 각인되어버렸다. 내 안에도 그런 느리디느린 나무늘보가 산다. 세상의 속도를 결코 따라잡을 수 없지만 급한지도 모르고 불편한지도 모르며 다만 내 삶에 만족하는 나무늘보가, 내겐 참으로 소중하다.

말도 안 통하는 북유럽에서 그들을 어설프게 흉내 내며 살고 싶다는 이야기가 아니다. 내가 북유럽 라이프에서 가장 배우고 싶은 것은 타인을 향한 깊이 내면화된 존중이다. 예의상 급하게 타인의 불편을 고려해주는 것이 아니라, 타인이 불편함을 느끼기도 전에, 타인이 어디서든 편안함을 느낄 수 있도록 제도적으로, 습관적으로 배려와 존중이 우러나오는 그들의 섬세함을 배우고 싶은 것이다. 채식주의자들은 어디서나 자신이 가장 먹고 싶은 메뉴를 골라 먹을 수 있고, 장애인들은 교통기관을 이용하는 데 불편함이 없고, 젊은이들은 '나는 흙수저로 태어났으니까 도저히 금수저들을 따라갈 수 없다'는 강요된 패배감에 짓눌리지 않았으면 좋겠다. 마흔의 문턱을 넘어서며, 재빨리 요약하고 번개처럼 핵심을 파악하는 세상의 속도를 따라가는 일을 멈추었다. 그런 '얼리 어답터'스러운 삶은 내게 어울리지 않는다. 나는 느림보로 살더라도 대상의 섬세한 디테일을 하나하나 쓰다듬고 관찰하는 삶을 사랑한다. 나는 그 무엇도 요약하고 싶지 않다. 오히려 더 풀어쓰고, 더 길게 펼쳐보고 싶다. 그것이 내게 어울리는 삶이니까. 이제는 조금 더 느리게 가도 괜찮은 나이, 아니 느리게 가야만 더 멀리, 더 그윽하게 세상을 바라볼 수 있는 나이니까. 멀리서도 눈에 띄는 반짝반짝 빛나는 삶보다는, 느리지만 오래오래, 좀처럼 쉽게 눈에 띄지 않는 곰살궂은 빛과 향기를 자연스럽게 뿜어내는 삶을 살고 싶다.

나의 아름다운 '무능력의자'

"네 영혼은 한 번도 쉬어본 적이 없어."

나를 무척 아끼는 한 선배가 오래전에 해주었던 말이 요새 뇌리를 떠나지 않는다. 그 뒤에는 마치 이런 뼈아픈 문장이 생략되어 있는 것 같았다. '한 번도 쉬어본 적이 없다는 것, 그게 너의 가장 큰 문제점이야. 넌 그래서 행복해질 수가 없는 거야.' 심지어 휴식의 중요성에 대한 글을 쓸 때조차도, 나는 너무 열심히 일을 하는 기분이었다. 휴식의 '의미'를 생각하느라 휴식 자체를 즐길 여유가 없었던 것이다. 그런데 요즘 나는 처음으로 지친 내 영혼을 쉬게 할 만한 장소를 발견했다. 바로 최근에 이사한 나의 개인 작업실이다. 사실 작업실을 처음 마련한 것도 겨우 1년 남짓밖에

되지 않았고, 내 두 번째 집필 공간인 이 작업실에 이사 온 지는 얼마 되지 않았음에도, 나는 이곳이 처음부터 내 마음의 고향이었던 것처럼 친근하게 느껴진다. 아름다운 코르시카 해변에 가서도, 걸핏하면 '글 쓴답시고' 찾아가는 제주도에서도 좀처럼 느껴보지 못했던 완전한 휴식을 왜 이제야 이곳에서 발견했을까.

그것은 '마흔 즈음'이라는 나이가 주는 마음의 휴식, 그리고 화려하진 않지만 진정 내 마음에 드는 소박한 휴식의 공간을 찾았다는 안도감이 합쳐진 느낌이었다. 마흔의 나이만이 내게 가져다줄 수 있었던 절실한 휴식의 필요성, 주거 공간이 아닌 내 마음을 쉬게 할 수 있는 '자기만의 방'을 마침내 찾았다는 느낌이 어우러져, 나는 난생처음 '이제 굳이 글을 쓰기 위해 멀리 떠나지 않아도 되겠다'는 생각을 하게 되었다. 마흔이라는 시간과 자기만의 방이라는 공간이 합쳐져 비로소 가능하게 된 절실한 휴식의 아름다움이다. 이곳에 와서 나는 '꼭 무언가를 이루어야 한다'는 끈질긴 집착을 내려놓기 시작했다. 대신 어떻게 하면 남은 내 인생을 아름답게 가꿀 수 있을까 고민하게 되었다. '어떻게든 잘, 멋지게 존재하기'만을 고민했던 내 마음이, 이제 머리가 아닌 마음으로 '천천히, 아름답게 사라지기'를 고민하기 시작했다. 마흔 즈음, 아름답게 사라질 준비를 시작하기 딱 좋은 순간, 그래도 그 아름다운 사라짐이 결코 슬프지만은 않을 정도로 성숙한 시간. 이 시간이 참 고맙다.

✿

작업실에서 글을 쓰는 시간도 예전보다 좋아졌지만, 가장 행복한 시간은 나만의 작은 테라스에서 하늘을 바라볼 때다. 사실 난 생처음으로 가져보는(월세지만) 테라스의 안락함이다. 나는 탁 트인 하늘을 좀 더 편한 자세로 바라보기 위해 무중력의자를 샀다. 그랬더니 놀라운 일이 일어났다. 어디 멀리 간 것도 아닌데, 마치 한 번도 떠나지 못한 '캠핑'을 즐기고 있는 듯한 환상적인 착시가 느껴졌다. 산 좋고 물 좋은 곳으로 캠핑을 떠나면 이런 기분이겠구나. 그 무거운 장비들을 힘겹게 챙기며 캠핑을 떠나는 사람들의 마음을 이제야 이해할 수 있을 것 같았다. 비록 작업실 주변은 고만고만하고 야트막한 건물들뿐이지만, 바로 그 낮은 건물들 덕분에 나는 인생에서 가장 넓은 '매일 바라보는 하늘'이라는 공용 공간을 갖게 되었다. 빌딩숲에서는 좀처럼 완전한 모습을 드러내지 않던 뭉게구름의 전모가 보이기 시작했고, 텔레비전 화면처럼 네모나게 조각난 하늘이 아닌, 좀 더 탁 트인 스카이라인이 매일 나를 반겨준다. 강의나 회의를 마치고 작업실로 돌아가면, '어서 빨리 무중력의자에 누워서 밤하늘을 바라봐야지'라는 생각에 가슴이 설레기 시작한다.

내 작업실에 찾아오는 지인들에게 나는 이렇게 말하곤 한다. "이 무중력의자에 앉아봐, 그럼 세상이 달라 보여. 모든 걱정이 사라진다니까." 이렇게 한참 사람들에게 '모든 것을 탁 내려놓는 마음의 자유'를 무중력의자에서 느껴보라고 권하고 있는데, 어느 날은 이렇게 실언을 하고 말았다. "자, 이 무능력의자에 앉아보라니까." "뭐, 무능력의자라고?" 말한 나도 어처구니가 없어서 깔깔 웃고, 듣던 사람도 따라 너털웃음을 터뜨렸다. 말실수에도 무의식의 욕망이 담겨 있다는 프로이트의 메시지가 이럴 때를 두고 하는 말인가. '무중력의자'보다 '무능력의자'라는 말이 내 마음을, 내 열망을 더 깊이 반영하는 것만 같았다. 이 의자에 앉아 있는 동안만은 나는 한없이 무능력해지고 싶었다. 그 무능력해지는 느낌, 나른해지고, 축 늘어지는 느낌이 진심으로 좋다. 말실수에 반영된 나의 숨겨진 열망, 그것은 가끔은, 능력 있는 사람이 되기 위해서 추구하는 모든 노력을 멈추고 싶다는 투명한 휴식의 꿈이었다. 나는 내 작은 무능력의자를 통해 늘 능력 있기를 강요받는 세계로부터의 자유를 꿈꾼 것이 아닐까. 나는 지극히도 단순하면서도 저렴한 내 풋풋한 무능력의자 위에서 때로는 노력하기를 쉬는 법, 더 높이, 더 빨리 날아오르기만 하는 삶의 피로를 씻어내는 법을 연습하고 있는 중이다.

꽃

이런 생각에 빠져 있다 보니 나의 해맑은 무능력의자에 앉히고 싶은 가장 애틋한 두 사람이 생각났다. 바로 나를 낳아주고 길러주고 여전히 기다려주는 부모님이다. 아버지는 10년 넘게 뇌졸중을 앓고 있어서 점점 더 운신의 폭이 좁아졌고, 그런 아버지를 보살피느라 어머니도 점점 쇠약해지고 있다. 나는 지하철역으로 부모님을 마중 나갔다. 가족 모두가 모인 적은 많았지만, 이렇게 나와 엄마, 아빠 셋이 길을 걷는 것은 참으로 오랜만이었다. 그런데 이제 아버지는 지팡이를 두 개나 짚으면서도 잘 걷지 못한다. 처음 쓰러지셨을 때만 해도, 이렇게 다리가 불편하진 않았는데. 그때는 이렇게 완전히 은발에 가까운 백발도 아니었는데. 아버지를 부축하면서 나는 길가의 모든 부서진 보도블록이나 움푹 파인 구덩이들이 아버지의 안전을 위협하는 날카로운 흉기들처럼 보여 가슴이 조마조마했다. 힘겹게 걸음을 옮기는 아버지의 모자를 가만히 바라보는데, 눈에 띄는 문구가 있었다. "Never stop exploring!" 탐험을 결코 멈추지 말라. 그 문장을 보는 순간 힘이 쭉 빠져나갔다. 동년배의 다른 아버지들이 힘차게 등산도 하고, 사회 활동도 열심히 하고, 사업까지 번창하는 걸 보면서, 아버지는 얼마나 '탐험을 시도할 수 있었던 그 옛날'을 그리워할까.

하지만 나는 그 '탐험을 결코 멈추지 말라'는 문장을 거부하고 싶어졌다. 너무 많은 탐험을 하느라, 늘 새로운 것을 찾느라, 우린 너무 지쳐 있지 않은가. 무일푼으로 시작해 한때 자신만의 어엿한 사업체를 일구었지만 이제 아무것도 남지 않은 내 아버지에게는 '새로운 탐험'이 아니라 '누구의 눈치도 볼 필요 없는, 평화로운 휴식'이 필요하다. 나에게도 가끔은 모든 탐험을 멈추고, 가만히 내 안의 열망들을 내려놓는, 진정한 휴식의 시간이 필요하다. 마흔이 넘어서도 아직 '아버지'를 '아빠'로 부르는 나는 심하게 절룩이며 간신히 한 발 한 발 내딛는 아버지의 뒷모습을 지켜보며 어린 시절의 철없는 말투로 이렇게 말하고 싶었다. "아빠, 이제 탐험 같은 건 그만해도 돼. 아직도 일중독에 빠져 늘 새로운 걸 탐험하는 다른 아저씨들을 부러워하지 않아도 돼. 아빠는 최선을 다했어. 아빠는 비록 실패했다고 느낄지 몰라도, 아빠의 진짜 성공은 '그 옛날 한때 잘나갔을 때'가 아니라 '우리가 여전히, 변함없이, 지금 이렇게 함께 있다는 것' 그 자체야."

하지만 너무 쑥스러워 그런 다정한 말들이 입 밖으로 나오지 않았다. 대신 검버섯이 부쩍 늘어난 아빠의 손을 꼭 잡아드렸다. 아빠는 그 한 번의 손길에 지나치게 행복해하셨다.

"우리 큰딸, 손잡으니까 천국이 따로 없네. 오늘 아빠가 수지맞았어."

그날은 '탐험'이 화두인 날이었는지, 지나가는 카페에도 이렇게 쓰여 있었다. "Coffee is about exploration." 커피야말로 탐험이다. 어휴, 나에게 커피는 소중한 휴식이고 그저 고마운 '인생의 낙(樂)'일 뿐인데 탐험이라니, 피곤했다. 그 문장을 통해 내가 얼마나 '탐험'이나 '모험'에 지쳐 있는지를 깨닫게 되었다. 이 세상에는 너무 많은 모험과 탐험과 실험이 상품화되고 일상화되어버렸구나. 아버지에게는 좀처럼 만나기 어려운 쌀쌀맞은 딸을 한번 보겠다고 지하철을 타고 무사히 목적지에 도착하는 것 자체가 우주를 탐험하는 것만큼이나 어렵고 가슴 떨리는 모험인데. 이제는 어떤 모험도 불가능하게 되어버린 아버지의 쇠잔한 몸을 바라보며 가슴이 무너져 내렸다. 택시를 타고 가시라 차비를 드린다고 해도 기어코 지하철을 타겠다는 엄마 아빠와 실랑이를 벌이며 진이 빠졌지만, 아빠의 팔짱을 끼고 지하철역까지 배웅하며 비로소 그 쇠고집의 진짜 의미를 이해했다. 백발이 성성해진 우리 아빠는 딸과 함께 팔짱을 끼고 조금이라도 더 함께 걷고 싶었던 거구나. 잔소리 대장님 엄마와 함께 걸을 수 있는 시간도 조금 더 늘어날 수 있겠지. "언제 이렇게 우리 딸과 걸어보겠어. 보기도 아까운 내 새끼." 아빠는 술을 잔뜩 마시고 온 날은 그 거친 수염 난 얼굴을 내 볼에 비비면서 항상 그렇게 말씀하셨다. "보기도 아까운 내 새끼." 이제 그 늠름하고, 잘 생기고, 누가 봐도 눈부시던 젊은 아빠는 여기 없지만, 아빠는 일밖에 모르던 시절의 그 각박함을 내려놓으시고, 남들보다 힘겨운 방식으로 인생의 휴식을 맞이하신 것인지도 모른다.

✎

피타고라스는 이렇게 말한 적이 있다. "인생은 축제와 같다. 어떤 이는 축제에 참여하기 위해 오고, 어떤 이는 장사를 하러 오지만, 최상의 사람들은 관객으로 온다." 어릴 때는 이 말에 절반만 동의했었다. 진짜 축제의 진수를 아는 사람들은 열심히 축제를 준비하는 사람들일 거라고 생각했기에. 노동이 휴식보다 중요하고, 창조가 관람보다 중요하다고 생각했기에. 마흔의 능선을 넘어가며 나는 이제야 알 것 같다. 나에게는 관객의 정서가 부족했음을. 휴식할 줄 아는 재능이 없었음을. 축제를 준비하는 사람들의 노고도 소중하고, 축제에서 장사를 하는 사람들의 수입도 짭짤하겠지만, 가장 행복한 사람들은 축제를 즐길 줄 아는 사람들임을. 요새 대중 강연에서 글을 쓰지 않을 때 나 혼자 있을 때는 무엇을 하냐는 질문을 많이 받는다. 서로 다른 장소에서 서로 전혀 알지 못하는 독자들이 마치 서로 약속이라도 한 듯이 비슷한 질문을 할 때가 많다. 그 질문을 통해 나는 시간을 견디는 법, 시간을 계산하고 관리하는 법을 넘어 이제 시간을 즐기고, 향유하고, 시간을 축제로, 예술로 만드는 법을 생각해야 할 때가 되었음을 깨달았다. 나는 '글을 쓰지 않을 때'는 행복한 독자이자 행복한 관객으로 있는 상황을 가장 좋아한다. 무엇을 써내기 위해, 무엇을 창조하기 위해 24시간 올인할 수는 없다. 게다가 그렇게 '표현'에만 신경을 쓰면 내실이 생기지 않고 결국 표현할 소재도 고갈되어버린다. 표현할 수 있는 것이 10퍼센트 정도라면 90

퍼센트 정도는 그저 읽고, 느끼고, 감상하고, 이해하고, 음미하는 시간이 필요하다. 음악은 물론 영화, 미술, 그리고 사람들의 일상 속 대화까지, 혼자 길을 걷다가 발견한 모든 자잘한 일상 속 풍경까지 나는 '행복한 감상자'가 되어 관찰의 기쁨을 배우려 한다. 축제 속에서 가장 행복한 진정한 관람자가 되기 위해.

이제야 인생을 즐길 줄 알게 되었다니, 이제야 마음의 여유를 얻게 되었다니, 스스로가 참 한심하기도 하지만 '스파르타식 교육'에 길들여진 신체는 20년 동안의 모범생 키우기 훈육을 벗어나기 위해 또 20년의 불완전한 자유를 필요로 했나 보다. 자꾸 텔레비전이나 놀이의 유혹을 벗어나지 못했던 내가 차라리 '스파르타식 학원'에 가서 신체를 가둬야 공부를 좀 하겠다고 생각했던 사춘기 시절이 있었다. 어떻게 쉬는지도 모르고, 쉬는 것이 왜 중요한지도 모르던 나 자신을 극복하는 일은 열심히 일하는 것보다 훨씬 어려웠다. 마흔을 넘어선 뒤, 이제는 스케줄에 목을 매지 않는다. 프랭클린 플래너식 시간표를 써가며 극단적으로 자기 관리를 하지도 않는다. 휴식의 시간, 여백의 시간, '아름다운 무능력의 시간' 속에서 노동의 시간보다 훨씬 더 크고, 깊고, 영롱한 생의 아름다움을 발견한다.

마흔, 끝나지 않은 향연

거창한 버킷리스트는 없지만, 언젠가 마음의 여유가 생기면 꼭 하고 싶은 것들이 몇 가지 있었다. 첫째, 꽃과 나무를 심고, 정원을 가꾸는 삶. 이 꿈은 워낙 요원해서 가끔은 포기할까 생각하기도 하지만, 그럴 때마다 헤세의 정원이나 모네의 정원 사진을 꺼내보며 언젠간 꼭, 아무리 작은 정원이라도 만들고 싶다는 어설픈 전의를 불태우곤 한다. 예술과 일상과 자연이 하나 되는 아름다운 정원을 가꾸는 것이야말로, 설령 이룰 수 없어도 끝내 포기하고 싶지 않은 꿈들 중 하나다. 둘째, 나만의 작은 아카데미를 여는 것. 글 읽기와 글쓰기의 아름다움을 함께 느낄 수 있는 소박한 배움터를 하나 여는 것이 두 번째 소원이다. 읽기와 쓰기를 통해 삶을 되돌아보고 싶은 사람들을 위한 열정적인 세미나가 매일 열리는 배움터는 내 안의 소박한 유토피아다. 이 밖에도 몇 가지 소원들이 있지만, 그 수많은 바람들 중에서도 돈이나 시간 때문이 아니라 '내 마음의 내공'이 부족해 미뤄둔 것이 바로 나의 오랜 멘토 H 선생님과의 세미나였다. H 선생님은 문학평론가로 평생 살아왔지만 문학뿐 아니라 철학과 예술에도 조예가 깊고, 무엇보다도 '곁에 있기만 해도 그저 좋은 사람'이었다. 선생님 곁에 있으면 워낙 언어듣는 풍월이 많아, '이것이 수다인지 수업인지 헷갈릴 정도'가 되곤 했다. 선생님과 나 사이에는 무려 30여 년의 나이 차가 가로놓여 있지만, 한 번도 그 나이 차가 우리의 우정을 가로막은 적은 없었다.

※

선생님과 수다를 떨고 있으면 세상의 모든 빛이 우리들 주위로 모여드는 것만 같았다. 우리 앞에 놓여 있는 것이 커피 한 잔과 달콤한 치즈케이크여도 좋고, 소주 한 병과 얼큰한 순댓국이어도 좋았다. 선생님과 함께 있으면 술을 마시지 않아도 못 할 이야기가 없었고, 술을 마신다 해도 아무도 보기 싫게 취하지 않았다. 선생님은 '자리에서 일어나야 할 때'를 정확하게 아셨고, 선생님이 '이제 그만 가자'고 하면 누구도 불만 없이 깔끔하게 자리를 털고 일어났다. 언젠가는 H 선생님과 멋진 세미나를 열고, 그 세미나 내용을 나 혼자 간직하는 것이 너무 아깝기에 상황이 허락한다면 어여쁜 책으로도 만드는 것이 나만의 버킷리스트 중 하나였다.

그런데 얼마 전 선생님이 암 진단을 받았다는 청천벽력 같은 소식을 듣고 나는 크게 낙담하고 말았다. 항상 건강했던 분이라 편찮은 모습을 상상하는 것 자체가 어려웠다. 선생님은 워낙 침착한 분이라 별다른 감정의 동요 없이 평소와 똑같은 말투로 전화를 하셨고, 나 역시 '절대 나쁜 일은 일어나지 않는다'는 강한 확신을 표현하기 위해 조금도 걱정되지 않는 명랑한 말투를 가장했다. 하지만 가슴속은 미친 듯이 타들어갔다. 아직 위험한 상황은 아니지만 '진단'만으로도 나에게는 지축이 흔들리는 듯한 공포가 밀려왔다.

누군가를 향해 버럭 소리 지르고 싶었다. 제발 나에게 이러지 말라고. 나는 더 이상 소중한 사람들을 잃어버리고 싶지 않다고, 운명이라는 것이 있다면 그 가혹한 시간의 수레바퀴를 잠시만이라도 멈춰달라고 애원하고 싶은 심정이 되었다. 이 세상에서 가족들 다음으로 나를 조건 없이 사랑해주는 단 한 분이 바로 H 선생님이기에. 때로는 가족에게도 털어놓기 힘든 이야기를 선생님께는 아무 걱정 없이 털어놓을 수 있었기에, 선생님과 함께하지 못하는 세상은 상상할 수가 없었다. '혹시나 우리에게 남은 시간이 내 생각보다 훨씬 적지 않을까' 하는 생각에 마음이 급해졌다. 진작 시작할걸. 이 세미나를 시작하면, 이 세상 어느 학교에서도 결코 배울 수 없는 H 선생님만의 최고의 향연이 될 텐데. 책을 만들지 않아도 좋다. 이 이야기를 누군가에게 전달할 수만 있어도, 선생님이 나에게 가르쳐주신 소중한 인생의 지혜를 누군가에게 작은 목소리로 전달만 할 수 있어도 좋다는 생각이 들었다.

✿

나는 마음의 충격을 가라앉히고 며칠 뒤에 전화를 다시 걸었다.

"선생님, 우리 예전에 플라톤의 《향연》 이야기 많이 했잖아요. 오직 '사랑'에 대해서만 밤새도록 수다를 떠는 그리스 사람들의 그 아름다운 심포지엄, 정말 좋았잖아요. 그런데 그렇게 많은 사람들이 없어도, 둘이서도 향연이 가능하지 않을까요?"

"둘이서 향연? 얼마든지 가능하지."

"우리 두 사람이 좋아하는 책을 각각 한 권씩 추천하고, 그 책에 대한 이야기로 한 번씩 세미나를 꾸리면 어떨까요. 예를 들면 플라톤에서 헤세까지, 동서양의 고전 중에서 한 편씩 교대로 추천하는 식으로요. 첫 책은 플라톤의 《향연》으로 시작하지요."

"그래, 그러자."

우리들의 향연은 그렇게 시작되었다.

선생님은 역시 기대를 뛰어넘는 무지갯빛 향연의 아름다움을 내 앞에 펼쳐 보이셨다. 우리는 얼큰한 순댓국과 빨간 뚜껑 소주로 일단 몸을 따뜻하게 데운 뒤, 커피 한 잔을 사이에 둔 채 첫 번째 향연을 시작했다. 나는 국내에 나와 있는 여러 버전의 《향연》을 비교해가며 읽어 오는 것도 벅차서 그야말로 '잔뜩 숨찬 표정'으로 앉아 있었는데, 선생님은 아예 《향연》을 다시 번역해 왔다. 내가 읽은 어떤 《향연》보다도 매끄럽고 자연스러우며 그야말로 천의무봉한 번역이었다. 우리 두 사람은 영역본을 펼쳐놓고 '이 번역은 어떨까' 의논하면서 한 줄 한 줄 찬찬히 《향연》을 다시 읽었다. 소크라테스는 아가톤이 초대한 만찬에서 모두가 자신을 기다린다는 사실을 잘 알고 있으면서도, '잠시 혼자서 있고 싶다'는 이유로 한참 동안이나 제자들 앞에 나타나지 않는다. 제자들은 소크라테스의 부재를 잠시도 견디기 힘들어한다. 어서 소크라테스가 자리에 나타나 그들의 그리움과 동경을 채워주기를 간절히 기다리면서, 시동을 시켜 어서 소크라테스를 데려오라고 재촉하기도 하고, 선생께서 혼자 생각할 시간이 필요하실 것이니 방해하지 말고 내버려두라고도 말한다. 소크라테스는 그 '잠깐의 부재'만으로도 사람들에게 뜨거운 사유의 화두를 던져주었던 것이다.

소크라테스는 사람들과 함께 방금까지 활발하게 대화를 나누다가도 갑자기 자기만의 생각에 빠져 꿈쩍도 하지 않는 버릇이 있었다. 아가톤은 빨리 소크라테스를 모셔오라고 재촉하지만, 아리스토데모스는 차분하게 말린다. 선생님께서는 본래 그런 버릇이 있다고. "그렇게 하면 안 되네. 안 돼. 그분을 그냥 그대로 두게. 그분에겐 본래 그런 버릇이 있다네. 가끔 아무 데서나 행인을 피하여 우두커니 서 계신다네. 그렇지만 잠시 후면 들어오실 것이네, 방해를 하지 않도록 그냥 두게." 나는 아리스토데모스의 이 침착함이 참으로 좋았다. 소크라테스는 고독할 자유, 혼자 있을 자유를 누리며, 만찬의 떠들썩함과 잠시 거리를 두고 생각을 가다듬을 시간이 필요했던 것이다. 그런데 이렇게 아름다운 향연의 새로운 면모가 보이는가 하면, 예전에는 보이지 않았던 불가피한 보수성도 보였다. 나는 선생님께 볼멘소리로 고백했다.

"선생님, 소크라테스를 비롯한 이 그리스 남자들이 아무리 위대한 철학자라 하더라도, 저에게는 못내 잔인해 보이는 구석이 있어요. 이들이 말하는 사랑에서 '여성에 대한 사랑'은 철저히 배제되어 있고, 시동들을 아무렇지도 않게 부려먹으면서 태평스레 누워서 만찬을 즐기고, 시동들과는 전혀 인간적인 관계를 맺고 있지 않잖아요. 아무리 시대의 한계라 감안하고 보더라도, 소크라테스조차 이런 불평등과 차별을 조금도 변화시키지 못하고 그 시대의 한계에 갇혀 있는 걸로 보여요."

선생님은 나의 이런 문제제기도 거리낌 없이 받아주었다. 이들의 사랑이 '어린 남성과 성숙한 남성 사이'의 배타적인 사랑이라는 것에 문제가 있음을, '에로스'에 대해 밤새도록 토론하는 이 그리스 사람들의 더없이 개방적인 토론이 사실은 어떤 시대적인 한계 위에서 피어나는 제한적인 축제였음을 우리는 함께 깨달았지만, 어떤 사회에서도 '시대적인 한계'를 벗어나 완전히 자유로운 토론을 벌인다는 것이 쉽지 않음을, 오히려 거의 불가능함을 또한 함께 깨달았다. 나 또한 지금 내가 살고 있는 이 시대의 한계 안에 갇혀 있다는 느낌이 들었던 것이다. 이번의 새로운 발견은 의사 출신의 '에뤽시마코스'의 말이다. 그는 음악 속에서 사랑의 본질을 찾았고, 사랑을 인간과 인간 사이의 교감에 가두지 않았고 모든 존재의 모든 움직임에서 용솟음치는 끝없는 에너지의 흐름으로 보았다. 나는 에뤽시마코스의 매력에 흠뻑 빠져서 선생님께 말했다. "음악이란 사랑의 현상학이라니, 이런 멋진 문장이 왜 그때는 안 보였을까요?" "그러게 말이야. 나도 이번에 다시 읽어보니 에뤽시마코스가 제일 멋있더라고."

✿

두 번째 세미나에서 우리는 《파이돈》을 함께 읽었는데, 이번에도 선생님은 완벽하게 텍스트를 다시 번역해 와서 나를 다시 한번 깜짝 놀라게 만들었다. 소크라테스가 그야말로 목숨을 바쳐 자신의 올바름을, 무죄를 논하고, 나아가 그럼에도 불구하고 반드시 자신이 죽어야 할 이유를 논증하는 대목에 이르기까지 우리는 때로는 너털웃음을 터뜨리고 때로는 눈물이 그렁그렁해져서 마치 소크라테스가 수천 년의 시간적 간극을 뛰어넘어 우리 옆에 앉아 도란도란 이야기를 나누는 듯한 생생한 현장감을 느꼈다. 끝까지 눈물을 참으며 소크라테스의 최후를 지켜보던 제자들이 어느새 하나둘씩 울음을 터뜨리며 기어이 눈물바다가 되는 장면에서는 나와 선생님 또한 코끝이 찡해지며 낭독하는 목소리가 떨리기도 했다. 그런데 그토록 감동적인《파이돈》을 한 줄 한 줄 낭독하는 세미나를 마치고 나는 기어이 산통을 깨는 발언을 하고 말았다.

"선생님, 마지막까지 의연함을 잃지 않은 소크라테스의 최후가 정말 감동적이기는 한데요. 소크라테스가 아내를 내쫓듯이 보내버리는 장면이 영 마음에 걸려요. 어떻게 아내에게 이럴 수 있지요? 평생 자신 곁을 떠나지 않고 아이들까지 키워준 아내인데, 따뜻한 말 한마디 하지 않고 '어서 집으로 보내버리라'는 식으로 반응하는 것이 영 석연치 않아요. 아내와는 그토록 고매한 철학적 대화를 할 수 없다는 건지. 물론 아내가 울고불고할까 봐 감정을 절제하는 모습은 이해되지만, 제대로 이야기도 나누지 않고 내치듯이 가족들을 보내버리는 장면은 뭔가 개운치 않아요. 소크라테스가 제자들에게는 더없이 훌륭한 스승이었는지 몰라도, 아내를 비롯한 가족들에게는 '좋은 사람'이 아니었다는 생각이 들어요."

"아내에게는 소크라테스의 허점이 정확하게 보였겠지. 아마 소크라테스의 아내 크산티페의 눈에는 제자들의 눈에는 보이지 않는 소크라테스의 인간적 결점이 훤히 보였을 거야. 소크라테스는 그걸 숨기고 싶었을지도 모르지."

나의 삐딱함을 향해 '차분한 우문현답'을 던져주는 선생님의 말투가 언제나처럼 깊고 따스했다. 소크라테스는 죽음을 두려워한 것이 아니라 '자신이 죽음을 두려워할까 봐, 즉 죽음에 대한 공포'를 두려워한 것이라는 선생님의 말씀도 오랫동안 기억에 남을 것 같았다.

✿

세미나를 마치며 선생님은 나에게 오래 숨겨두었던 마음을 털어놓았다.

"여울아, 우리 이 세미나 너무 급하게 하지 말고 천천히 생각해 가면서 진행하자꾸나."

"네, 그럼요. 저도 천천히 더 열심히 준비해서 이 세미나를 더 오래오래 하고 싶어요."

나는 싱긋 웃으며 선생님을 흐뭇하게 올려다보았는데, 선생님의 커다란 눈망울에서 뭔가 안타까운 일렁임 같은 것이 스쳐 지나갔다. 선생님은 나를 바라보시며 이렇게 말씀하셨다.

"여울아, 너랑 함께하는 이 시간이 너무 즐거워서, 내가 너무 오래 살면 어떡하니."

그 순간 밑도 끝도 없는 눈물이 차올랐지만, 아픈 선생님 앞에서 도저히 울 수가 없어 나는 초록빛 탁구대 위를 경쾌하게 튀어오르는 오렌지빛 탁구공처럼 더없이 발랄하게 외쳤다.

"그럼 제가 더 좋죠. 선생님이 오래 사시면 이 세상에서 제일 좋은 사람은 바로 저일걸요?"

과도하게 명랑한 내 반응에 너털웃음을 터트린 뒤, 선생님은 수줍게 손사래를 치며 작별 인사를 했다.

선생님께 결코 말로는 다할 수 없었던 내 마음을 글로라도 표현하고 싶다. 선생님, 저는 선생님을 만나기 전에는 이렇게 생각했어요. 살아서는 결코 진정한 스승을 만날 수 없을 거라고. 진짜 스승은 책 속에만 있거나, 감동적인 영화나 철 지난 상상 속에서만 존재하는 거라고. 그만큼 저는 많이 외로웠나 봅니다. 내 마음속에서 영원히 잃어버린 아버지를 찾기 위해 그토록 헤맸던 시간. 어쩌면 하늘이 나에게 다정했던 옛 시절의 아버지를 빼앗아 가시는 대신 선생님을 보내주신 것이 아닐까 하고 남몰래 서러워하던 나날들도 있었지요. 그런데 선생님은 제 잃어버린 아버지의 대체제도 아니고, 나에게 한 번도 없었던 위대한 스승의 대체제도 아니었어요. 선생님은 저에게 최고의 친구였습니다.

30여 년의 나이 차가 우리 앞에 가로놓여 있었지만, 나는 선생님이 나이가 많아 할 말을 못 했던 적은 한 번도 없었고, 세대 차이 때문에 이해하지 못한 사건도 없었으며, 서로 눈치 보느라 못할 말도 없었지요. 저는 이제 그만 찾아 헤매기로 했어요, 제 마음을 완전히 이해해줄 단 한 명의 진정한 친구를. 단 한 번도 찾지 못했다고 믿었던 마음의 안식처를, 이제 그만 찾아도 될 것 같습니다. 그리고 저 또한 선생님이 저에게 그랬듯이, 제 학생들에게 따뜻한 선생, 아니 더없이 다정한 친구가 되기로 했습니다. 이제는 알 것 같습니다. 제게 필요한 것은, 마흔에 대한 두려움, 삶에 대한 이 미칠 듯한 두려움을 재빨리 잊게 해줄 마음의 진통제가 아니라 지금 이 순간 참을 수 없는 이 두려움을 그저 함께 견뎌줄 친구였음을. 선생님과 함께 '둘만의 향연'에 빠져 있는 시간만큼은 아무것도 두렵지 않았습니다. 저보다 훨씬 더 커다란 두려움을 초연하게 이겨내는 선생님과 함께하니 정말 무서울 게 없었지요. 그러니 선생님, 더 오래오래, 제 머리카락이 온통 흰머리로 뒤덮일 때까지 저와 함께 '끝나지 않는 향연'을 함께해주세요…….

마흔에 보았네
스물에 못 본 그 꽃

　오랜만에 영화 〈빌리 엘리어트〉를 다시 보며 영화를 처음 봤던 그때보다 더 깊고 시린 감동을 느꼈다. 처음 〈빌리 엘리어트〉를 봤을 때 나는 온전히 빌리에게 몰입했다. 혹시 내 꿈을 이룰 수 없을까 노심초사하는 가난한 10대 소년 빌리를 위한, 빌리에 의한, 그리고 이 세상 모든 어리고 힘없는 빌리들을 위한 영화라고 생각했다. 그런데 마흔을 넘어선 지금의 나는 이제 어느새 나보다 훨씬 나이가 많아 보이는 빌리의 아버지 입장에서 그 영화를 보고 있었다. 20대 때에는 발레리나가 되고 싶어 하는 빌리를 이해하지 못하는 광부 아버지가 답답하고 가엾어 보이기만 했다. 이제는 그를 이해할 수 있었다. 이해를 넘어 가슴 저리게 공감

이 되기까지 했다. 자식을 좋은 학교에 보낼 돈은커녕 한겨울 난
방비조차 구할 수 없어 죽은 아내가 아끼던 피아노를 부숴 땔감
으로 쓰는 아버지. 둔감하고 무지해 보였지만 다만 가진 것이 너
무도 없어, 아름다운 예술을 느낄 수 있는 감성까지 마비되어버
린 아버지의 슬픔이 가슴 깊숙이 문을 두드리기 시작했다. 아빠
는 무뚝뚝하고 매정해 보였지만, 사실 슬픔과 분노가 뼛속 깊이
뿌리박혀 그 어떤 새로운 것도 받아들이기 힘든 상태가 아니었
을까.

ℒ

예전에는 별 감흥 없이 봤던 장면이 이제 마흔을 넘은 나에게
는 가슴에 콕 박히기도 한다. 빌리의 발레 학교 오디션을 보러 가
는 길. 이 도시를 벗어난 적이 한 번도 없냐고, 런던에는 한 번도
가본 적이 없냐고 묻는 빌리에게 아빠는 황망한 표정으로 이렇게
대답한다. "그곳엔 탄광이 없잖아." 아, 빌리의 아버지는 탄광을
벗어난 삶을 한 번도 살아본 적이 없었던 것이다. 그에게 탄광은
세계이자 우주였다. '남자답게' 복싱을 배우라고 했더니 발레 하
는 여자아이들 틈에 끼어 까치발을 들고 휘청거리는 아들을 이해
할 수 없었던 것도 그의 세계 안에는 발레라는 예술의 자리가 아
예 마련되어 있지 않았기 때문이었다. 그가 빌리를 이해하고 로

얄발레학교로 보내는 것은 곧 자신이 평생 지켜온 굳건한 우주를 산산조각 내고 자신이 결코 알 수 없는 두렵고도 아름다운 세계로 사랑하는 아들을 멀리 떠나보내는 것이었다. 예전에는 그저 슬프기만 했던 장면이 지금은 더더욱 억장이 무너지는 장면으로 다가왔다. 아버지가 빌리를 발레학교에 보낸 뒤 집으로 돌아오는 길. 막내아들은 자신의 인생을 찾아 날아오르기 위해 런던으로 갔지만, 큰아들과 아버지는 생계를 위해 다시 탄광 저 밑바닥으로 내려가야만 한다. 아버지는 남은 삶을 위해 할 수 있는 것이 다시 저 어두컴컴한 갱도로 내려가는 일밖에 없다. 빌리가 끊임없이 날아오르는 동안 아버지는 끊임없이 캄캄한 갱도 밑으로 내려간다. 쿵, 갱도를 내려가는 낡은 승강기가 굉음을 토해내며 출발하는 순간. 빌리가 언젠가는 날아오를 것을 알면서도, 아버지의 절망을 이제 더 깊이 이해해버린 내 가슴은 예전보다 더 캄캄한 어둠으로 뒤덮이기 시작했다.

※

　오래전에 이미 읽었던 책을 마흔 넘어 다시 읽어보면 '이 책에 이런 구절이 있었어?' 하고 감탄하게 된다. 그 대표적인 책 중의 하나는 몽고메리의 《빨강 머리 앤》이다. 앤의 입장에서만 온통 몰입하여 울고 웃었던 어린 시절과는 달리, 이제는 마릴라의 시선에서 앤과 세상을 바라보게 된다. 앤의 입장에서 마릴라는 엄격하고 냉담해 보였지만, 사실 마릴라 또한 앤을 본 뒤 충격받은 상태였다. 농장 일을 도맡아 거들어줄 튼튼한 남자아이를 원했는데, 농장일은커녕 집안일도 맡기기 어려울 것 같은 가냘프고 수다스러운 소녀가 자신을 'E가 붙어 있는 앤(Anne)'으로 불러달라며, 제발 자신을 버리지 말아달라며 눈물 그렁그렁한 커다란 눈으로 쳐다보고 있다. 그런 앤을 바라보며 마릴라는 당혹감을 느꼈을 것이다. 평생 독신으로 살아오며 그저 매튜와 농장을 지키는 일에만 몰두했던 마릴라가 앤에게 매일 밥을 해주고, 옷을 지어 입히고, 학교를 보내고, 학교에서 놀림을 받고 돌아와 펑펑 우는 앤을 달래주며, 앤의 억울함을 풀어주기 위해 온 동네를 돌아다니며 사과와 변호와 증언을 일삼게 된다. 앤을 만나지 않았더라면 결코 초록색 지붕집 바깥의 세계에는 관심을 주지 않았을 마릴라가, 세상을 향해 굳게 닫힌 마음의 빗장을 열고 한 발 한 발 '내가 결코 살지 못했던 세계'를 향해 나아갈 때마다 가슴이 시렸다. 나는 마릴라가 어느 날 난롯불 아래서 책을 읽다가 자기만의 몽상에 잠겨 있는 앤을 다정하게 바라보며 자기 안의 '다정함'에 흠칫 놀라 혼자 생각하는 장면을 여러 번 다시 읽었다. 어린 시절이라면 결코 알아보지 못했을, 눈부신 명장면이다.

마릴라는 사랑을 말이나 표정으로 쉽게 보여주는 방법을 배

위본 적이 없었다. 하지만 겉으로 내색하지 않아도 그녀는 이 말라깽이 잿빛 눈의 소녀를 깊고 강렬하게 사랑하게 되었다. 사실 마릴라는 앤을 사랑하는 마음이 지나치게 깊어질까 걱정하는 중이었다. 그녀는 누군가에게 격렬하게 마음을 주는 것이 죄악은 아닐까 불안했다. 그런 죄책감 때문에 마릴라가 앤을 별로 사랑하지 않는 듯 늘 엄하고 냉랭하게만 대하는 것인지도 몰랐다. 분명 앤은 마릴라가 자신을 얼마나 사랑하는지 모르고 있었다. 종종 앤은, 마릴라를 기쁘게 하는 건 참 힘든 데다 연민이나 동정심도 턱없이 부족한 여인이라며 아쉬워했던 것이다. 하지만 그럴 때마다 마릴라가 베풀어준 것들을 떠올리며 스스로의 생각을 나무라곤 했다.

《빨강 머리 앤》(허밍버드, 2014) 중에서

    대낮의 햇볕 아래 다정한 눈빛을 보내면 혹시나 앤이 자신의 사랑 그득한 마음을 눈치챌까 봐 두려운 마릴라. 장작이 타오르는 어스름한 불빛 아래서 마치 소중한 보물을 자기만 훔쳐보듯이 그렇게 아무도 모르게 앤을 타오르는 눈빛으로 바라보는 마릴라의 비밀스러운 사랑을 이제 나는 이해한다. 너무 격렬하게 마음을 주는 것은 왠지 죄악처럼 느껴졌기에, 그런 사랑은 마치 신의 영역인 듯 불경스럽게 느끼는 마릴라의 깊고 그윽한 사랑을 이제는 이해할 수 있을 것만 같다. 마릴라를 기쁘게 하는 것이 세상에서 가장 어려운 미션처럼 느껴지는 앤의 간절한 마음보다 수백 배 더 아프고 쓰라렸을, 마릴라의 미처 마음껏 활짝 펼쳐 보이지 못하는 사랑을 알 것 같다. 이 이야기는 아무도 거들떠보려 하지 않았던 외로운 고아 소녀 앤의 성장소설이기도 하지만, 어느 순간 마음의 문을 완전히 닫아버려 그 누구에게도 사랑을 주려하지 않았던 무뚝뚝한 마릴라의 성장소설이기도 하다. 앤이 자신의 키를 훌쩍 넘어 커버린 것을 발견하는 순간, 이 아이가 어딘가로 멀리 떠날 것만 같은 불안을 느끼는 마릴라의 두려움을 이제 이해할 것 같다. 나에게 아이가 없음에도, 나는 경험할 수 없는 슬픔임을 알면서도, 나는 마릴라의 아픔을 다 알 것만 같다. 이것은 문학의 힘이기도 하지만 마흔의 힘, 나이 듦의 힘, 내가 할 수 없는 사랑조차 이해할 수 있는 마음의 힘이기도 하다.

그 사람의 입장이 아니더라도, 그 사람과 전혀 닮은 점이 없어도, 그 사람을 이해하려고 노력하는 마음이 나이 듦의 축복이 아닐까. 나는 이제 백설공주의 새엄마를 이해하려고 노력해보기도 한다. 그녀는 사랑받지 못했을 거야, 이해받지 못했을 거야, 누구에게도 어여쁜 시선을 받지 못했을 거야. 사랑받지 못하면 그렇게 나빠질 수 있어. 이해받지 못하면 그토록 난폭해질 수 있어. 백설공주의 새엄마가 그저 나쁘다고 생각하기보다는, '백설공주의 새엄마를 누가 어떻게 마녀로 만들었을까'라는 질문을 던지는 것이 좋아졌다. 이해의 폭이 넓어진다는 것, 감상의 깊이가 깊어진다는 것은 삶을 '정해진 운명'이 아닌, '언제든지 게임의 규칙이 바뀔 수 있는 예측불가능의 도가니'로 받아들인다는 것을 의미한다.

✿

마흔이 넘으니 모두가 감동하는 뛰어난 작품은 아니더라도 '그저 내 눈에만 좋아 보이는 것들'에 관심이 간다. 예컨대 페르닐라 아우구스트 감독의 〈스톡홀름의 마지막 연인〉이라는 작품은 흥행에도 참패했고 영화 평점도 좋지 않았지만, 나에겐 가슴 시린 영화였다. 재능은 있지만 인정을 받지 못하는 화가의 딸로 태어나 아버지의 노예처럼 살아가던 리디아, 역시 재능은 있지만 돈은 지지리도 없는 젊은 기자 아비드의 이루어질 수 없는 사랑 이야기의 결말은 불을 보듯 뻔하다. 하지만 나에겐 이루어지지 않는 사랑 이야기를 뛰어넘어 벗어날 수 없는 운명의 굴레를 스스로 만들고, 스스로 깨뜨리고, 그리고 다시 그 안에 자발적으로 갇히는 인간의 한계를 이야기하는 영화처럼 보여 가슴이 뭉클했다. '당신을 사랑하지만 지금은 결혼할 수 없다. 너무 가진 게 없어서'라는 남자의 어처구니없는 사랑 고백에 실망한 여자는 돈 많고 나이도 많고 사랑도 하지 않는 남자와 결혼해 딸을 낳고, 그녀의 충동적인 선택에 역시 충격을 받은 남자는 돈 많고 이해심 많고 역시 사랑하지 않는 여자와 결혼을 하여 그 지옥 같은 가난에서 벗어나 유명한 언론인이 된다. 하지만 그렇게 스스로를 운명의 덫에 꽁꽁 묶어두고서도 가슴 깊은 속에서 피어오르는 사랑과 재능의 불꽃을 주체하지 못하는 두 사람의 몸부림이 아름답게 느껴졌다. 어쩔 수 없이 환경의 사슬에 꽁꽁 묶여 있는 두 남녀의 평생에 걸친 사랑, 그 '어쩔 수 없음'에 가슴이 먹먹해져왔다. 그들의 파란만장한 사랑 뒤에는 하나의 원형적인 장면이 있다. 바로 처음 서로에게 빠졌던 순간의 순수한 아름다움이다. 엽서 크기의 작은 종이에 아름다운 바다 그림을 그려놓은 채 그 그림 뒤에 '어디론가 멀리 떠나고 싶다'는 글을 수줍게 흘려 써놓은 여자. 아버지의 나이 든 친구들 틈에 섞여 꿰다놓은 보릿자루처럼 엉거주춤 서 있다가 그녀의 그림과 그녀의 피아노 소리에 두근거리는 심장 소리를 들켜버린 한 남자의 어처구니없는 순수. 이 두 사람의 '다른 삶을 향한 간절한 그리움'이 먹먹하게 다가왔다. 그들이 함께하는 한 이 세상 어디서나 장애물이 우후죽순처럼 생겨날 것만 같은 그 절망감을 이해한다.

✧

  마흔의 문턱이란 이렇다. 예전보다 더 섬세하게, 예전보다 더 폭넓게 타인의 인생이 보이기 시작한다. 나에게 매정하거나 야속했던 사람들의 편협함조차 이해가 되기 시작하고, 나는 그런 편협함을 물려받지 않으리라 다짐하기도 한다. 오해받는 일이 두려워 아예 새로운 일을 시작하지 않기보다는 '항상 오해받을 준비'를 하고 새로운 도전을 꿈꾸는 용기도 생겼다. 미움받고 오해받고 지탄받는 것보다 더 두려운 것은 '내가 진정한 나로 살 수 있는 기회'를 놓쳐버리는 것임을 이제는 알기에. 지독한 예민함을 사려 깊은 섬세함으로 바꿀 줄 아는 나이, 오래전 누군가에게 상처 입었던 기억 뒤로 숨기 바빴던 소심함을 딛고 일어나 상처와 맨몸으로 대면하는 용기를 낼 줄 아는 나이. 그것이 나에겐 마흔의 축복이니까. 이런 마흔이 좋다. 이런 나이 듦이 아름답고 고맙고 애틋하다.

'사랑'이라 쓰고 '삶'이라 읽는다

    오래전 어느 날, 김광석의 〈두 바퀴로 가는 자동차〉의 원곡이
기도 한 밥 딜런의 노래 〈Don't Think Twice, It's All Right〉(두 번
생각하지 마요, 다 괜찮으니까)를 듣다가 가슴이 먹먹해진 적이 있
다. 처음에는 두 노래의 가사가 전혀 달라서 놀랐고, 그다음에는
밥 딜런의 노래 가사가 지독하게 차가운 슬픔을 품고 있어서 또
흠칫 놀랐다.

> When your rooster crows at the break of dawn
>
> Look out your window and I'll be gone
>
> You're the reason I'm travelling on

이제 아침이 밝아오고 닭이 울기 시작하면

창밖을 바라봐, 아마 난 가고 없을 테지.

너는 내가 계속 길을 떠나는 이유야.

그 노래를 처음 들은 뒤 나는 마치 주문처럼 "You're the reason I'm travelling on"이라는 문장을 하루에 수십 번씩 되뇌곤 했다. 원곡의 뉘앙스에는 '바로 너 때문에 내가 이렇게 길을 떠나는 거야' 같은 증오와 원망의 느낌이 묻어 있지만, 내 경우에는 그 문장 하나를 톡 떼어 나만의 맥락으로 바꾸어 생각하고 있었다. "당신 때문에 저는 이렇게 끊임없이 길을 떠나고 있어요."

기필코 당신을 잊기 위해, 사실은 당신을 계속 생각하기 위해, 어쩌면 당신을 찾기 위해. 나는 나도 모르게 그 가사를 내 상황에 맞추어 전혀 다른 맥락으로 확장하고 있는 나를 발견했다. 너 때문에, 그렇게 나를 아프게 했던 너 때문에, 나는 네가 그곳에 없는 것을 빤히 알면서도 이렇게 끊임없이 떠나고 또 떠나는 거로구나. 그것은 일종의 아픈 깨달음이었다. 일상 속에서는 생각하는 것조차 금기인 그 사람을, 여행 속에서는 그래도 떠올릴 수가 있었다. 함께할 수 없지만, 내 마음속에서만은 함께하는 것 같은 아픈 환상의 시간을 좀 더 늘리기 위해 나는 혼자 길을 떠나곤 했다. 사랑이란 이렇다. 나와 상관없는 이야기조차 완전히 나의 이야기로 탈바꿈시켜버리고, 그 사람과 함께할 수 없다는 것을 이

성적으로는 알지만 마음속으로는 영원히 함께할 것처럼 자신을 완벽히 속일 수도 있다.

사랑의 아픔은 때로는 사랑 그 자체보다 강력하다. 사랑은 끝나도 사랑의 아픔은 영원히 지속되는 것처럼 느껴지기도 한다. 어쩌면 사랑의 아픔조차도 사랑의 일부이기 때문에, 사랑의 아픔이 끝나지 않는 한 우리는 그 사랑으로부터 한 발짝도 자유로울 수 없다. 마흔의 문턱을 넘으며 '그래도 조금은 다행'이라고 여기는 점은 사랑의 아픔을 숨기는 연기력이 늘었다는 점이다. 20대엔 아무리 숨긴다고 숨겨봐도 얼굴에 다 씌어 있었다. '그 사람과 다시는 안 볼 것처럼 싸웠습니다' '그 사람이 저를 영원히 떠났어요' '이제 그를 다시는 볼 수 없겠지요' 이런 치명적인 문장이 마치 갓 끝낸 페이스페인팅처럼 얼굴에 그대로 쓰여 있는 것이 20대의 특징이다. 마흔의 문턱을 넘고 나면, 사랑의 설렘과 사랑의 슬픔을 '얼굴'이 아니라 '가슴'에 간직하는 법을 알게 된다. 때로는 사랑보다 더 질기고 독한 것이 '삶' 그 자체임을 알게 되기 때문이다. 삶과 사랑이 완벽한 하모니를 이루기를 바라지만, 때로는 사랑과 삶이 공존할 수 없을 때가 있다. 그 사랑을 선택하면 내 삶이 무너질 것만 같은 두려움을 느낄 때도 있다. 삶을 통째로 집어삼키는 사랑이 찾아와도, 우리는 삶을 지켜내야 한다.

이별의 아픔이 우리 삶을 집어삼키지 못하게 우리는 단단히 마음의 무장을 하곤 한다. 요새는 '이혼'이라는 직접적인 단어보다는 '해혼(解婚)'이나 '휴혼' 같은 좀 더 부드럽고 간접적인 단어를 택하는 사람들이 많아질 정도로 이별에 대해 예전보다는 훨씬 담담한 거리감을 갖게 되었다. 하루는 '그 A라는 사람, 누구랑 이혼하고 이제 재혼하지 않았냐'는 이야기를 하는 사람들 틈에서 조금 난처한 느낌이 든 적이 있다. 나는 A가 누구와 이혼하고 언제쯤 새로운 인연을 만나 재혼했는지 알고 있었지만, 수많은 사람들 속에서 A의 소중한 프라이버시가 도마 위에 오르는 것 자체가 싫어 불쾌함을 참고 잠자코 있었다. 그러자 내가 참 좋아하는 멋진 시인 S가 상황을 이렇게 명쾌하게 정리해주었다.

"거 왜들 남의 사생활에 왈가왈부하고 그래요? 내가 아는 A는 다섯 번 이혼하고 다섯 번 결혼해도 아무렇지 않을 정도로, 그만큼 멋진 사람이에요. 설령 A가 다섯 번 이혼해도, 누구든 A를 사랑하지 않고는 못 배길 거예요."

와, 멋지다. 이런 걸 '걸크러시'라고 하는구나. 여성이 여성을 이토록 진심으로 아낄 수 있다니. 누구와 결혼하든 이혼하든 상관없이 행복하게 살고 있는 A도 멋지고, 그녀의 삶은 물론 그녀의 변치 않는 매력을 예찬하는 S도 멋지다. 누가 몇 번 이혼하든 결혼하든 전혀 신경 쓰지 않는 쿨함이 내 가슴을 울렸다. 언젠가는 이런 세상이 와야 하지 않겠는가. 우리는 아직도 너무 많은 타인의 시선 속에서 진정한 나 자신의 결정을 미루고 있지 않은가. 내 사랑의 목소리, 내 마음의 불꽃이 아니라, 주변 사람들의 공격적인 시선으로 우리 삶을 재단하고 있지 않은가. 먼 훗날 좋은 세상이 올 때까지 기다리지 말고, 이제부터 바로 이렇게 멋진 삶을 살았으면 좋겠다. 누가 뭐라 하든 나의 길을 가고, 사랑과 이별을 선택함에 있어 남들 눈치 안 보고, 이별하든 다시 만나든 누가 누구를 만나든 신경 쓰지 않는 사람들이 많아졌으면 좋겠다.

나는 사랑의 아픔에 중독되어버린 사람이지만, 사실 내 사랑의 심장은 두 개로 기쁘게 분열되었다. 아픔을 위한 심장과 희망을 위한 심장으로. 나는 내가 사랑의 아픔 따윈 멀리 던져버리고, 때로는 그 아픔이 가슴을 찢을지라도, 찢어진 마음보다 더 크고 불타는 또 하나의 심장으로 계속 사랑하고, 계속 희망을 가지고, '어떻게 해야 버려지지 않을까'가 아니라 '어떻게 해야 오늘 그 사람을 더 많이 사랑할 수 있을까'를 고민하며 살아갔으면 좋겠다.

✢

마흔의 문턱을 넘어서며 깨달은 또 하나의 사랑법은 '내 곁에 있는 사람'의 소중함을 더 자주 표현하는 일의 중요성이다. 어느 날 친구 커플의 대화를 듣다가 박장대소한 적이 있다. 아내 K가 남편 J에게 갑자기 물었다.

"여보, 기억해? 내 얼굴에서 몇 살 때 '빛'이 사라진 것 같아?"

와, 부디 내 친구가 이 무시무시한 사랑의 시험을 통과하기를, 마음속에서 '둥, 둥, 둥' 커다란 북소리가 울리기 시작했다. K와 J, 두 사람 모두 나의 친한 친구였기 때문에 누군가의 편을 들 수는 없지만, 그래도 내심 남편 J 쪽이 무사히 이 사랑의 불심검문을 통과하기를 바랐다. 그래야 아무런 갈등 없이 우리 모두가 평화로운 저녁의 한때를 보낼 수 있으니까. 그런데 총명하고 다정다감한 J의 유일한 단점은 어떤 상황에서도 지나치게 정직하다는 것이었다.

"아, 네 얼굴의 빛! 서른두 살 때부터 좀 사라지기 시작했지."

어휴, 이 친구가 사고를 치고야 말았구나. 서른두 살이라니, 이미 오래전 이야기가 아닌가. 이런 질문에 대한 정답은 누가 봐도 빤한 것 아닌가.

"빛이 사라지다니, 지금도 이렇게 반짝반짝 빛나고 있잖아." 손발은 오그라들지라도 우리는 그런 대답을 기대했다. 아무리 친해도, 아무리 사랑해도, 아무리 절대로 헤어지지 않을 사이라 하더라도, 가끔씩은 서로를 깜빡 속여주고 속아 넘어가주는 그런 '사랑을 위한 하얀 거짓말'이 통했으면 좋으련만. J의 못 말리는 정직함은 가끔 이렇게 '여전히 로맨스를 꿈꾸는 사람들'을 실망시키지만, 그래도 나는 그런 J의 정직함을 은근히 응원한다. 나는 평생 가질 수 없는 담백함, 사랑 앞에서조차 '진실'만은 포기할 수 없는 그 투명함이 좋다. K는 남편을 날카롭게 흘겨보며 거친 숨을 몰아쉬었지만, 그런 K의 모습도 언제나처럼 귀엽고 사랑스러웠다. 이 두 사람은 어떤 질문도 시험도 위기도 견뎌낼 것이다. 그것을 알기 때문에 이런 살얼음판 같은 사랑의 돌발 시험도 가능하다. 내가 아는 한 K는 J와 사랑을 시작한 찬란한 20대의 봄날 이후 단 한 번도 사랑받기를 멈춰본 적이 없는 행복한 사람이니까. K와 J는 내 주변 사람들 중에서 가장 일찍 결혼했으면서도 가장 오래 '로맨스'를 간직하고 있는 사이좋은 부부다.

그렇다. 그 사람 얼굴에서 '빛'이 사라지기 시작하는 것처럼, 사랑에도 저마다 제 나름의 빛이 있어서 언젠가는 사라지는 것처럼 보이기 마련이다. 하지만 그 빛을 잃어버리지 않기 위해 우리는 어제보다 더 깊이, 어제보다 더 정성을 듬뿍 기울여 누군가를 사랑해야 하지 않을까.

✧

누구나 가끔은 사랑을 확인받고 싶어 한다. 마흔의 문턱을 함께 넘고 있는 우리 제부는 애정 표현에 서툰 내 여동생에게 가끔 이런 질문을 해서 우리 모두를 바싹 긴장시킨다. 소주가 한 세 잔 반쯤 들어가 약간 혀가 꼬인 목소리, 그리고 앙증맞은 콧소리까지 섞어서.

"너는 나를 사랑하기는 하는 거냐?"

우리 가족들은 그 문장을 들을 때마다 손뼉을 치며 그 귀여운 말투를 따라 해본다. 그 문장의 독특한 운율과 울림이 왠지 재미있어서 한 번씩 서로의 얼굴을 바라보며 그 문장을 앵무새처럼 재잘재잘 따라 해보는 것이다.

너는, 나를, 사랑하기는, 하는 거냐고. 그건 너무 원초적이고도 유치한 질문이지만 우리가 사랑하는 사람에게 늘 궁금한 내면의 안부이기도 하다. 우리 얼굴의 빛은 점점 사라지더라도, 우리가 매일매일 만들어가는 사랑의 빛은 시들지 않았으면. 지금 혼자일지라도, 오래전 사랑의 열정이 이미 식어버린 것처럼 느껴질지라도, 우리 가슴속에 깃든 사랑의 추억과 새로운 사랑을 향한 희망을 놓지 말았으면. 동지애든, 전우애든, 사랑보다 우정에 더 가까운 감정이든, 우리가 겪어왔던 그 모든 사랑의 빛들은 그 자체로 눈부시니까.

마흔의 거울에 비춰본 사랑은 예전보다 더욱 서글프고도 애틋한 미소를 머금고 우리에게 속삭인다. 사랑은 어쩌면 내가 사랑하는 그 사람에게 존재하는 것이 아니라 어떤 상황에서도 '사랑에 대한 사랑'을 포기하지 않는 우리 자신의 의지 속에 존재하는 것이라고. 사랑은, 그 모든 어려움과 장애물에도 불구하고, 그래도 웃는 것, 그래도 빛나는 것, 그래도 오늘을 가장 따스하게 만들어주는 것이니까.

05

실현의 시간

조심하느라 낭비한 시간들이여,
안녕

마흔의 문턱을 넘으며 가장 후회되는 것은? 스스로에게 이런 질문을 해봤다. 전광석화처럼 내 마음 깊은 곳에서 어떤 목소리가 튀어나왔다. 조심하고, 또 조심하느라 허비한 모든 시간이 아까웠어. 네가 여자라는 이유로, 또는 너의 환경 때문에, 네가 가지지 못한 모든 것들 때문에 몸 사리고, 주저하고, 망설였던 모든 시간들이 아깝지도 않니. 마치 기다렸다는 듯이, 내 안의 또 다른 나는 그렇게 속삭이고 있었다. 왜 그토록 '조심하라'는 주변의 잔소리에 움츠러들었던 것일까. '도전하라'는 말에 피가 끓기보다는 '조심하라'는 말에 힘없이 고개를 주억거리던 모든 순간들이 몸서리치게 안타까웠다. 영웅적이거나 폭발적인 용기는 낼 수 없을지라도, 내 삶을 스스로 꾸려가고 내 소중한 사람들을 지키며 내가 믿는 가치를 지켜낼 용기 정도는 꿋꿋이 지닌 채 살고 싶었다. 그 최소한의 용기 있는 삶을 위해서라도, '조심하라'는 무의식의 습관과는 단호한 작별이 필요하다. 이제는 '조심하라'는 마음속 빨간불과 '도전하라'는 마음속 파란불이 싸울 때마다, '도전하라'는 속삭임에 더 날카롭게 귀 기울인다. 조심은 이미 몸과 마음에 깊숙이 배어 있지만, 도전은 반드시 새롭게 끌어올려야 할 용기의 다른 이름이기 때문이다.

∽

내 안에서 '이건 안 될 것 같은데' '이건 자신 없는데'라고 생각했던 것들의 경계를 허물어뜨리는 삶이 좋아졌다. 학창 시절에 남들 다 쉽게 뛰어넘는 뜀틀 하나도 넘지 못하던 나였다. 교통사고 트라우마 때문에 운전조차 배우지 못한 나였다. 수영도 못 하고 자전거도 못 타는 나였다. 그런데 도전하지 않고, 모험하지 않고, 위험을 무릅쓰지 않고 살아온 모든 시간이 미친 듯이 아까워졌다. 그래서 이젠 웬만하면 크게 건강에 무리가 가지 않는 한에서 도전해보려고 한다. 그런 마음을 먹고 나니, '조심하느라 겁냈던 시간'을 아끼고, 그 시간에 좀 더 진지하고 열정적인 도전을 할 수 있게 되었다. 어느 순간부터 실패에 대한 두려움을 많이 잊은 채 글을 쓰고, 강의를 하고, 책을 내게 되었다. 물에 대한 평생의 공포도 조금씩 극복하고, 수영도 배우기 시작했다. '그곳에 꼭 가고 싶다'는 소원도 웬만하면 더 이상 미루지 않게 되었다. 스페인어를 못해서, 남미는 처음이라, 왠지 치안이 불안해서, 라는 식의 수많은 변명거리를 지어내며 미루었던 남미 여행을 드디어 해내고 나서야 평생 고수해온 '조심조심 병'이 고쳐진 느낌이었다. 진작 떠날걸. 떠나보니 이토록 눈부시고 아름다운데. 그렇게 가고 싶었으면서 왜 10여 년 동안 두려워하고, 조바심을 내기만 했을까.

조심조심. 그래, 그건 어쩌면 질병에 가까운 집착이었을 것이다. 안전하지 못한 삶에 대한 공포가 만들어낸 마음의 어두운 그림자. 하지만 아무리 조심해도 위험은 어디서나 닥칠지니, 위험, 그 녀석과는 그때 가서 용감하게 싸우면 되지 않겠는가. 이제는 말도 안 되는 무리한 스케줄을 잡아 불쑥 여행을 떠나기도 하고, 여행 중에 한 번도 펑크를 내지 않고 원고 마감을 지키면서 혼자 뿌듯함을 느끼기도 한다. 내게 주어진 일을 충실히 다 해내면서도 내가 꿈꾸는 또 다른 무엇을 함께 도전할 수 있는 마음의 체력을 비축한다. 나에게는 매번 실패의 위험을 안고 신간을 내는 것이 도전이다. '젊은 나이에 너무 많은 책을 낸 것이 아니냐'는 비판도 듣지만, 나에게는 매 순간 새로운 도전이기에 늘 '첫 번째 책' 같은 느낌이 든다. 여전히 실패는 두렵지만, 실패보다 더 두려운 것은 더 이상 새로운 것을 시도하지 못하는 내 안의 공포임을 알기에 오늘도 열심히 내 안의 열정을 그러모아 글쓰기의 불씨를 지핀다. 오지탐험도 척척 해내고 에베레스트나 히말라야에도 도전장을 내미는 사람들에 비하면 턱없이 부족한 용기지만, 나는 이제 '안전한 삶'을 위해 '도전하는 삶'을 포기하지는 않으려 한다.

✍

그런데 용기를 나 혼자만 내서는 안 되겠다는 생각이 든다. 내 주변에는 수많은 '과거의 나들'이 있다. 바로 예전의 나처럼, 용기를 내고 싶은데 차마 그러지 못하는 사람들이 나에게 묻고 있었다. 정말 용기를 내도, 괜찮겠냐고. 용기를 내서 도전했는데 실패하면, 그래도 괜찮겠냐고. 나 혼자 내는 용기는 어떻게든 끌어낼 수 있겠는데, 남들에게 '용기를 가지고 도전하라'고 말할 때는 여전히 망설여지는 부분이 있다. 여행과 글쓰기에 대한 강의를 할 때마다 가장 많이 받는 질문이 "혼자 여행을 가도 괜찮을까요?"라는 것이다. 그때마다 나는 불안한 눈빛을 숨기지 못하는 여성들에게 용기를 북돋워주었다. 나는 소문난 길치에다가 엄청난 겁쟁이지만, 이제는 혼자 떠나기의 달인이 되었다고. 물론 나도 두렵다. 혼자 떠날 때는 단체 여행보다 훨씬 열심히 준비를 하고, 안전한 숙소를 알아보고, 어두워지기 전에 숙소에 들어간다. 가끔 '아직도 이렇게 조심하며 살아야 하다니'라며 현실에 속상해하기도 하지만, '조심해야 한다는 현실'을 잊지는 않는다. 하지만 정말 가치관의 혼란이 올 때가 있다. 여성에 대한 심각한 범죄 뉴스를 접했을 때다. 세상은 좋아졌다는데, 여성에 대한 범죄만큼은 줄어들 기미를 보이지 않는다. 여성에 대한 강력 범죄 관련 뉴스는 매번 가슴을 무너뜨린다. 이런 상황에서도 용기를 내어 혼자 여행을 떠나라고, 무엇이든 도전을 멈춰서는 안 된다고 조언해도 괜찮은 것일까.

왜 우리 여성들에게는 혼자 여행을 떠날 권리 하나 지키는 것이 이토록 힘겨울까. 여성에 대한 강력 범죄뿐 아니라 세계 각지에서 테러나 지진 같은 거대한 사건이 일어날 때마다, 겁 많은 나는 인생에서 '조심'의 비율을 다시 높여야 하는 것 아닌가 싶을 때도 있다. '무조건 조심조심'이라는 마음의 습관은 아직도 내 무의식 깊숙이 각인되어 있어, 외부의 위험이 감지될 때마다 미친 듯이 경보기를 울려댄다. 하지만 몇 번을 다시 생각해봐도, '조심하라'고 협박하는 이 사회에 우리가 굴해서는 안 된다는 생각이 든다. 더 안전한 사회를 만들기 위한 노력과 함께, 더 용감하게 길을 떠나는 모든 이들에게 격려를 해주어야겠다는 생각이 더 애틋하게 샘솟았다. 혼자 여행을 떠나고, 오지를 탐험하고, 자신들에게 허락되지 않았던 모든 영역에 도전하는 이들에게 더더욱 뜨거운 찬사를 보내야 한다. 우리가 도전을 포기하지 않을 때마다, 그토록 멀어 보였던 세상은 좀 더 '내가 매만지고, 쓰다듬고, 바꿀 수 있는 세상'이 될 수 있을 테니까.

조심은 조심대로 하면서, 도전은 도전대로 하는 것이 가능할까. 그것은 마치 여자이면서 남자처럼 사는 것, 밤이면서 낮인 척하는 것, 젊은이면서 늙은이처럼 사는 것이나 마찬가지로 어려운 것 아닐까. 내 존재를 보호하는 노력에 최선을 다하되, 불의에 맞서고, 도전과 모험에도 게으르지 않는 그런 삶을 살 수는 없을까. 나의 조심이 내 존재를 축소시키는 것이어서는 안 된다. 나의 도전이 내 생명까지 위험하게 하는 것이어서는 안 된다. 이 양극의 경계를 줄타기하며 칼날 위를 걷듯이 사는 것이 '때로는 조심하지만, 결국엔 도전하는 삶'의 짜릿함이자 아름다움이다.

✕

얼마 전 퇴사를 고민하고 있는 30대 후배와 저녁을 먹으며 그녀의 이야기를 들었다.

"이 회사에서 더 이상 비전을 찾을 수도 없고, 10년 넘게 있으면서 마음고생도 정말 심했어요. 그래서 이제야 퇴사를 확실히 결심했는데 주변 사람들이 퇴사를 말려요."

"퇴사를 말리는 이유가 뭔데요?"

"제가 아직 결혼을 못 했는데, 일자리마저 없으면 누가 저하고 결혼을 하겠냐고 하네요."

"네? 그런 이야기를 듣고도 가만히 있었어요?"

그녀는 멋쩍게 씩 웃었고, 나는 화가 났다. 일자리가 있어야 결혼을 할 수 있다는 고정관념도 답답했지만, 간절하게 퇴사를 원하는 사람에게 월급이 나오니 무조건 일자리를 지키라고 조언하는 사람은 어쩌면 그토록 타인의 고통에 무심한 것인지. 나는 그녀에게 아닌 건 아니라고 말하는 용기가 절실히 필요한 순간이 있다고 이야기했다.

"J 씨가 뭐가 모자란 게 있어요? 싫으면 싫다고 이야기하고, 아니면 아니라고 이야기하고, 아무리 생각해도 영 아니다 싶을 때는 확 들이받아버려요!"

"조금씩 연습 중이에요. 어제는 다른 부서에서 저에게 옮겨 오라고 제안을 했는데, 곧 퇴사할 거라고 했더니 다들 어안이 벙벙한 표정이더라고요. 그런데 이상하게 짜릿했어요. 제가 이 회사에 전혀 미련이 없다는 걸 그 순간 알았거든요. 퇴사 뒤에 아무런 대책이 없는데도, 이상하게 행복해요. 지금이라도 그만둘 수 있다는 것만으로도, 진짜 살 것 같아요."

나는 J와 함께 환하게 웃었다. 아무런 대책이 없는데도 이상하게 행복한 그 기분, 그 기분이 얼마나 소중한 것인지 알기 때문이다. 그 순간이 바로 진짜 나 자신이 되는 시간이니까. 싫어도 좋다고 하고, 안 괜찮아도 괜찮다고 말하던 나의 가면을 벗는 순간, 미래를 향한 아무런 대책이 없어도 그저 내가 나 자신이 되었다는 이유만으로도 행복한 순간이니까. 때로는 '빛나는 A'라는 선택지가 없을지라도, '나를 괴롭히는 B'라는 선택지를 버려야만 할 때가 있다. B라는 자리에 있으면 당분간의 안정이 보장될지라도, B의 자리에 계속 집착하면 결국 내가 진정으로 원하는 자리를 찾는 일이 더욱 미뤄지게 된다. 내게 가장 어울리는 그 자리를 찾기 위해서는 우선 내가 나 자신이 되어야 한다. 끊임없이 자존감을 위협당하고, 하고 싶지 않은 일들을 밥 먹듯이 해야만 하는 상황에 오래 익숙해져버리면, 언젠가는 가야 할 진짜 나의 길을 찾을 수도 없게 된다. 때로는 당장 남의 눈에 띄는 커다란 용기가 아닌, '내 감정에 솔직할 작은 용기'가 약이 될 때가 있다.

꽃

　나는 요새 '마음속의 불꽃'을 지피는 이야기들을 들려주는 짜릿함에 매혹되었다. 자기표현에 서툰 사람들, 내성적인 사람들을 만날 때마다 '당신이 원래 지니고 있는 빛깔들'에 대한 이야기를 들려준다. "마젠타 핑크라는 빛깔 아세요? 진달래꽃보다 더 선명하고, 형광 핑크색보다 더 해맑은 색깔인데요. H 씨가 감추고 있는 마음의 빛깔은 바로 그런 색깔이에요." 가끔 나는 이런 식으로 말문을 연다. 이제 내 눈에는 보이기 시작했다. 사람들이 '모난 돌이 정 맞는다'라는 소리를 듣지 않기 위해 숨기고, 짓누르고, 꼬깃꼬깃 마음의 벽장 속으로 구겨 넣는 자기 안의 본래의 빛깔들이 보인다. 그건 내가 과거에 조심하고 또 조심하느라 미처 발산하지 못했던 내 안의 또 다른 나이기도 했다. 글쓰기 수업을 할 때도, 뭔가 멋진 이야기가 나올 듯도 한데, 제대로 이야기를 꺼내지 못하고 있는 학생들을 보면, 이렇게 조언해준다. "조금 더 원색적으로 글을 써봐. 회색이나 아이보리색, 이런 희미한 빛깔 말고, 날것의 원색 그대로 너의 감정과 사건의 본래 질감 그대로를 써봐. 새빨갛게, 새파랗게, 샛노랗게, 그렇게 글을 써봐." 그러면 아이들이 '이제 감 잡았다'는 듯 환하게 웃음 짓는다. 차마 말할 수 없어 오래오래 숨겨놓은 것, 말할 듯 말할 듯 말하지 못하는 것, 보일 듯 보일 듯 보이지 않는 것 속에 진짜 진실이 숨어 있음을 깨달은 얼굴이다.

그들의 입가에서 새하얀 미소가 터져 나올 때마다 나는 기분이 좋다. 때로는 이렇게 말하고 싶다. 너의 불꽃을 태울 그곳을 반드시 찾아야 해. 때로는 반대로 말해야 한다. 너의 불꽃을 아무 데나 낭비하지 마. 나는 '조심'과 '도전' 사이에서 오랫동안 방황하면서 깨달았다. 내 주변에는 자신의 진정한 불꽃을 제대로 쓰지 못하는 사람들로 가득 차 있다는 것을. 불평등은 경제적 측면에만 국한되지 않는다. 불평등은 심리적 에너지에도 결정적으로 작용한다. 자신의 에너지를 좀 덜 써야 하는 사람들은 지나치게 과잉된 자기표현을 하고, 자기 자신을 좀 더 과감하게 표현했으면 좋겠다 싶은 사람들은 어김없이 너무 소극적이고 내성적이다. 서로 좀 섞였으면 좋겠는데, 절대 섞이지 않는다. 그래, 이 사회는 무섭다. 그러나 아무리 그래도, 여자 혼자 여행하는 것이 아무리 어렵고 힘들고 무섭다 할지라도, 우리 어렵게 쟁취한 이 자유를 포기하지 말자. 내가 마흔에 비로소 찾은 '내 삶을 스스로 운전할 자유'처럼, 우리가 저마다 인생의 길목에서 얻은 자유는 각자의 영혼이 흘린 피의 대가니까. 결코 포기할 수 없다. 내가 찾은 자유를, 우리가 쟁취한 자유를. '그땐 내가 왜 그랬을까' 후회하던 그 모든 시간들이여, 안녕. 조금 덜 멋져 보여도 괜찮다. 조금 체면을 구겨도 괜찮다. 당신이 당신일 수만 있다면. 내가 나일 수만 있다면. 먼 훗날 이 세상과 작별할 때 '나 자신으로 살아간 나날들'이 훨씬 많았음을 깨닫고 살포시 미소 지을 수만 있다면. 조심하느라 어처구니없이 낭비한 그 모든 시간들이여, 이젠 안녕.

욕망의 대체재란 없다

　자꾸만 잊는다. 욕망의 대체재란 없다는 것을. 그 사람을 보고
싶은 마음을 억누르고 다른 그 무엇으로 그리움을 보상받으려 하
면 오히려 그리움은 더 거대한 눈사태가 되어 뒤통수를 친다는
것을. 한낮에 눈물 쏙 빠지게 매운 떡볶이를 먹고 싶은 마음을 누
른 채 맛은 없고 몸에만 좋은 샐러드를 먹으면, 밤에는 떡볶이보
다 훨씬 더 맵고 더 짜디짠 짬뽕 국물을 찾게 되어 있다는 것을.
피아니스트가 되고 싶은 열망을 참아내며 안정된 직장인의 길을
택한 사람은 언젠가는 그토록 독한 마음 먹고 팔아 치워버렸던
피아노를 어떤 식으로든 되찾기 위해 안간힘을 쓰게 된다. 보상
심리는 백전백패다. 보상심리는 A를 갖지 못해 B로 대신하고자

하는 마음이다. 그런데 A를 원하는 마음을 억누르고 B를 욕망의 대체제로 삼으면, 문제가 해결되는 것이 아니라 그토록 원했던 A를 향한 애틋함과 동경이 오히려 걷잡을 수 없이 커진다. 진짜 원하는 A를 손에 넣지 못하는 나 자신이 더욱 못마땅해진다. 그토록 갈망하는 A를 갖지도 곁에 두지도 못하는 상황이 더욱 안타깝고 원망스러워진다. B는 A를 결코 대체할 수 없다. B는 절대로 A 비슷한 것이 될 수가 없다.

그런데도 우리는 보상심리와 대체재 찾기를 멈추지 못한다. B가 A를 대신할 수 없음을 엄연히 알면서도, 그 길이 아닌 별다른 뾰족한 수를 찾아내지 못하기 때문이다. 게다가 대리만족과 순간의 충족감 또한 쾌락의 일종이니까. 여행을 가고 싶은 마음을 누르고 여행 책만 읽다 보면 오히려 진짜 여행을 가고 싶은 마음이 더 커져 스트레스가 더 쌓일 때도 있고, 네 살짜리 재롱둥이 조카를 지금 당장이라도 보고 싶은 마음을 누르고 휴대전화에 저장된 조카 사진을 보고 있으면 오히려 더욱 조카 얼굴을 보고 싶어 영상통화 버튼이라도 누르게 된다. 미친 듯이 바다를 보고 싶을 때, 한 번도 간 적 없는 머나먼 이국의 푸르른 바다 사진을 노트북 바탕화면에 깔아놓으면, 어느 정도 갈급한 마음이 가라앉다가도 결국 바다로 달려가고 싶은 갈망이 더욱 커지게 된다. 그런데 이런 일상 속 순간적인 열망보다도 더 결정적인 보상심리의 메커니즘이 있다. 바로 '내가 진짜로 원하는 일'에 대한 보상심리다. 나는 내가 지난 15년 동안 문학 연구자에서 문학 평론가로, 문학 평론가에서 작가로 변신해온 과정 자체가 '보상심리의 오작동' 때문임을 마흔 즈음에 깨닫게 되었다.

ge

남들이 보기엔 '글 쓰는 일'이라는 점에서 셋 다 비슷해 보이지만, 사실 그 세 가지 사이에는 '쉽게 건널 수 없는 커다란 차이'가 존재했다. 문학 연구자는 '나'라는 주어와 '감정'을 감추고 논리적이고 객관적인 글을 써야 하고, 문학 평론가는 '나의 글'이라기보다는 '타인의 글'에 대한 비평적 글쓰기에서 희열을 찾아야 한다. 세상에는 훌륭한 문학 연구자와 문학 평론가도 꼭 필요하지만, 나는 그런 재목이 아니었다. 나는 그 두 가지 일 속에서 진정으로 행복을 찾지 못했다. '닥치고, 나의 글'을 쓰고 싶은 열망을 늘 품어왔으면서도 스스로를 속였다. 그토록 원하던 작가의 길로 곧바로 도전하지 못하고 문학 연구자나 문학 평론가의 길에 만족하려고 했던 내 마음 깊은 곳에는 '나의 이야기를 과연 누가 읽어줄까'라는 자격지심이 가로놓여 있었다. 나의 이야기는 결코 특별하지도 않고 재미도 없을 거라는 부정적인 자기 인식 때문이었다. 나는 '작가'가 되고 싶은 마음을 애써 억누르고 문학 연구자나 문학 평론가의 길을 오랫동안 걸었다. 그 에둘러 가는 길 위에서는 결코 내가 진짜로 원하는 '작가'의 길에 다다를 수 없다는 것을 알고 있었다. 하지만 오랫동안 아무리 용을 써도 자신감이 생기지 않았다. 과연 내가 다른 문학작품이나 이론 없이, 다른 위대한 작가들에 기대지 않고, 나만의 이야기를 쓸 수 있을까. 그 불안감과 힘겹게 싸워 이겼을 때, 비로소 나는 작가가 될 수 있었다. 나는 이제 특별한 이야기를 쓰려고 하지 않는다. 그저 마음 깊은 곳에서 들려오는 진짜 내 목소리를 쓰려고 한다. 이렇게 마음먹자 비로소 투명하게, 그 누구의 인용문도 없이, 내 글을 쓸 수가 있었다.

✼

　보상심리의 오작동은 꽤 복잡한 과정으로 나타난다. 보상심리를 발현하고 있는 동안에도 자꾸만 '나는 괜찮다, 충분히 열심히 하고 있고, 게다가 잘 하고 있다'는 식으로 자기 위안을 삼는 것이다. 문학 연구자로 살아갈 때 나는 '나'라는 주어나 '감정'의 표현을 모두 빼고 건조하고 객관적으로만 써야 하는 논문의 글쓰기 방식에 도무지 나를 끼워 맞출 수가 없었다. 그런데도 얼른 '작가의 길'로 직진할 생각은 못 하고, '나는 작가가 될 소질은 부족하니, 좀 더 노력해서 성실한 연구자의 길을 걸어야겠다'는 소극적인 보상심리로 일관했다. 그러면서도 '좀 더 창조적인 문학 연구자'가 되어야겠다는 열망을 품었다. '창조적인 문학 연구자'가 아니라 그냥 '작가'가 되고 싶어 하는 나 자신을 속이면서. '창조적인'이라는 형용사에 집착하는 것 자체가 '작가'라는 존재를 향한 멈출 수 없는 갈망이라는 것을, 그때는 몰랐다. 점점 더 내가 진정으로 꾸밈없이 원하는 길에 다가가는 느린 과정이긴 했으나, 좀 더 나 자신에게 일찍 솔직했더라면, 좀 더 일찍 평론가나 연구자가 아닌 '작가'의 길에 맨몸으로 돌진했더라면, 무려 15년 동안의 방황의 시간은 줄일 수 있지 않았을까 싶다. 방황으로 인해 얻은 것도 있었지만, 잃은 것이 훨씬 많았다. 내가 20대 때 지녔던 감성으로 평론이 아닌 그냥 '내 글'을 썼다면 얼마나 좋았을까. 그 시절의 생생한 감성은 결코 다시 돌아오지 않았다. 20대의 처절함, 그 나이만의 싱그러움, 절박함, 천진함은 결코 다시 돌아오지 않는 감성이었고, 나는 그때 '진짜 나의 글'을 쓰지 못한 상실감을 평생 가슴에 지닌 채 살아야 한다. 이것이 인생을 향해 '직진'하지 못한 보상심리의 쓰라린 형벌이 아닐까.

❧

그런데 내 끈덕진 보상심리의 파란만장한 역사를 자세히 살펴보니 그 속에는 분명 소중한 도약의 순간들이 있었다. 문학 연구자에서 문학 평론가가 되는 것 사이에도 엄청난 도약이 필요했고, 문학 평론가에서 작가가 되는 것 사이에는 더 커다란 도약이 있었다. 문학 평론가로 살아가는 것도 힘들었지만, 문학 평론가가 작가로 변신하는 것은 그보다 수백 배 힘든 일이었다. 아마 '지금 내가 쓰고 있는 글'과 앞으로 내가 '10년 후에 꼭 쓰고 싶은 글' 사이에도 엄청난 도약이 있을 것이다. 지금의 내공으로는 쓸 수 없지만, 앞으로 더 열심히 취재하고 공부하고 느끼고 살아내야만 쓸 수 있는 그 '미래의 글'을 쓰기 위해, 더 나은 작가가 되기 위해서는, 지금까지 경험한 그 어떤 내면의 도약보다 수천 배는 더 고통스럽고도 아름다운 '존재의 눈부신 비상'이 숨어 있을 것이다. 천만다행인 것은 이제는 내가 그 '도약'을 두려워하기보다는 설레는 마음으로 기다리고 있다는 점이다. 이런 내면의 도약에는 오직 '올인'만이 허용된다. 다른 판돈은 아예 받아주질 않는다. 인생이라는 경기장의 법칙이다. 보상심리를 작동하지 않고, 대리 만족을 추구하지 않고, 오직 '내가 진짜로 원하는 그것'만을 추구한다는 것은 인생을 건 모험, 올인밖에는 허용되지 않는다. 대신 이 경기장에 '올인'하는 순간, 나와의 진짜 한판 승부를 시작하는 순간에는, 지금까지 경험해본 그 어떤 행복보다도 깊고 아름다운 희열을 온몸으로 느낄 수 있다. 내 경기의 법칙도, 내 경기의 상대도, 오직 나만이 고를 수 있다는 희열이. 진짜 원하는 길을 걸어가는 순간에는 타인의 비판도 경기장 바깥의 시끌벅적한 탁상공론도 전혀 들리지 않는다. 나는 온갖 두려움과 수

치심과 모멸감을 참아내고 마침내 올인했으니까. 나를 진심으로 아끼지 않는 사람들, 올인하지 않은 사람들은 내 경기의 법칙에 대해 비평할 권리가 없으니까.

❧

사람들은 나에게 젊은 나이에 매우 책을 많이 썼다고 이야기하기도 하고, 너무 다작인 거 아니냐고 비판하기도 한다. 인정한다. 그런데 나는 멈출 수가 없다. 나는 매 순간 한 권 한 권의 책을 쓸 뿐, 다작을 해야겠다고 결심한 적은 없다. '다작'이라는 단어에 묻어 있는 부정적인 뉘앙스를 알지만, 남들이 아무리 뭐라고 해도 멈출 수 없는 것, 그것이 내가 진정으로 원하는 내 모습임을 알기 때문이다. 나를 진심으로 아껴주는 사람들은 다작을 비판하기는커녕 매번 책이 나올 때마다 진심으로 '정말 고생했다' '애썼다'고 말해준다. 앞으로 써야할 것이 훨씬 더 많으니 몸을 좀 챙기라는 말도 잊지 않는다. 나의 모자람조차 헤아려주는 그 따뜻한 말들이 참으로 고맙고 눈물겹다. 나이에 비해서는 다작일 수 있지만 나는 매번 책이 나올 때마다 내가 지닌 최선을 다했고, 신간이 나올 때마다 지난번보다 더 높은 절벽 위에서 나 홀로 끝도 없이 추락하는 듯한 극심한 공포를 느낀다. 하지만 내가 '소심한 관찰자'에서 점점 '겁 없는 전사'로 변해가고 있는 이유는 그 수많은 실패를 딛고도 오히려 더욱 '진짜 나 자신'에 가까이 다가가고 있기 때문이다.

✿

나는 한국 사회의 온갖 눈치 보기 문화에 길들어가면서, 유행과 대세와 '남들이 다 하는 것'에 대한 압박감에 짓눌려, 오랫동안 '진짜 나'의 목소리를 숨겨가며 살아왔다. 이제는 내 소심한 사회성의 가면 뒤로 숨지 않을 것이다. 나는 '진심으로 하고 싶지 않은 일'을 예의 바르게 거절하는 훈련을 하면서 '진짜 나'를 찾아가고 있으며, '정말 부끄럽고 뒤탈이 걱정되지만, 그래도 할 말은 해야 한다'는 생각 때문에 체면을 벗어던지는 일도 잦아졌다. 누군가의 부탁을 거절할 때마다 내 잘못도 아닌데 미안한 생각이 들고, '죄송하지만 그런 행동은 자제해주셨으면 좋겠습니다'라고 말할 때 등 뒤로 식은땀이 흐르지만, 그 진땀 나는 순간들을 견뎌내고 나면 그때마다 '더 나다운 나' '이제 좀 더 스스로에게 정직해진 나' '괜찮은 척 하는 것이 아니라 진짜 괜찮은 나'로 바뀌어 있는 스스로를 발견하게 된다.

나는 원래 걸핏하면 지기는 해도 싸움을 무서워하지는 않는, 그런 용감하고 무식한 전사였다. 다음 싸움이 다가올 때는, 방금 전에 처절하게 깨졌던 사실도 잊어버리는 못 말리는 무식함이 나에게는 있었다. 그 무지함이 내 작지만 소중한 용기의 본질이었다. 나는 승률을 계산하지 않는다. 어떻게 해야 사랑받는지도 모른다. 계산의 '계(計)' 자도, 효율성의 '효(效)' 자도 싫어한다. 미치게 좋아하는 일을 하는데, '셈법'을 동원하기는 싫다. 나는 이런 내 용감함과 무식함을 진심으로 사랑한다. 나에게는 성공의 노하우보다 실패의 노하우가 훨씬 많다. 그런데 나를 진정으로 강하게 만들어주는 것은 성공의 노하우가 아니라 실패의 노하우다. 성공의 노하우는 남들에게서도 배울 수 있고, 어차피 두 번 이상은 통하지 않을 때가 많지만, '실패의 노하우'는 오직 나 자신의 실패를 통해서만 배울 수 있는 삶의 처절한 진실이기 때문이다. 실패의 노하우는 내게 '반드시 성공해야 한다는 오기'가 아니라 '실패하고도 넘어지거나 포기하지 않는 법'을 가르쳐주었다. 나는 언제든지 패배할 준비가 되어 있지만, 싸움을 두려워하는 비굴한 관찰자가 되고 싶지는 않다. 패배하는 것보다 더 무서운 것은 싸움 자체를 두려워하는 것이니까. 실패하는 것보다 더 두려운 것은 내가 꿈꾸는 더 나은 나, 내가 살아가고 싶은 더 아름다운 세상을 포기하는 것이니까.

감사하면 비로소 보이는 것들

샌드라 불럭 주연의 영화 〈프로포즈〉를 보다가 사랑스러운 문장을 하나 발견했다. 편집장이 편집 보조에게 '자네도 나처럼 무가당 두유 라테를 마시냐'고 물어보자 그는 이렇게 대답한다. "그럼요, 그건 마치 찻잔 속의 크리스마스 같아요." 찻잔 속에 크리스마스가 가득 차오르는 느낌. 그것은 감사와 찬탄과 경이로움을 나타내는 매우 사랑스러운 표현이었다. 향기로운 커피나 차를 마실 때마다 나는 그 표현이 떠오른다. 아, 이건 찻잔 속의 크리스마스 같아. 찻잔은 사물이자 공간인데 크리스마스는 시간이자 기념일 아닌가. 평범한 사물 속에 특별한 시간을 담는 것, 지금의 한정된 공간 속에 지금이 아닌 특별한 시간의 아름다움을 담는 것. 언제 어디서나 찻잔 속의 크리스마스를 경험할 수 있다면, 아무리 힘들고 어려운 상황에서도 찬란하게 빛나는 생의 축복을 발견하는 눈이 생기지 않을까.

♫

얼마 전, '감사'라는 것이 정말로 우리 마음뿐 아니라 두뇌에 결정적 영향을 미친다는 글을 읽고 뛸 듯이 기뻤던 적이 있다. 《우울할 땐 뇌과학》(앨릭스 코브, 심심, 2018)이라는 책에서 이런 대목을 발견한 것이다. 스위스의 한 연구팀이 약 1000명에게 설문조사를 했는데 '감사하는 마음'의 정도와 '건강'의 관계를 밝혀낸 결과, 자주 고마운 마음을 표현하는 사람일수록 몸과 마음이 건강하고, 건강에 도움이 되는 활동에 참여할 확률 또한 높았다. 특히 감사를 구체적인 행위로 표현하는 것이 실제 통증 감소와 우울증 치료에 도움이 되었다는 연구 결과도 나왔다. 주어진 삶에 적극적으로 참여하려는 의지와 연관된 호르몬은 세로토닌인데, 세로토닌이 제 역할을 다하지 못하면 사람들은 '될 대로 되라, 어떻게든 지나가겠지' 하는 체념의 태도를 갖게 된다. 감사하는 마음을 자주 표현하면 바로 이 세로토닌 수치가 올라간다. 감사하는 마음을 일주일에 한 번씩 일기에 쓰도록 한 그룹은 힘들고 괴로운 일에 관해 일기를 쓴 그룹, 중립적인 일에 대해서만 일기를 쓴 그룹에 비해 낙천적이며, 통증이 줄어들었다. 또한 운동을 더 많이 하며, 우울증 발생률이 낮았고, 무엇보다 다른 사람들과 나는 긴밀하게 연결돼 있다는 느낌을 가지고 있었다.

감사할 일이 특별히 생각나지 않을 때조차 아주 작은 것들에 감사하려고 노력할 때마다 세로토닌은 증가한다. 내 삶에서 감사해야 할 것들을 떠올릴 때마다, 더 나은 삶을 위해 뛰어들게 만드는 적극성의 호르몬, 세로토닌은 증가한다. 감사해야 할 것들을 떠올리거나 글을 쓰는 몸짓만으로도 우리 뇌의 초점이 긍정적인 방향, 삶의 아름다운 측면으로 이동하기 때문이다.《우울할 땐 뇌과학》에 따르면 감사는 수면의 질 또한 개선해준다. 캐나다의 한 연구에서는 불면증을 앓는 대학생들에게 일주일 동안 날마다 '감사 일기'를 쓰도록 했는데, 이 단순한 실험만으로도 학생들의 수면 질이 개선되고, 신체적 고통도 줄어들었으며, 만성적인 불안과 우울감이 개선되었다고 한다.

⚘

'내 삶에는 아무것도 좋은 것이 없어' '저번에 실패했으니까 이번에도 실패할 거야'라는 막연한 두려움은 상황을 개선하기는커녕 실제로 우리 몸의 세로토닌을 감소시켜 불행을 느끼는 감각의 촉수를 더욱 활성화한다. '이제 아무것도 기대하지 않아' '내 인생에 무슨 좋은 일이 일어나겠어'라는 무기력한 자세는 마흔 이후의 우리 삶을 갉아먹는 커다란 내면의 위협이다. 설령 실망할지라도 기대를 잃어버리지 않는 삶이 좋다.

나는 최근 헨리 데이비드 소로의 일기를 편집한 《소로의 야생화 일기》(위즈덤하우스, 2017)를 읽으며 소로의 글쓰기가 품고 있는 핵심 주제가 '기대'임을 알게 되었다. 숲속의 혹독한 겨울을 견디며 봄을 기다리는 기대감, 전기도 없이 홀로 컴컴한 밤을 지새우며 눈부신 아침이 오기를 기다리는 마음, 작년 이맘때 핀 야생화가 올해도 딱 그맘때 피어주기를 두근두근 설레며 기다리는 마음. 바로 그 기대가 소로의 글쓰기를 밀어가는 아름다운 내면의 원동력이었다. 《월든》에서 소로는 이렇게 노래한다. "일출과 새벽뿐만 아니라, 가능하다면 대자연 자체를 기대하라!" 지금이 아무리 어둡고 캄캄한 밤이라도 몇 시간만 기다리면 찬란한 여명이 밝아오리라는 믿음, 그토록 싱그러운 향기를 뿜어내던 아름다운 야생화가 올해에도 반드시 피어나리라는 기대감, 바로 그 믿음과 기대감이 소로를 월든 호수 근처의 열악한 환경 속에서도 위대한 창작의 불꽃을 피워 올리게 한 내적 동력이었다.

체로키족의 오래된 전설에는 두 마리 늑대의 싸움에 관한 이야기가 있다. 한 마리는 분노, 질투, 자기 연민, 슬픔, 죄책감, 원한을 나타낸다. 다른 한 마리는 기쁨, 평화, 사랑, 희망, 친

절, 진실을 대표한다. 두 늑대의 싸움은 사실 우리 내면에서
벌어지는 싸움이다. 그러면 이 싸움에서 둘 중 어느 쪽이 이
길까? 바로 우리가 먹이를 주는 늑대다.

《우울할 땐 뇌과학》중에서

　나는 내 마음속에서 싸우는 두 마리 늑대 중 과연 어떤 늑대에
게 먹이를 줄 것인가. 분노와 질투, 원한과 죄책감으로 가득한 늑
대에게 먹이를 준다면, 마침내 사랑과 희망, 친절과 기쁨을 표현
하는 늑대는 질식해버리지 않을까. 분노나 질투의 '싹'이 보일 때
마다, 슬픔과 원한의 늑대가 내 안에서 고개를 들 때마다, 나는
그 늑대를 시원한 바람이 부는 들판으로 데려가 쉬게 해주고 싶
다. 그리고 평화와 사랑, 진실과 희망을 노래하는 늑대에게 어떤
상황에서도 결코 용기를 잃지 않는 힘을 주고 싶어졌다. 그러려
면 더 깊은 감사의 마음이 필요하다. 나는 오늘도 느낀다. 감사는
상황 자체를 바꾸지 못하더라도 아주 많은 것을 바꿔낼 수 있는
힘이 있다는 것을. 내 바깥에서 일어난 좋은 일이 아니라 내 마음
에서 들리는 좋은 소식에 감사할 줄 아는 일. 막연히 좋은 일이
일어나기를 기대하는 것이 아니라 세상을 바라보는 나 자신의 눈
에 그득한 감사와 행복을 눈부시게 담아내는 일. 마치 이 세상 무
엇을 봐도 그 속에 숨은 아름다움을 발견해내는 보이지 않는 색
안경을 낀 것처럼, 이 세상을 아름답게 바라볼 수 있는 힘. 그것

이야말로 마흔이 내게 가르쳐준 생의 지혜였다.

✲

　올해 처음으로 독자들과 만나 함께 저녁을 먹으며 이야기를 나누었다. 북토크는 여러 번 했지만 함께 밥을 먹으며 이야기를 나누는 것은 확실히 더 깊은 친밀감을 느끼게 해주었다.《월간 정여울》시리즈를 만들면서 처음으로 나 자신의 한계를 느끼며 힘든 시간을 보냈기에 독자와의 만남이 더욱 뜻깊었다. 독자 한 분, 한 분의 이야기를 들어보니, 내가 매달 이렇게 새로운 에세이집을 내는 것이 그분들에게 따스한 위로가 되는 것 같아 마음이 놓였다. 좀 더 잘하고 싶다는 욕심을 내려놓고, 그저 묵묵히 끝까지 해내자는 생각에 집중하자 마음이 여유로워졌다. 마흔이 넘어 무언가를 완전히 새롭게 시작하는 것은 힘겨운 도전이다.《월간 정여울》도 나에겐 그랬다. 내가 쓰고 싶은 글을 어떤 제약도 없이 자유롭게 쓴다는 장점을 마음껏 누릴 수 있는 대신, 한 달에 책 한 권을 반드시 출간한다는 엄청난 부담감을 견뎌야 하는 일이었다. 일이 너무 힘들 때는 감사함보다는 피곤함을 더 많이 느끼기도 했다. 이 새로운 도전으로 나는 몸과 마음의 한계를 동시에 느끼며 '과연 내가 이 엄청난 도전을 무사히 완수할 수 있을까' 하는 심각한 두려움을 경험했다.

그렇게 몸의 체력은 물론 마음의 체력에도 한계를 느끼던 중 교도소 수감자 K 씨의 손편지를 받았다. 놀랍게도 K 씨는 매달 《월간 정여울》을 읽으면서 자신의 과거를 아프게 되돌아보고, 다시 사회로 나갔을 때 새로운 삶을 살 수 있기를 기원하고 있었다. '과연 다시 정상적인 사회인의 삶을 살 수 있을까' 하는 불안 때문에 괴로울 때도 많지만, 그때마다 책을 한 줄 한 줄 읽으며 매일 조금씩 무언가를 배우고 느끼는 일의 소중함을 깨닫는다는 그분의 사연을 읽으니 독자로 인해 오히려 나 자신이 위로받는 느낌이었다. 나뿐만 아니라 편집자, 디자이너를 비롯한 많은 분들의 땀과 눈물이 모여 만들어낸 책이 누군가에게 커다란 힘이 되고 있음을 알게 되자, '어쩌면 여기가 내 한계일지 모른다'라고 믿었던 깊은 두려움이 눈 녹듯 사라졌다. 언젠가부터 독자를 향한 따스한 감사의 마음은 내 안에서 타오르는 글쓰기의 열정만큼이나 소중한 동기부여가 되어가고 있다. 감옥 안에서도 내 글을 읽고 힘을 내는 독자가 있다는 것, 그가 얼마 전에는 오랜 과정 끝에 중요한 자격증을 따서 사회에 무사히 복귀할 수 있는 준비를 마쳤다는 소식에 내 마음도 함께 환해졌다.

나에게는 어렵고 힘들었던 집필과 출간 작업이 누군가에게는 삶의 커다란 응원이 될 수 있다는 사실이 내가 지금 이 순간의 삶에 감사해야 할 이유로 느껴졌다. 독자의 편지를 통해 내가 더 큰 위로를 받고 있는 느낌이었다. 그 무엇도 씻어낼 수 없을 것 같은 깊은 피로와 권태를 씻어내는 힘도 삶에 대한 감사의 마음에서 우러나오고, '벌써 마흔이 넘었구나. 도대체 지금까지 뭘 한 거지?' 하는 아찔함을 다잡아준 것도 지금의 이 불완전한 삶 자체에 감사하는 애틋한 마음이었다. 한 발 한 발 오늘의 피로를 견뎌낼 수 있는 힘, 어쩌면 나 자신이 꿈을 이룰 수 없을지 모른다는 두려움에 지지 않을 용기. 그것도 내가 가지지 못한 것에 대한 소유욕과 열등감이 아니라, 이미 지니고 있는 것에 대한 감사에서 우러나왔다.

　나는 날마다 느낀다. 우리가 더 많은 것에 감사할수록 더 깊은 생의 아름다움을 발견할 수 있다는 것을. 우리가 세상에 감사하고 놀라워하고 설레는 만큼, 딱 그만큼만 세상은 우리에게 그 신비와 아름다움을 보여준다. '감사'라는 무료 입장권을 제시하면 세상은 비로소 자신 깊이 숨기고 있던 아름다움과 향기를 보여준다. 그러니 감사라는 입장권은 얼마나 소중한가. 감사라는 입장권을 사는 데는 조금도 돈이 들지 않지만, 이 감사라는 무료 티켓만 있으면 생의 모든 순간을 찬란한 기적으로 느낄 수 있는 마음의 눈이 생기지 않는가. 나 자신의 한계를 인정할 줄 아는 솔직함과 그 한계를 뛰어넘을 수 있는 용기, 그 두 가지 모두가 더없이 소중하고 감사한 시간, 마흔이다. 삶이란 이렇다. 알 수 없는 인연의 고리들이 한 올 한 올 빚어내는 찬란한 감사의 축제, 그것이 바로 삶이 아닐까.

힘들 땐, 비밀의 화원

'타인의 질문에 대답하는 자세'야말로 마흔 이후 가장 많이 바뀐 내 모습 중 하나다. 예전에는 질문을 받을 때마다 심하게 긴장했다. 멋진 대답을 쥐어짜내기 위해 갖은 애를 쓰다가, 오히려 점점 스텝이 꼬일 때도 많았다. 하지만 지금은 편안하게 내가 가진 가난한 생각의 창문을 그저 열어둔다. 이젠 알기 때문이다. '매의 눈'을 지닌 날카로운 독자들 앞에서 나를 숨기거나 치장할 방법이 없다는 것을. 강연을 많이 해본 작가들은 '독자들의 질문이 매번 거의 비슷하게 반복된다'고 토로하지만, 내가 보기엔 그렇지 않다. 독자들은 겉으로는 비슷비슷한 질문을 하는 것처럼 보이지만 사실은 그때마다 자신만의 간절함을 담아 무언가 남다른 물음표를 던지고 있는 것이다. 나도 한 사람의 독자이기 때문에 그 마음을 안다. 작가에게 뭘 묻고 싶어도 '이런 질문을 해도 될지, 이 질문 자체가 과연 이치에 닿는 것인지' 망설이다가 그냥 멋쩍게 돌아서서 나올 때가 많았기 때문이다. 이제 나는 연단에 설 때, 나를 바라보고 있는 독자의 입장에서 생각해보려 노력한다. 독자의 질문이 너무 추상적이거나 감이 잡히지 않을 때는, 좀 더 깊은 이야기를 이끌어내기 위해 역으로 질문한다. "진짜 궁금하신 게 무엇인지 여쭤봐도 될까요?" 그러면 독자들은 그제야 환하게 웃으며, "실은요, 제가 고민이 있는데요. 이런 질문을 해도 될지 모르겠는데……" 이렇게 말문을 트며 진짜 궁금한 것을 물어보기 시작한다. 나는 독자들의 그 수줍은 말줄임표 속에 묻어 있는 망설임을 좋아한다. 이제는 예전보다 더욱 선명하게 깨닫기 때문이다. 우리의 진실은 때로는 이미 드러난 말들보다도 '하지 못한 말들' 속에 숨어 있다는 것을.

꽃

독자들은 때로 '책 속의 말들'보다 '책 속에 드러나지 않는 작가의 모습'을 궁금해한다. "아무리 글쓰기가 좋다 해도, 24시간 글만 쓰는 것은 아니죠? 글을 쓰지 않을 때는 무엇을 하세요?" "아무것도 안 하고 빈둥거리고 싶을 때는 뭘 하고 지내시는지 궁

금해요." "정말 글이 안 써질 때는, 진짜 슬럼프에 빠졌을 때는
어떻게 하세요?" 이런 질문을 받을 때마다 나는 여전히 당황한
다. 뭔가 상큼한 묘안을 말해주고 싶지만 나 역시 별 뾰족한 수가
없이 평범한 일상을 보낼 때가 많기 때문이다. 예전에는 어딘가
'힘이 팍 들어간' 멘트를 구상하곤 했지만, 지금은 그냥 꾸밈없이
내 일상의 시시콜콜한 에피소드를 들려드린다. 돌이켜보면 내가
분명히 의식하고 해낸 것들보다는 '나도 모르게 그저 마치 가쁜
숨을 몰아쉬듯 해낸 것들'이 나를 만들어왔다는 생각이 든다. 나
는 좀처럼 아이디어가 떠오르지 않거나 슬럼프에 빠졌을 때는 새
로운 것에 도전하기보다는 '예전에 사랑했던 것들'을 다시 찾아
읽고, 보고, 듣는다. 좀 '병적이다' 싶을 정도로 사랑하는 것들을
보고 또 본다.

　가장 좋아하는 영어 단어가 '리와인드(rewind)'일 정도로, 나는
앞으로 돌리고 또 돌려서 계속 반복해서 보는 것을 좋아한다. 리
버 피닉스 주연의 〈허공에의 질주(Running on Empty)〉 같은 영화
를 스무 번 넘게 보고 또 보기도 하고, 베토벤 현악 사중주와 뉴
욕이라는 공간의 시들지 않는 매혹과 배우들의 아름다운 연기로
매번 '완벽하다'는 탄성을 지르게 하는 영화 〈마지막 사중주(The
Late Quartet)〉를 보고 또 보기도 한다. 부끄럽지만 이런 영화를
볼 때마다 어김없이, 마치 정확한 화학반응처럼 딱 저번에 눈물
을 흘렸던 그 장면에서 또 눈물을 흘리게 된다. 때로는 전혀 예상

치 못했던 아주 사소한 장면들의 의미를 뒤늦게 파악하거나 내 나름대로 과도한 해석을 덧붙여서, 남들은 '어떻게 그 장면을 보고 울 수가 있느냐'고 비난할 만한 그런 순간에 눈물샘이 터지기도 한다. 내 20대의 감성을 키워준 최고의 장소는 학교 앞에서 가까운 '영화사랑'이라는 비디오방이었다. 나는 그곳에서 거의 혼자 옛날 영화를 보았다. 그때 눈물을 펑펑 흘리며 혼자 보았던 영화들은 평생 '문약하게' 살아온 나에게, '먹물로 살면 절대 알 수 없는 것들'을 가르쳐주었다. 대만 영화 〈로빙화(魯冰花)〉를 보며 한 번도 자신의 재능을 꽃피우지 못한 채 죽어간 소년의 넋을 안타까워하며 눈시울을 적시기도 했고, 여성 죄수들의 탈주와 감동적인 즉흥 라이브 공연의 이야기를 그린 〈밴디츠(Bandits)〉를 보며 내가 절대로 흉내 내지 못할 거칠고 야생적인 삶에 대한 동경을 키우기도 했다. 어쩌면 나는 어딘가 혼자 숨어서 몰래 울기 위해 이런 영화들을 보고 또 보는지도 모른다. 사람에겐 그런 시간이 필요하다. 내 인생이 슬퍼서 울 시간만이 아니라, '내가 살아내지 못한 삶'에 대한 슬픔과 동경 때문에 가슴앓이할 시간이. '내겐 너무 아름다운 것들'을 향한 멈출 수 없는 눈물을 한바탕 쏟고 나면 신기하게도 영혼의 열병이 가라앉는다. 다시 나만의 작고 여린 삶을 시작할 힘이 생긴다.

'반복 속에서 차이를 발견해내는 것'은 내 글쓰기의 원동력이기도 하고, 삶의 에너지를 충전하는 방법이기도 하다. 예를 들면 일이 풀리지 않을 때, 원고 마감이 코앞인데 한 문장도 떠오르지 않을 때는 재클린 뒤프레의 연주를 들어왔다. 일부러 그런 것이 아닌데, 나도 모르게 머릿속이 난마처럼 얽혔을 때는 재클린 뒤프레의 첼로 연주를 들으면 '내가 비로소 온전한 나로 돌아오는 느낌'이 들었다. 런던 심포니 오케스트라와 재클린이 협연한 드보르자크 첼로 협주곡을 들을 때마다 나는 '음악을 들을 수 있는 축복'에 감사한다. 뭔가 새로운 아이디어가 갑자기 떠올라서가 아니라 '네가 가진 것으로 충분해, 너는 지금 최선을 다해서 너 자신의 삶을 연주하고 있어'라는 목소리가 내 안에서 들려오는 것 같다. 지금도 글이 풀리지 않아 재클린 뒤프레의 첼로 소나타를 듣고 있다. 두 시간 정도 그녀의 첼로 연주를 집중해서 듣고 있으면 가슴속에 응어리진 묵은 감정의 체기(滯氣)가 사르르 내려가는 것 같다. 그녀가 첼로를 연주할 때면 마치 보이지 않는 영혼의 첼로 한 대가 더 숨어서, 그녀 곁에 수호천사처럼 버티고 있는 것 같다. 그녀보다 뛰어난 테크닉을 지닌 위대한 연주자들도 많지만, 내게 재클린을 대신할 첼리스트는 없다. 아무도 그녀처럼 연주하지 못할 것 같다. 힘들 때마다 듣고 또 들었던 재클린 뒤프레는 내 마음속에서 실존 인물과는 또 다른 새로운 인물로 변형되었다. 내 오래된 재클린의 음반은 이제 기스가 나고 판이

튀어 다시 들을 수 없을 정도가 되고 말았다. 한 번도 만난 적이 없는데도 마치 내 영혼의 멘토 같은 존재가 되어버린 그녀의 연주 속에는 앞이 캄캄해 아무것도 보이지 않는 생의 어둠 속에서 인간의 가장 밝은 에너지를 끌어내는 듯한 완벽한 순수가 깃들어 있다. 완벽한 순수, 바로 그것이다. 젊은 나이에 다발성경화증을 앓게 된 뒤 다시는 첼로를 연주할 수 없게 되고 나중에는 온몸이 마비되어버린 그녀를 괴롭히는 고통은 너무도 많았지만, 그녀는 그렇게 고통스러운 와중에도 첼로 연주를 들었다고 한다. 첼로를 연주하는 순간에는 그녀와 첼로밖에 존재하지 않았다. 그런데 재클린의 순수는 남을 불편하게 하는 완벽함이 아니라 누구의 눈치도 보지 않고, 여전히 수줍고 아기 같은 해맑음을 간직한 순수처럼 보인다. 나는 아무것도 할 수 없을 때, 머릿속이 수천 개의 막다른 골목으로 가득 찬 미로처럼 꽉 막혀 아무런 생각도 해낼 수 없을 때, 유튜브의 흑백 화면으로 그녀의 수십 년 전 연주 실황을 보면서 내 안의 잃어버린 순수를 발견한다. 글을 쓸 때는 그렇게 다짐한다. 재클린의 저 천진무구한 표정처럼 저렇게, 오직 글과 나만 생각하자고. 아니 '나'조차 던져버리고 오직 '글'만 생각하자고. 생활의 무게와 인간관계의 복잡함에 짓눌려 첫 마음을 잃어버릴 위기에 처할 때마다 나는 그렇게 재클린의 첼로 소리와 함께 내 영혼을 정화하는 시간을 갖는다.

질문을 듣는 순간 가슴이 철렁한 경우도 있다. "작가님, 정말 힘들 때는 무엇을 하세요?" 나는 그 질문을 한 독자의 표정 속에서 '표면에 드러난 물음표'보다 더 절박한 무언가를 봤다. 내게 그 질문은 이렇게 해석이 되었다. "너무 힘들 때는, 아무것도 도움이 되지 않을 때는, 무엇을 해야 하나요?" 내 이야기를 들음으로써 자신의 아픔을 치유하고 싶어 하는 독자들의 눈빛을 보면, 무거운 책임감이 느껴진다. 비록 '나만이 알고 있는 뾰족한 묘수'는 없더라도, 나의 진솔한 이야기를 들려주면 독자들의 눈빛은 어느새 부드럽고 따스해진다. 정말 재미없는 대답이지만, 나는 정말 힘들 때는 '그럼에도 불구하고' 책을 읽는다. 책을 읽을 힘조차 없다고 느껴질 때조차, '책에는 나의 이야기가 없다'고 느껴질 때조차도, 책을 펼친다. 아직은 책보다 더 다정한 친구를 찾지 못했기 때문이다. 언제든 내 투정을 받아주고, 새벽 4시에 문을 두드려도 기꺼이 마음의 문을 열어줄 수 있는 친구는 책밖에 없기 때문이다. 친구들은 한창 아이들 키우느라 바쁜 시기이거나 회사일로 정신이 없기 때문에 전화하기가 망설여진다. 사실은 고민을 이야기하기 위해 친구에게 수화기를 든 마지막 기억 자체가 10여 년이 더 된 나는, 마치 익숙한 단골 병원을 찾듯 책을 펼친다. 자기 안에서 언제든 해답을 찾을 수 있는 용기가 마흔의 어둠을 견디게 해준다.

　무슨 책이든 도움이 된다. 내 문제를 똑바로 바라보는 데 도움이 되는 촌철살인의 철학적 비전이 가득한 책도 좋고, 나와는 아무런 상관없는 슬픔과 기쁨을 노래하는 시도 좋고, 오래전 '꼭 읽어야겠다'고 결심했지만 여전히 절반도 진도를 나가지 못한 두꺼운 고전도 좋다. 책은 내가 언제든 방문해도 좋은 마음의 주치의이자 내 다급한 노크를 한 번도 거절하지 않고, 간절한 전화벨 소리를 한 번도 무시하지 않고, 그저 그곳에서 내 하소연을 다 받아주는 친구다. 마치 언제든 모든 이의 아픔을 받아줄 것만 같은 따스한 품을 지닌 커다랗고 푹신한 토토로 인형처럼, 책은 거대한 요람이 되어 내 전(全) 존재의 고민과 슬픔을 완전히 다 받아준다.

　마침내 아픔을 치유할 마지막 비장의 무기(?)는 글쓰기다. '아, 여기가 바닥이다' 싶을 정도로 기분이 좋지 않을 땐 '아무에게도 보여주지 못할 글쓰기'를 시작한다. 죽어서도 공개하지 않을 이야기, 누구에게도 보여줄 수 없는 이야기, 예컨대 '나에게 쓰는 편지'나 '영원히 부치지 못할 편지'를 쓴다. 인간은 끓어오르는 감정을 표현할 출구를 찾지 못할 때 절망한다는 것을 이제는 온몸으로 깨달을 나이 마흔에 나는 더욱 글쓰기를 사랑하게 되었다. 글쓰기가 직업이기 때문이 아니다. 나이 들수록 눈에 보이는 인간관계 속에서 표현하지 못하는 저마다의 이야기를 빚어내고 풀어내고 다독일 마음의 공간이 필요하다는 것을 절실히 깨닫기 때문이다. 인간에겐 그 누구에게도 보여줄 수 없는 눈물과 흐느낌을 담아낼 마음속 비밀의 화원이 필요하다. 아무도 모르는 장소에서 노래를 불러도 좋고, 그림을 그려도 좋고, 정원을 가꾸어도 좋다. 마음속 비밀의 화원을 가꿀 용기의 씨앗이 싹트는 곳에서 우리의 찬란한 마흔은 꽃필 터이니.

아직도,
더더욱 설렐 수 있는 용기

늘 첫사랑처럼 두근거리는 설렘을 간직하며 살아갈 수는 없겠지만, 언제든 설렐 줄 아는 마음을 간직한다는 것은 인생의 크나큰 자산이다. 삶이 온통 회색빛으로 찌푸린 듯한 순간에도, 더 이상 내 앞에는 희망의 길이 남아 있지 않을 것 같을 때도, 아주 사소한 무언가에도 설렐 수 있는 심장이 있다는 것은 커다란 축복이 된다. 설렘은 주로 새로운 경험과 연관되기 때문에 마흔이 넘으면 대체로 설렘의 기회가 줄어들 줄 알았다. 너무 자주 쓸데없이 과하게 설레서 문제였던 20대와 달리, 40대가 되면 좀 더 차분하고 때로는 심드렁해할 줄도 아는 얌전한 심장을 갖게 되리라 상상했다. 그런데 웬걸, 마흔을 넘어서자 작은 일에도 설레고 싶은 마음, 익숙한 것에서도 새로운 것을 발견하고 싶은 마음이 더 커져버렸다. 어쩌면 20대보다 더 세찬 심장박동으로 설렘의 순간을 맞이하는 요즘이 참 좋다.

॰

&

마흔 이후의 설렘이 20대의 설렘과 다른 것은 '행복했던 과거를 기억하는 것'에서 설렘의 '의미'를 새롭게 해석하는 순간의 기쁨이다. 게다가 설렘의 의미를 좀 더 깊이 있게 해석할 줄 알게 되면, 전혀 설레지 않는 권태로운 순간에조차 '설렘의 향기'를 마치 보물창고에서 꺼내듯 쓸 줄 알게 된다. 예컨대 첫 유럽 배낭여행의 설렘이 예전에는 단지 난생처음의 체험에서 오는 두근거림인 줄 알았는데, 이제 와서 생각해보니 그것은 좀 더 깊은 마음의 차원에서 우러나오는 인식의 기쁨이었다. 내게 첫 배낭여행의 설렘은 '끊임없이 의미를 추구하는 삶'으로부터의 첫 번째 해방이었다. 누군가에게 인정받기 위해 너무 많이 진을 빼는 삶, '좋은 사람'이라는 평가를 받기 위해 혹은 '나쁜 사람'이 되지 않기 위해 스스로를 가혹하게 단련하는 삶으로부터 잠시 벗어나서 그냥 말갛고 투명한 나 자신과 만날 수 있는 시간. 스물아홉의 나에겐 한 번도 그런 해방의 시간이 없었던 것이다.

몸을 쉬는 것은 물론 마음을 쉬는 것은 더더욱 불가능했던 시간, 반드시 의미 있는 삶을 살아야 한다는 생각 때문에 쉼 없이 스스로를 풀가동하는 시간의 연속이었다. 평소에는 결코 찍을 수 없는 아름다운 사진을 찍을 수 있다는 것도 설레고, 더듬더듬 낯선 외국인과 이야기하는 것도 설레지만, 내 여행의 근원적인 설렘은 나로부터 완전히 벗어나볼 수 있는 자유에서 왔다. 그때 그 설렘을 생각하면 아직도 심장박동이 빨라지며 볼이 발그레해 진다. 그것은 누군가를 사랑하기에 설레는 마음과는 또 다른 종류의 두근거림이었다. 나라는 존재가 완전히 새로운 삶을 살 수 있다는 설렘, 익숙한 나, 내가 공들여 빚어온 나의 이미지로부터 완전히 탈피할 수도 있다는 새로운 깨달음으로부터 우러나오는 설렘이었다. 뮌헨에서 하루에 2만 보 이상을 걷다 발이 너무 아파 맨발로 걷기 시작했는데, 비로소 '누구의 눈치도 볼 필요 없는 새로운 세상'이 열렸다. 내친 김에 뉘른베르크에서도 그냥 맨발로 걸었다. 누구도 나를 이상하게 생각하지 않았고, 맨발이 길 위에 닿는 감각이 그토록 짜릿하고 시원한 느낌이라는 것을 그때 처음 알았다. '뭘 먹을까' 하고 다른 사람의 눈치를 볼 필요도 없이 그냥 아무 데서나 눈에 보이는 것을 사 먹어도 되었고, '뭘 입을까' 고민할 필요도 없이 배낭 지퍼 가장 가까이에 있는 옷을 대충 집어 입어도 전혀 스트레스가 없었다. 학교와 집밖에 몰랐던 지극히 단조로운 생활로 만족하던 내가 드디어 '제3의 공간', 즉 여행의 장소 속에서 드디어 새로운 나의 심장박동 소리를 발견한 것이다.

지금도 나는 일상의 반복이 권태로워질 때면 바로 그 첫 여행의 설렘을 곶감 빼먹듯 꺼내보며 그 두근거림을 가만히 '리플레이(replay)'해본다. 그러면 굳이 여행을 떠나지 않아도, 멈췄던 설렘의 근육이 다시 꿈틀거리기 시작한다. 삶을 더욱 아름답게 연주하기 위해, 내 소중한 마흔 즈음을 후회와 매너리즘으로 날려버리지 않기 위해. 나는 지나간 내 모든 설렘의 기억을 매번 다르게 리플레이한다. 《어린 왕자》와 《데미안》은 수십 번씩 반복하여 읽었지만, 나이가 들수록 더 내 안에서 풍요로운 색채로 새로운 의미의 꽃을 피워 올린다. 지나간 모든 사랑의 기억에는 아픔과 눈물이 묻어 있지만, 그 안에는 다시는 반복할 수 없는 단 한 번의 설렘의 순간들이 꿈틀거린다. 사랑의 아픔은 리플레이할수록 더 깊이 폐부를 찌르지만, 사랑의 기쁨은 비록 그것이 영원히 떠나가버린 기억일지라도 여전히 눈부시게 내 삶의 어둠을 밝혀준다. 사람은 떠나도, 그와 함께 한 추억의 '의미'는 새롭게 부활하여 그 사람과 상관없이 또 하나의 '설렘의 축복'을 전해준다. 게다가 설렘은 추억뿐 아니라 독서의 기억에도 깃들어 있다.

꽃

심리학적으로 말하자면, 용은 다른 것이 아니라 자아에 속

박힌 '자기'입니다. 우리는 우리의 용 우리에 갇혀 있어요. 분석심리학은 용을 쳐부수고 무너뜨림으로써 우리를 더 넓은 관계의 마당으로 이끌어내는 것을 목표로 합니다. 궁극적인 용은 우리 안에 있어요. 우리를 엄중히 감시하고 있는 우리의 자아, 이게 바로 용입니다.

《신화의 힘》 중에서

  힘겨울 때마다 《신화의 힘》(조지프 캠벨, 21세기북스, 2002)이라는 책을 여러 번 읽었지만, 나는 아직도 이 대목을 읽을 때마다 가슴이 두근거린다. 내가 처음 '나는 내 안의 용과 진정으로 싸워본 적이 없구나!'라는 아픈 깨달음을 얻은 문장이었다. 동시에 내가 처음으로 '나는 반드시 내 안의 용과 끝까지 싸워낼 거야, 지더라도, 처참하게 피 흘리더라도!'라고 결심했던 순간이기도 했다. 나는 이 문장을 읽은 후로 내 안에는 용 한 마리가 아니라 수백 마리 용이 함께 살고 있음을 알게 되었다. 주어진 업무를 처리하기 싫어하는 '게으름뱅이 용'부터 시작해서, 타인의 평판에 일희일비하는 '귀가 얇은 용'까지, 사랑할 때 결코 상처받기 싫어 사랑 자체를 회피하려는 '겁쟁이 용'부터 여러 사람이 모인 자리를 두려워하는 '광장공포증 용'까지, 정말 무시무시하게 많은 용들이 나의 진정한 내적 성장을 가로막고 있었다. 그 용들은 한목소리로 이렇게 말하고 있었다. 넌 이번에도 실패할 거야, 넌 결코 네 꿈을 이룰 수 없을 거야, 넌 결코 진정한 너 자신이 될 수 없을 거야. 나는 그 용의 싸늘한 눈초리에 화들짝 놀라 용기를 잃은 적이 한두 번이 아니었다.

조금씩 내 안의 크고 작은 용들과 싸워 이기면서, 나는 천천히 '어쩌면 나도 신화 속의 용감한 영웅들처럼, 열악한 상황을 이겨내고, 내 안의 한계를 하나하나 부수어가며, 책 속의 신화가 아닌 나만의 작고 소박한 신화를 써나갈 수 있을지도 모른다'는 희망을 가지게 되었다. 그런데 마흔을 통과하며 나는 새로운 의문에 휩싸이게 되었다. 우리의 꿈과 희망을 위협하는 그 사나운 용또한 우리 자신의 소중한 일부가 아닐까. 용을 무찔러 죽여야 하는 것이 아니라, 용의 아픔과 두려움(나는 나를 극복할 수 없고, 나는 세상과 싸워 이길 수 없다는 믿음)까지 끝내 끌어안아야만 더 큰 '나'로, 나를 뛰어넘는 나로 나아갈 수 있는 것이 아닐까.

정말 그렇다. 우리 안의 사나운 용 또한 우리 자신이 만들어낸 것이다. 위험에 대한 두려움, 미래에 대한 막연한 불안감, 인간관계에 대한 불신. 그 모든 용들 또한 세상과 부딪히고 상처 입으며 우리가 만들어낸 내면의 두터운 갑옷이다. 그 두꺼운 방어기제마저 끝내 보듬어주고 토닥여줄 수 있을 때, 우리는 용을 무찔러 죽이지 않고도 용과 함께, 힘차게 날아오를 수 있을 것이다. 아니어쩌면 '무섭기만 한 용'에 머무르지 않고 더 아름답고 찬란한 신화 속의 용이 될 수 있을지도 모르겠다. 우리 삶을 위협하는 모든 용들은 어쩌면 우리가 언젠가는 자신을 너른 사랑의 품으로 감싸 안아주기를 기다리고 있는 가엾은 공포의 기억들이 아닐까. 그렇다면 용은 우리의 '공격'이 아니라 우리의 '구원'을 기다리고 있는 상처 입은 마음의 집합체일 것이다. 그 두렵고 사나운 용의 어두운 에너지를 더욱 싱그럽고 반짝이는 창조와 부활의 에너지로 승화시킬 수 있다면, 나는 내 안의 용을 죽이고 살아남은 일부의 내가 아니라 용과 함께 날아오르는 용맹스러운 전사가 될 수 있을 것만 같다.

※

이렇듯 마흔은 나에게 예전에 알던 것을 새롭게 바라보는 법, 예전에 '다 이해했다'고 믿었던 것을 전혀 다른 각도에서 바라볼 수 있는 용기를 선물해주었다. 모든 것에서 끝내 배울 수 있는 그 무언가를 발견하는 것. 그것이 외부에서 오는 자극으로 인한 수동적 설렘보다 훨씬 강렬하고 오래가는, 자극의 유무에 좌우되지 않는 내 안의 설렘이다. 20대에는 새로운 체험이 두려웠다. 소심하고 내성적인 내가 과연 세상의 풍파에 맞서 싸워낼 수 있을지, 자신이 없었다. 그러나 지금은 낯선 체험에 묻어 있는 그 위험과 아픔까지도 설레는 마음으로 기다리고 싶다. 나는 더 이상 내 타고난 성격, 주어진 환경, 트라우마와 콤플렉스 뒤로 숨지 않을 작정이니까. 나에게 상처를 주고, 나를 아프게 했던 모든 일들을 증오하기보다는 그 기억 속에서 사금파리처럼 반짝이는 생의 지혜를 발견하고 싶다. 나는 이제 내 안의 사나운 용과 싸우기만 하는 것이 아니라 그 용의 쓰라린 눈물을 닦아주고 꺾여버린 날개를 토닥여 마침내 그 용과 함께 날아오를 준비가 되어 있으니까. 아름답게 나이 든다는 것은 과연 무엇일까. 결국 아름다운 나이 듦이란, 설레지 않는 모든 순간에도 설렘을 발견할 수 있는 용기가 아닐까. 익숙하고, 지루하고, 짜증나는 모든 곳에서 오히려 찬란한 설렘과 생의 신비를 발견하는 것. 그리하여 우리를 공격하는 그 모든 고통까지도 다정하게 껴안을 마음의 준비를 할 수 있는 용기야말로 아름다운 나이 듦의 비법이 아닐까.

아름다운 나이 듦을 생각하다

    집으로 돌아오는 길, 밤 11시쯤 갑자기 친구에게서 전화가 왔다. 오랜만에 전화를 걸어온 대학 동기 H는 그야말로 나무랄 데 없는 친구였다. 회사에서 항상 주변의 기대를 한 몸에 받는 뛰어난 인재이고, 집에서는 훌륭한 남편이자 자상한 아빠이기도 하다. 회사를 다니는 틈틈이 악기를 배우고, 가끔 친구들을 불러 자신이 직접 만든 저녁 식사를 대접해준다며 멋진 요리 솜씨를 자랑하기도 한다. 그런 H의 목소리에 난데없는 눈물이 묻어 있었다. 그 친구와 나는 시시콜콜 근황을 공유하는 성격도 아니고, 그의 고민이 무엇인지 정확히 알지 못함에도, 어느 날 갑자기 '왜 이렇게 힘든지 모르겠다'고 고백하며 울먹이는 친구의 목소리를 듣자, 그냥 다 알 것 같았다. 굳이 설명하지 않아도 모두 속속들이 이해할 수 있을 것 같았다. 그 순간 깨달았다. 이런 게 바로 나이 듦의 증거로구나.

오랜만에 전화해 다짜고짜 눈물을 뚝뚝 흘리는 친구의 수화기 너머 얼굴을, 굳이 확인하지 않아도 눈앞에서 본 듯 생생한 느낌이 드는 것. 미주알고주알 설명하지 않아도, 나와 전혀 다른 삶을 살고 있는 사람일지라도 그 사람의 마음을 내 것처럼 살갑게 어루만질 수 있게 되는 것. 내게 '나이 든다는 것'은 그렇게 처연하고도 애잔한 모습으로 다가왔다.

무엇이 이 착하고 모범적인 친구 H를 괴롭히는지 자세히 알수 없었지만 나는 어렴풋이 그가 느끼는 압박감의 뿌리가 주변의 기대감임을 느낄 수 있었다. H는 회사에서나 집에서 거의 완벽한 모습을 보여주는 사람이기에, 때로 스스로 만들어놓은 자신의 이미지가 감옥처럼 느껴지는 것인지도 모른다. 누구에게나 좋은 사람이 되기 위해, 이 흉흉한 저출산 시대에 훌륭한 부모가 되기 위해, 이 험난한 사회의 어엿한 구성원이 되기 위해 안간힘 쓰며 살아온 사람들. 그들은 그 기대심리에서 조금이라도 벗어나는 예측 불능 상황을 맞이하면 당황하며 어쩔 줄 모른다. 우리는 이제 그야말로 집에서나 일터에서나 어딜 가나 '든든한 버팀목 같은 존재'가 되어 있어야 한다는 압박감을 느낀다. 아이가 없고 프리랜서 작가인 나조차 그런 중압감을 느끼니, 직장에 다니는 아버지들이나 일과 육아를 병행하는 워킹맘들은 훨씬 더 심한 압박을 느끼지 않을 수 없을 것이다.

문득 또 한 명의 친구 Y가 내 마음을 뒤흔들었다. "여울아, 넌 왜 우리 이야기는 안 쓰는 거야?" 친구는 섭섭함과 항변이 뒤섞인 표정으로 나를 바라보았다. 아이들에게 사랑을 듬뿍 받는 국어교사이자, 학교 다닐 때 늘 반장이나 학생회장을 도맡았던 친구였다. "여울아, 이제 우리 이야기, 좀 더 생활에 밀착한 이야기를 들려줘. 난 이제 내게 다가올 40대를 어떻게 살아야 할지 막막하거든. 인문학도 좋고 여행도 좋지만 우리 일상에 더 가까이 다가오는 이야기를 써줘." 그 친구는 내게 엄청난 숙제를 던져주고, '그렇게 어려운 글은 아무래도 안 되겠고 밥이라도 사야겠다'고 마음먹은 나보다 먼저 재빨리 밥값을 계산하고 말았다. "이래야 네가 나에게 진 빚을 글로 갚겠지." 친구는 내게 엄청난 화두가 담긴 숙제를 덥석 안겨주고 광화문 한복판을 쓸쓸하게 걸어갔다.

❧

우리는 다가오는 '인구 절벽' 시대 한가운데 낀 세대다. 위 세대는 '너희들은 배고픔도 전쟁도 가난도 모른다'며 우리를 철없는 반항아로 바라보았고, 우리보다 아래 세대는 '선배들은 헬조선, 이생망(이번 생은 망했다), N포 세대 이런 말에 진심으로 공감할 수 없잖아요'라고 항변하곤 한다. 우리 세대는 그렇게 양쪽으로 치이며 '우리가 하고 싶은 말'을 찾기 힘들어하는, 수줍고 예민한 세대였다. 뭐라고 말해도 욕먹을 게 빤하기 때문이다. '우리도 IMF 세대라 가난도 알고 몰락도 알고 전쟁만큼이나 무서운 비정규직의 공포도 안다'고 말하면 어른들에게 '철없는 어린애'라며 손가락질받을 것 같고, '우리도 헬조선 시대의 N포 세대가 느끼는 비애를 안다'고 말하면 '세상 물정 모르는 또는 디테일이 약한 꼰대'라는 비난을 받을 것 같았다.

하지만 이제는 괜찮다. '아직 젊은데'라고 생각했던 30대와 달리 '이제는 마흔, 그러니까 우리 사회의 딱 중간 세대'라는 모종의 편안함이 있다. 오히려 우릴 '아직도 철없다고 생각하는 기성세대'와 '꼰대라고 생각하는 젊은 세대' 사이에서 뭔가 문화적 가교 역할을 할 수 있지 않을까. 기성세대와 젊은 세대가 서로 외면하지 않고, 서로 충분히 소통할 수 있다고 믿을 때까지. 기성세대의 나라 걱정과 젊은 세대의 사회 불신 사이에서 너무 커다란 희망에도 너무 깊은 절망에도 사로잡히지 않고, '그때 그 시절'에 대한 기억과 '다가오는 미래'를 향한 두려움과 설렘으로 '대한민국에서 나이 들어간다는 것'에 대해 허심탄회한 이야기를 시작할 수 있지 않을까.

이런 조심스런 기대감이 막중한 책임감을 갖고 마흔에 대한 글을 쓰도록 부추겼다. 천만다행인 것은, 어찌될지 모르는 앞날에 대한 두려움과 불안으로 가득했던 '서른 즈음'과 달리 '마흔 즈음'은 기대 이상으로 설레고 반갑다는 점이다. 흰머리와 잔주름이 늘어가긴 하지만 육체의 나이테만큼이나 성실하게 쌓여가는 '인연의 나이테들'이 우리를 지켜주는 것 같아서. '더 이상 마냥 젊지만은 않다'는 것이 쓸쓸하기도 하지만 적어도 '내가 잘할 수 없는 것'을 포기할 배짱과 '내가 정말 하기 싫은 것'은 거절할 용기도 생겼기에. 마흔은 스물처럼 찬란하지는 않지만, 곰삭은 된장국처럼 구수하게 봄날의 냉이나물무침처럼 아릿하게 우리 안에 아직 남은 순수를 끌어올리고 우리 안에 가득 차오른 행복에 대한 갈망을 부추긴다.

✢

　배우 윤여정이 근래 〈윤식당〉이라는 프로그램에서 보여준 수많은 가능성 중 하나는 바로 '아름답게 나이 들어가는 법'이 아닐까. 그녀는 아무리 상황이 좋지 않아도 있는 그대로 조용히 받아들이며 다음 행보를 느릿느릿 준비한다. 나쁜 상황에서도 여유로움과 열린 마음을 잃지 않는다. 저런 분과 함께라면 어떤 상황에서도 당황하지 않고 지혜롭게 헤쳐나갈 것 같은 믿음. 바로 그 믿음이 우리가 '배우 윤여정'을 넘어 '인간 윤여정'을 통해 느끼는 나이 듦의 아름다움이다. 스타나 연예인의 느낌이 아니라 왠지 다짜고짜 '선생님'이라 부르고 싶은 그녀의 든든한 모습 뒤에는 지배하지 않고 통제하지 않는 부드러운 리더십, '희생'이나 '모성' 같은 전형적인 사랑이 아닌 친구 같고 옆집 언니 같은 부담 없는 따스함이 느껴진다.

윤여정은 누구도 흉내 낼 수 없는 독보적인 아우라로 바쁜 삶에 지친 시청자의 마음에 군불을 지폈다. 누구에게도 군림하지 않으면서 자연스럽게 그룹을 이끌어가는 모습, 텅 빈 식당에서 하염없이 손님을 기다리는 처연한 모습까지 속속들이 아름다웠다. 나이 들수록 점점 경직되어가는 기성세대, 젊은이에게 멘토가 되어주기보다 호통치느라 바쁜 노인들 때문에 상처받은 우리는 윤여정의 모습이 사막의 오아시스처럼 느껴졌다. 이 프로그램을 시청한 사람들이 이구동성으로 꼭 하는 말이 있다. "나도 저렇게 나이 들고 싶어." "우리 엄마도 윤여정처럼 멋지게 나이 들어가셨으면 좋겠다." "어떻게 하면 그렇게 아름답게 나이 들어갈 수 있을까."

아리스토텔레스는 식물이 동물보다 훨씬 오래 사는 이유를 '늘 자신을 새롭게 함으로써 오랫동안 살아남기 때문'이라고 말했다. 늘 자신을 새롭게 한다는 것. 이 대목에서 나는 눈이 번쩍 뜨였다. 우리가 식물처럼 늘 자신을 새롭게 재생시킬 수 있다면, 삶은 '고통스러운 노화'가 아니라 이 세계와 총체적인 교감의 과정이 되지 않을까. 식물이 햇빛과 물, 공기와의 대화를 통해 스스로

재생함으로써 생명을 유지하듯, 우리도 '나를 벗어난 것들, 내가 아닌 것들'과의 대화적 소통을 통해 행복한 나이 듦을 체험할 수 있지 않을까. 깊은 바다에서 느릿느릿 성장하여 천 년을 살아내는 산호처럼 늘 자신을 새롭게 한다는 것. 그것은 '빠르게 한꺼번에, 눈에 띄게 성장하는 것'이 아니라 '느리게 조금씩, 눈에 띄지 않게 자신을 바꾸어가는 내적 과정'에서 이루어지는 생명의 신비다. 나는 나이 듦을 '피하고 싶은 장애물'이 아니라 '더욱 적극적으로 탐구하고 실천해야 할 삶의 가치'로 바꿀 수 있는 길을 찾고 싶다.

　나는 누구도 피해갈 수 없는 '나이 듦'에 대한 무거운 고민을 사람들과 함께 나누고 싶다. 우리 모두 육체적 나이에 주눅 들지 않았으면 좋겠다. 너무 어리다는 이유로, 너무 나이 들었다는 이유로 자신을 '나이라는 테두리'에 가두지 않았으면 좋겠다. '서른이 되었는데 왜 아무것도 이룬 것이 없을까'라는 생각 때문에 아프고, '마흔이 되었는데 왜 아직도 안정을 찾지 못하고 방황할까'라는 생각 때문에 상처받는 우리 자신을 위해 좀 더 너그러워졌으면. 나는 무조건적이고 무차별적인 '안티 에이징' 담론을 넘어 오히려 담담하게 '웰컴, 에이징!'이라 외칠 수 있을 때까지. 육체적인 안티 에이징에 집착하는 것이 아니라, 우리 자신에게 잠재된 가능성과 더욱 뜨겁게 만날 수 있는 '아름다운 나이 듦'을 꿈꾸는 이들과 함께하고 싶다.

우리들의 찬란한 마흔을 위하여

"여울아, 너는 잠을 못 자서 성격이 예민한 것 같아."

몇 년 만에 만난 친구에게 들은 뼈아픈 충고였다. "우리 아버지도 너랑 비슷했어. 항상 감기에 걸린 것 같은 몸 상태에, 잠이 늘 부족하니 면역력이 떨어져서 잔병치레에 시달리고, 지나치게 예민한 감각 때문에 남들은 전혀 눈치채지 못하는 작은 변화까지도 혼자서 알아채고는 항상 신경이 곤두서 있었지." 예전 같았으면 그런 지적을 들었을 때 기분이 나빴을 것이다. 안 그래도 예민한 나에게 '넌 너무 예민하다'고 지적하는 타인의 모든 충고가 뼈아팠으니. 하지만 이번에는 그런 충고를 해주는 친구에게 진심으로 고마움을 느꼈다. 이제는 분명히 구분한다. 나를 진정으로 걱정해주는 사람의 따스한 조언과 그저 스쳐 가며 생각나는 대로 말해버리는 사람들의 공격적인 잔소리를. 그리고 언젠가는 그 듣기 싫은 잔소리까지도 내 삶을 바꾸는 좋은 에너지로 변화시킬 힘이 생기기를 바란다. 외부의 모든 자극을 '되도록 나에게 좋은 쪽으로' 해석하고 승화시켜 받아들일 수 있는 마흔은, 내 결핍과 콤플렉스조차 끌어안을 수 있는 용기를 준 나이가 되었다.

　이 책을 쓰면서 내 삶을 통째로 한 화면에 압축하여 바라보는 듯한 엄청난 중압감을 느꼈다. 하지만 그 중압감이 결국에는 더 나은 삶을 그려볼 수 있는 힘을 주었다. '마흔'을 생각한다는 것은 내 인생을 한꺼번에 한 장의 거대한 지도에 축약하여 정면으로 바라봐야 하는 고통이었다. 그런데 그 고통이 신기하게도 아프게만 느껴지지는 않았다. 고통을 견디고 나면 더욱 커다란 희열이 찾아왔다. 한 장 한 장 글을 완성해나갈 때마다 지금 내가 하루하루 지나쳐가고 있는 이 시간의 소중함이 더욱 절실하게 느껴졌기 때문이다. 이 책을 쓰면서 '더욱 풍요로운 마흔을 위해 무엇을 할 것인가'를 고민했다. 책을 마무리하며 내가 '이번 생에 마흔이 처음이라' 매번 좌충우돌하며 배웠던 것들, 서툴지만 온몸으로 부딪쳐서 깨달은 것들을 '아름답고 풍요로운 마흔을 위한 십계명'으로 정리해보았다.

아름답고 풍요로운 마흔을 위한 십계명

1. 타고난 환경에 대한 원망으로부터 벗어나자

자신에게 상처를 준 부모님에 대한 원망, 성장 환경에 대한 부정적인 감정과 진정으로 작별할 수 있을 때, 우리는 진짜 어른이 될 수 있다. 환경이 좋아지지 않더라도, 부모와 화해할 수 없더라도, 지금 이 순간부터 내 삶의 토양에 완전히 새로운 희망의 씨앗을 뿌릴 수 있는 용기가 필요하다. 누구도 원망하지 않는다면 이제 나만의 마흔을 시작할 수 있다. 내 인생의 출발점에 그 어떤 경쟁자나 후원도 없이 오직 나만 덩그러니 서는 것, 누구도 원망할 필요가 없는 '제로베이스'에서 시작하는 것이 차라리 멋지지 않은가. 그리고 잊지 말자. 내가 지금부터 내리는 모든 크고 작은 결정이 삶에 선명한 발자국을 남긴다는 것을. 농담으로라도 부모님 탓, 환경 탓, 남 탓은 하지 않아야 하는 나이, 마흔이 그런 멋진 나이였으면 좋겠다.

2. 스몰토크의 힘을 잊지 말자

"도대체 남편이랑 왜 싸운 거야?" "응, 늘 그렇듯이 사소한 거지, 뭐." 친구들과 이런 대화를 할 때가 있다. 사소한 것 때문에 미친 듯이 분노가 치솟기도 하고, 하찮은 일 때문에 세상이 끝날 것처럼 슬퍼지기도 한다. 우리는 왜 이토록 사소한 것들로 자주 싸우고 토라지고 그것 때문에 마음이 무너지는 걸까. 사소한 것들이 모여 마침내 거대한 문제가 되기도 하고, 하찮은 문제로 보이는 것들에 사실은 너무도 중요한 '마음의 문제'가 연루되어 있기 때문이다. 사랑하는 사람들과 스몰토크를 자주 나누자. 오늘 일터나 학교에서 무슨 일이 있었는지, 속 썩이는 일은 없었는지, 재미있는 일은 없었는지, 괜히 슬퍼지는 순간은 없었는지. 스몰토크를 더 섬세하게, 더 따스하게 나눌수록 인간관계는 성숙해지고 우리의 영혼은 풍요로워진다.

3. 종이와 펜을 항상 휴대하자

좋은 아이디어를 떠올리는 가장 쉬운 방법은 항상 필기도구를 휴대하는 것이다. 휴대폰이나 태블릿으로는 자꾸 다른 사람이 만든 콘텐츠를 '검색'하게 된다. 종이와 펜, 연필 등이 있으면 뭔가 아주 작은 것이라도 '내 생각'을 쓰게 된다. 해야 할 일의 리스트도 아주 잘게 나누어 세밀하게 메모를 하고, 새롭게 떠오른 아이디어는 반드시 완전한 문장으로 메모를 해두면, '앞으로 내가 어떤 삶을 살아야 할 것인가'가 선명하게 드러나게 된다.

4. 실력은 전문가로, 마음은 아마추어로

마흔을 지나치며 마주칠 수 있는 가장 무서운 내 안의 적은 '내가 이 일의 전문가다'라는 자만심이다. 자기만족은 매너리즘으로 뻗어나가는 지름길이다. 자신이 사랑하는 일에 대한 실력은 부지런히 갈고닦되 내 일을 사랑하는 마음은 언제나 아마추어처럼 순수해야 한다. 아마추어의 본질은 '미숙함'이 아니라 '대상에 대한 순수한 사랑의 마음'이다. 최고의 장인처럼 일하고, 처음 일터에 나가는 신입사원처럼 해맑은 '첫 마음'으로 내 일을 사랑하자.

5. 분노를 누그러뜨리는 매뉴얼을 만들자

밖에서 만들어진 '화'를 집으로 가져가지 않는 것만으로도 많은 사람에게 도움이 될 수 있다. 우선 나 자신에게 도움이 된다. 화는 기폭제와 같아서 한번 불빛을 뿜어내기 시작하면 더더욱 심하게 폭발하게 된다. 나도 힘들고 타인도 힘들어지게 된다. 흡연이나 음주 같은 자극적인 방법으로 화를 풀기보다는 몸과 마음을 천천히 자연스럽게 이완시켜주는 자기만의 매뉴얼을 만들어보자. 화를 불러일으키는 사건이나 사람으로부터 잠시나마 나를 격리시키고, 그 봉인된 환경 속에서 나를 행복하게 해주는 작지만 소중한 활동을 해보자. 때로는 한 시간 정도 말없이 산책만 해도 화는 풀린다. 소리 내어 아름다운 시를 5분쯤 읽어도 화가 풀린다. '물'과 관련된 대부분의 활동은 신기하게 '화'를 삭여준다. 따뜻한 차를 마시고, 목욕을 하고, 수영을 하는 등 '물'과 가까운 모든 것들은 분노의 불길을 잠재워준다. 나는 화가 날 때는 갑자기 발작적으로 '설거지'를 하는데, 매우 효과가 좋다. 찻잔에 몽글몽글 솟아난 거품이 씻겨 내려가며 화도 함께 씻겨 내려가는 느낌이다.

6. 영감을 떠올리게 만드는 장소, 마음을 편안하게 해주는 나만의 장소를 찾자

일주일에 한두 번 정도는 누구에게도 방해받지 않는 시간, 내가 좋아하는 활동으로 나만의 시간을 채울 수 있는 공간을 만들자. 도서관이나 박물관처럼 그곳에 있는 것만으로도 영감을 주는 장소도 좋고, 직업과 상관없이 완전히 새로운 자극을 주는 취미를 배우는 공간도 좋다. 예컨대 그림을 배우거나 악기를 배우는 것은 누구에게나 도움이 된다. 힘들 때 그곳에 가면 폭풍우 속의 피난처를 찾은 듯 행복해지는 그런 치유의 장소를 만들기를.

7. 철학이 필요한 시간을 즐기자

단편적인 정보나 얕은 지식만으로는 삶의 결정적인 순간을 지혜롭게 버텨낼 수 없다. 삶의 결정적인 순간 우리에게는 더 깊고 풍요로운 철학이 필요하다. 꼭 철학자의 저서만을 뜻하는 것이 아니다. 인문학에 관한 모든 책들은 결국 '삶의 철학'이 되어 내가 인생의 어둠을 헤쳐나갈 때 눈부신 등대가 되어준다. 나는 세상을 지배하는 원리를 이해하는 데는 마르크스의 도움을 가장 많이 받았고, 인간의 심리를 이해하는 데는 융의 도움을 가장 많이 받았다. 삶의 고통이 지닌 의미를 이해하는 데는 니체의 도움을, 그럼에도 불구하고 용서와 자비가 필요한 순간의 고통스러운 자기 인식은 도스토옙스키와 톨스토이로부터 배웠다. 글 쓰는 사람으로서 믿음과 용기가 필요할 때는 수전 손택과 루쉰으로부터 뜨거운 응원을 받았다. 절망에 빠질 때는 그 모든 책 속의 스승들이 내 안에서 지혜의 오케스트라가 되어 아름다운 철학의 교향곡을 연주해주는 것만 같다. 지식을 암기하는 공부가 아니라 내 심장을 고동치게 하는 공부, 내 삶을 바꾸게 하는 공부를 향해 끊임없이 지성의 안테나를 드리우는 마흔이 되기를.

8. 자기에 관한 글쓰기에 도전해보자

일기도 좋고 편지도 좋다. 미니 자서전도 좋다. 출판을 위해서가 아닌 '나 자신이 읽고 싶은 나의 이야기'를 써보자. 자기가 쉽게 쓸 수 있는 글을 매일 조금씩 쓰자. 삶이 달라진다. '내 삶을 비춰보는 내면의 거울'이 생긴다. 글을 쓴다는 것은 나 자신을 고양시킬 뿐 아니라 과거와 현재와 미래를 비춰볼 수 있는 아름다운 내면의 거울을 만드는 것이다.

9. 아름다운 마지막을 준비하기 시작하자

죽음을 금기어로 삼는 것보다는 '어떻게 아름답게, 나답게 죽을 것인가'를 조금 일찍부터 고민하기 시작하는 것이 좋다. 그것은 단지 '위급한 상황에서 연명 치료를 할 것인가 말 것인가' '영정 사진은 무엇으로 할 것인가'의 문제에 그치는 것이 아니다. 인생의 황혼기가 오면 어떻게 살아갈 것인지, 노년이 되어도 지키고 싶은 삶의 가치는 무엇인지를 선택하고 결정하는 문제이기도 하다. 그런 생각을 하다 보면 '아름다운 마지막'을 준비하는 것은 곧 '아름다운 바로 지금 이 순간'을 살아가는 일이라는 생각에 다다르게 된다.

10. 최고의 것들을 먼 훗날로 미루지 말자

'가보고 싶고, 이뤄보고 싶고, 도전해보고 싶은 모든 것들'을 조금씩 지금부터 경험해보자. 엄청난 도전이 아니어도 좋다. 나는 얼마 전 뉴욕의 링컨센터에서 오페라 공연을 스탠딩석에서 관람했다. 뉴욕의 물가가 워낙 비싸 여행 예산이 초과되어 '콩알만 해진 심장으로' 소심하게 가장 싼 표를 끊었지만, 결과는 너무나 좋았다. 좌석이 많이 남아서 스탠딩 입장권을 지닌 사람들도 모두 앉아서 공연을 보았다. 그날 본 〈토스카〉는 내 인생 최고의 오페라가 되었고, 내 옆에서 함께 스탠딩 입장권을 지니고 있다가 좌석에 앉은 '린다 할머니'와 좋은 친구가 되었다. 린다 할머니와 이야기를 나누며 예술을 사랑하는 사람의 영혼은 결코 늙지 않는다는 것을 배우게 되었다. 린다 할머니와 이메일을 주고받으며 나는 처음으로 여행지에서 우연히 만난 새로운 친구를 여행이 끝난 뒤에도 계속 사귀게 되었다. 일상의 작은 도전도 이렇듯 삶의 소중한 전환점이 될 수 있다.

이것은 내가 나의 결점투성이 인생으로부터 배운 나만의 마흔 십계명이다. 여러분들도 자신들의 삶을 풍요롭게 만들 마흔의 십계명을 만들었으면 좋겠다. 부디 최고의 것들을 먼 훗날로 미루지 말자. 내 친구 P는 어렸을 때 음식점에 가거나 도시락을 먹을 때 꼭 '제일 맛있는 햄 반찬이나 게맛살 반찬을 맨 나중에 먹는 버릇'이 있었다고 한다. 맛있는 것을 나중에 먹게 되면 이미 식은 반찬만 먹게 되고, 처음에 가장 맛있었던 그 반찬도 나중에는 이미 그 풍미를 잃어버리게 된다. 이것은 사소한 습관 같지만 사실은 그렇지가 않다. 사소한 습관이 우리 삶의 가치관에 커다란 그림자를 드리울 수 있다. 음식뿐만 아니라 다른 모든 일에 대해서도 '가장 중요한 것, 가장 멋진 것은 나중에, 시간 나면, 여유가 생기면 보살피자'라는 생각에 빠지게 된다. 사랑은 사치, 여행은 사치, 이런 식으로 소중한 것들을 미루게 되어버리면, 결국 나 자신을 사랑하는 능력 자체에 심각한 손상이 가해진다. 나에게 중요한 것들을 가장 먼저 지금 할 수 있기 위해 가장 필요한 것은 돈이나 시간이 아니라 '의지'와 '용기'다. 그 의지와 용기는 공들여 세공하는 것이 아니라 어느 날 갑자기 '그래, 저질러버리자!'

하고 번지점프를 하듯 시작해버려야 한다. 용기는 생각하고 내는 것이 아니다. 의지는 계산하고 내는 것이 아니다. 의지도 용기도 열정도 그냥 폭발하듯 내 안에서 용솟음쳐 나와야 한다. 가장 아름다운 것들을 지금, 가장 행복한 일을 바로 지금, 가장 눈부시고 젊고 빛나는 하루를 지금 만들고, 오늘 가꾸고, 매일 빚어내는 우리들의 찬란한 마흔을 위해 한 걸음 나아가자.

뉴욕 엠파이어스테이트빌딩 앞 서점에서
우리들의 찬란한 마흔을 축하하며

정여울